英雄にっぽん

池波正太郎

角川文庫
14679

英雄にっぽん　目次

はじめに

昭和四十四年の晩夏の或(あ)る朝。

羽田空港を飛び立った私は、約二時間十五分後に、鳥取県・米子(よなご)空港へ降り立った。

私を乗せたフレンドシップ機が空港の滑走路に入ったとき、

「ああ……」

おもわず、私は何やらためいきのようなものを、もらしてしまったらしい。

「どうかしましたか？」

同行のN氏が訊(き)いた。

「二十四年前の、ちょうどいまごろ、この空港から、……いや、当時の海軍航空隊から、ぼくは復員したのですよ」

「へへえ……」

おもいなしか、空港の、古びた格納庫にも見おぼえがあるような気さえした。

だが、降りてみると、あたりの景観は、まるでちがう。美しく整備された滑走路や、強烈な陽ざしに光っているみどりの草や木々も、二十四年前の当時は、まったく、ぼくの眼に入らなかったものだ。

「あなた、特攻隊だったんですか？」

と、N氏。

「いや、所属していただけにすぎません」

感傷はない。

感傷は、むしろ勝利者のものだ。

しかも敗者の基地が、いまは敗者の繁栄のかたちを見せている。現時点では、なにをいうことがあろうか。

空港の、せまい待合室に、送迎の人びとが充満してい、外へ出てタクシーに乗ると、冷房がなかった。

「こいつは……」

たまらないね、と、いいかけるや、タクシーを拾って来たN氏がいった。

「山陰のタクシーは、申し合せで冷房をつけないんだそうですよ」

山陰の夏は暑い。

しかも、あまり若くもないわれわれ二人は、これから嶮（けわ）しい山城（やまじろ）へのぼらなければならぬ。

「うんざりしちまったねえ」

「仕事ですよ、仕事」

運転手が、

「どちらへ？」

「広瀬」

「あ、富田城の見物ですか」

「そうです」

「あの城には、山中鹿之介とかいう、豪傑がいたんですってねえ。私、むかし、本で読んだことあるな」

「ははあ……」

「強かったそうですねえ」

「強かった、らしいです」

私は、N氏と顔を見合せて、微笑し合った。

「ぼくが、あの基地にいたころねえ、海で、よく鯖がとれたものです。すばらしくうまかった」

「ほほう……」

すると、運転手が、

「いまはもう、むかしのように鯖はとれませんよ」

「なぜ？」

「鯖が夜見ヶ浜へ寄りつかなくなっちまったんですな」

車は、すぐに米子市内へ入った。

米子は、夜見ヶ浜半島の、南の根元にある。

夜見ヶ浜半島は、長さ二十キロメートル、幅四キロほどの、美しい白い砂地の半島で、ぼくがいたころは、半農半漁の住民たちの家へ、それぞれに分宿し、親切にめんどうを見てもらったものだ。

そして、半島の突端（北）は、約一キロメートルの中江ノ瀬戸をへだてて、島根半島を指呼の間にのぞむことができる。

中江ノ瀬戸は、半島の東がわの日本海と、西がわの中海をつないでい、中海は島根半島の南面、松江市を中断する大橋川によって宍道湖とむすんでいる。

「あのなあ、お客さんよ」

と、運転手が、

「山中鹿之介も日本海の鯖、食っただろうかね？」

「そりゃ、食ったろうよ」

その、山中鹿之介が生まれた、約四百二十年も前の当時、このあたり一帯は、もちろん山陰の英雄・尼子経久の領国であったし、鹿之介は尼子家につかえた武将なのだから、

「日本海から中江ノ瀬戸を通り、中海へ入り、さらに富田川をさかのぼり、舟ではこばれて来る魚は、むろん、鹿之介の口へも入ったろうね」

運転手はひどくおどろいたように、

「へへえ、そうですかねえ」

と、いった。

富田川は、いまの地図に〔飯梨川(いいなしがわ)〕の名で記載されているけれども、私は、この物語の中で、あくまでも富田川の名称で通したい。

この川は、島根県・能義(のぎ)郡・比田(ひだ)の山中に発し、三十数キロを東北にながれ、中海へそそいでいる。

山中鹿之介がいた尼子の居城・富田城は、この川のながれに沿ってそびえ立ち、これより約十二キロメートルにして中海へ達する。

尼子氏が、山陰地方を制圧していたころ、富田の城下町は、富田川に沿い、延々として中海にまでつづいていた、などといわれている。

「だけどねえ、お客さん……」

と、またよびかけてくるこの運転手は上州・前橋の生まれだとかで、東京にも住んでいたし、五年ほど前に細君の実家がある米子へ移って来たという三十男である。

「山中鹿之介ってのは、むかしさ、戦前さ、小学校の修身の教科書にのったほどの豪傑でしょ？」

「のってたな、たしかに……」

「どうして、のってたのかね？」

「主人の尼子家が毛利軍にほろぼされてしまい、富田城もうばい取られたので、鹿之介は苦心惨憺(さんたん)、なんとかしてだね、この山陰へもどって、城をうばい返そうとした忠義者、ということで、教科書にものったんでしょうよ」

「そうそう、何かで読んだことある」

「何で読んだ？」

「忘れた」

実は、これから私が書こうとしている、この物語の主人公も〈山中鹿之介〉なのである。

けれども、私が書こうとする彼の人生は、むかしの教科書のようにはまいらぬことだろう。

自動車は、安来(やすぎ)の町へ入った。

白く乾いた町全体が、昼寝をしているようにしずかで、さびれていた。

車窓からながれこむ風さえ生ぬるく、照りつける太陽に車の屋根が熱しきって、蒸し風呂(ぶろ)へ入っているようなものだ。

「山陰のタクシーは、どうして冷房をしないのかな」

「ぜいたくだとおもっているんでしょ」

「そうかね」

「それにさ、冷房の設備をしなくても、客が乗るもんね」

安来駅前の食堂二階は冷房がきいている。

「生き返りましたね。何を食べます」

と、N氏。

「オムライス」

「じゃ、私もオムライス。運転手さんは？」

「カレーが、いいですな」

食事をすませ、安来の町を出て、ななめに南下すると、間もなく富田川のほとりへ出る。

前面に、富田城址（じょうし）がある月山（がっさん）が見えて来た。月山は当時〔勝日山（かつひ）〕ともいわれていたらしい。

富田川の東面にそびえる月山の高さは百九十七メートルで、こんもりと盛り上った頂上の〔本丸〕の前面には、いくつもの谷をきざんだ台地がひろがり、その複雑な地形を見ても、この山城が実戦的にすぐれた能力を発揮したことは、だれの目にも判然とする。

富田城は、

「難攻不落」

の名城と、うたわれたそうな。

われわれは、車から下り、富田川にかかる橋をわたって、城址の入口に立った。

富田川は四百年前の当時、もっと西方にながれてい、現在の川の上には、いちめんに城下町が展開していたものらしい。

われわれが城址へふみこんだところも、あの時は〔お子守口〕とよばれた西方の脇門であって、正門というべき〔大手口〕は、この台地の北の裾にある〔菅谷口〕であったということだ。

すぐに、道は、のぼりになる。

二人とも、たちまち汗まみれとなった。

両側の木立も、山道へ日蔭をつくってはいない。突当って右へまわると、むかし〔殿さま〕の御殿があったという〔御殿平〕へ出る。

北、西、南の三方に堅固な石垣が組み積まれ、道の右がわが谷間になっていた。

「このあたりですな、新宮党の尼子国久が暗殺されたところは……」

と、N氏がいった。

「でしょうね」

と、私。

この小説を尼子国久暗殺のくだりからはじめよう。

ときに、天文二十三年（一五五四）十一月一日。

当時、すでに尼子経久は病歿している。

山陰のみか、山陽の一部をもわが手につかみとった経久は、十三年前の天文十年に八十四歳の生涯を終えていたし、その後つぎの政久は、父に先立ち戦死をとげている。

このため、そのときの富田城主は、尼子経久の孫にあたる尼子晴久（はるひさ）であった。

本篇の主人公・山中鹿之介は、まだ十歳の少年にすぎない。

若い戦旗

1

天文二十三年、十月二十七日の昼すぎであったが……。

富田城下から、富田川を半里ほどさかのぼった山佐(やまさ)の山林の中で、一人の巡礼の惨殺死体が発見された。

村人がこれを発見し、すぐに代官所へとどけ出て間もなく、山佐代官をつとめる柿根源蔵(かきねげんぞう)が、単身、馬を駆って富田城下へ駈けつけて来た。

柿根代官は、城下の殿町(とのまち)にある大西十兵衛の屋敷へ入った。

大西十兵衛は〔中老衆(ちゅうろうしゅう)〕とよばれる重臣のひとりで五十四歳。柿根代官は、以前から、大西十兵衛のひきたてをうけている。

「……その、巡礼の死体より、このようなものが出てまいりました」

と、柿根代官がさし出した品(もの)を見て、大西十兵衛の顔に緊迫の色があらわれた。

一見して、ふとい紙縒(こより)のようなもので、長さは三寸ほど。この上から蠟(ろう)をたらし、固めてある。

「む……」

うけとって見て、

「これが、その巡礼のどこに入っていたな？」

と、十兵衛が問うた。

「えりの中へ縫いこんでござりました」

という柿根源蔵へ、

「よし。ようも、そこまでしらべたものじゃ」

近年は、中国山脈をへだてて、安芸（あき）の国（広島県）吉田に本城をかまえる毛利元就（もうりもとなり）と交戦状態にあるだけに、すこしのゆだんもならぬ。

大西十兵衛は、

「よし。いずれ沙汰（さた）をいたす。他へもらしてはならぬぞ」

と、柿根代官を帰してから、小柄（こづか）をもって、紙縫を固めていた蠟をけずりとった。

うすい丈夫な紙が、きっちりと巻きしめてある。

十兵衛は、たんねんに、この紙縫をひろげて見た。紙縫が一枚の細長い紙片となった。

おもったとおり、紙片に文字がしたためてある。

〔密書〕であった。

その密書の筆跡を見て、十兵衛の口もとが引きしまり、文字を読んで、

「むう……」

大西十兵衛が、微かにうめいた。

文面に、こうある。

　内々に御意を得候一儀、いよいよ御別心なく、彼仁を打果さるるに於ては、御所領の儀、御望みのごとく、雲伯二国を進じ置き申すべし

つまり、

「…かねて約束をしたように、あの人を討ち果してくれるならば、そちらのおのぞみのように、出雲と伯耆の二国をさしあげましょう」

と、書いているのだ。

宛名はない。

また、差出人の名も書いてはおらぬが、その筆跡こそ、城主・尼子晴久には叔父にあたる尼子国久のものに、まぎれもなかったのである。

(やはり、な……)

一読して、若いころの精悍さを、まだ濃厚にとどめている大西十兵衛の老顔が、沈痛の表情をうかべた。

尼子国久は、故・経久の次男で、富田城の北面にある新宮谷に屋敷をかまえ、千にもおよぶ一族郎党と共に暮しているところから、

〈新宮党〉

とよばれている。

国久は、この年、六十三歳になっていたが、若いころから父や兄と共に戦陣に活躍し、兄の子の晴久が城主となってからも、この甥をたすけ、目ざましい武勲をあらわしてきていた。

いえば、尼子晴久の〈後見役〉であり、尼子家にとっては、

「まさに柱石である」

との評判が高い。

だが……。

その尼子国久が、なにものかにあてて、

「あの人〈晴久〉を討ちほろぼしてくれれば、約束どおり、出雲と伯耆の二国をさしあげましょう」

と、密書に書いている。

いったい、だれにあてた密書なのか……。

大西十兵衛は、くり返し、くり返し、密書の筆跡をあらためて見た。

自分が、尼子国久からもらった数通の手紙を出して来て、ひきくらべて見もした。

〈まちがいなし〉

なのである。

これは一大事であった。

ここ一年ほどの間に、

「どうも、新宮の殿（国久）と、毛利家との間に、密使が行ったり来たりしているようだ」

とか、

「新宮の殿は、毛利軍を手引きし、富田城を攻め落そうとしているらしい」

とか、どこからともなく、そうしたうわさがながれはじめている。

これまで、大西十兵衛は、うわさを耳にするたび、

「ばかなことを……」

と笑い飛ばしてきていた。

〔殿さま〕の尼子晴久も、

「これは、毛利方の謀略（はかりごと）じゃ。そうしたうわさをながして、わしと叔父上との仲を引き割こうとしておるのだ」

と、いっているし、当の尼子国久にいたっては歯牙（しが）にもかけぬ様子で、相変らず、政治向きのことについても、晴久の相談にのっている。

だが、密書の筆跡が、大西十兵衛ほどの男から見て、まぎれもないものである以上、この密書が、尼子国久から毛利元就のもとへつかわされようとしたものにちがいない、ということになる。

それならば、だれが、密書をえりにぬいこんでいた巡礼を殺したのか……？

巡礼は、おそらく毛利方の密使であったのだろう、と、十兵衛はおもったが、彼を殺した犯人のことを考えてみるゆとりをうしなっていた。

「すぐさま、登城いたす」

大西十兵衛が、家来をよびつけ、仕度を命じた。

2

空は、冷え冷えと曇っていた。

十月下旬といっても旧暦のことであるから、現代の十二月はじめといってよい。

昨夜は……すぐ熄(や)んだけれども、中国山脈の雪が風にはこばれ、富田城下へ吹きつけてきた。

供の者数名をしたがえ、大西十兵衛が城の大手口へさしかかると、折しも、城から退出して来たらしい山中鹿之介に出会った。

十歳の鹿之介は尼子晴久の気に入られて、今年から小姓をつとめている。

鹿之介は、尼子の家臣の中では重い身分の家柄の子に生まれたのだが、父・満幸(みつゆき)は、鹿之介が生まれた翌年に亡くなっていたし、兄の幸高(ゆきたか)は幼少のころから病弱で、

「とても、あれでは山中の家をつげまい」

と、だれの眼にもあきらかであった。

「鹿めが大きゅうなったら、山中の家を立ててやりたい」

〔殿さま〕の晴久も、
いつか、大西十兵衛へもらしたことがある。

「大きゅうなったら……」

と〔殿さま〕はいうが、いま十歳の少年にすぎぬ鹿之介の体軀は、五尺をこえて、肩や胸の肉がもりあがって、着ている小袖から脹ち切れんばかりに見えた。

供を二人つれた鹿之介が、馬で来る大西十兵衛に気づき、立ったまま、両手をひざのあたりまで下げ、礼をした。

「おお、鹿之介どのか」

と、十兵衛も、鹿之介の家柄を重んじている口調で、

「殿は、いまだ御主殿におわすかな?」

と、訊いた。

鹿之介が、くろぐろとした双眼を、はっきりと見ひらき、

「はい」

しっかりと、うなずく。

体格も立派だが、色白のなめらかな肌に血色がみなぎりわたり、隆い鼻すじも、引きしまった口もとも、

（これが成長したなら、どのような男ぶりになることか……）

想うだに、

(たのしい)

と、大西十兵衛、かねがね考えているのである。

しかし、このときの十兵衛は、いつも鹿之介へ見せる微笑をうかべることもなく、

「さようか。では……」

うなずくや、すぐさま馬をすすめて、城内へ入って行った。

見送った鹿之介が、家来の矢田五郎に、

「今日の大西さまは、どうかしておられる」

と、いった。

「さようで……」

「うん。おかしい。血相が変っていた」

「さようで」

「お前は、気づかなんだのか？」

「別に……」

「ばかい」

「はっ」

「行くぞ」

鹿之介は、十兵衛の後姿を見送っていた視線を、新宮谷へ通ずる道へ向けた。

山中鹿之介の屋敷は、尼子国久の豪壮な石垣づくりの居館の南面にあり、国久がかねてから、鹿之介を、

「鹿よ、鹿よ」

と、可愛がってくれているし、鹿之介もまた、老いた〔新宮の殿〕から、尼子家の歴史と、勇壮で悲壮な戦陣のものがたりをきくのが何よりもたのしかった。

さて……。

城内へ入った大西十兵衛は、まっすぐに登城道をのぼりつめ〔山中御殿〕とよばれる主君の居館へ入った。

このほかに、天守閣のある月山頂上にも、西の丸にも、大手口に近い里御殿にも、尼子晴久の居館はあるのだが、このごろは晴久、山中御殿に住み暮している。

間もなく、山中御殿の奥まった一室に、人ばらいをした尼子晴久と大西十兵衛が向い合っている。

あの密書を読み終えたときの、晴久の表情は困惑そのものだった、といってよい。

殿さまと重臣の間に、重苦しい沈黙が、いつまでもただよっていた。

「いかが、おぼしめされますか?」

たまりかねて、十兵衛が、のどへ痰がからんだような声で、「その、筆のあとを、なんとおぼしめされます?」

「む……」

急に、晴久の面上へ血がのぼった。

「まさに、紀伊守どの（国久）のものじゃ」

と、晴久が、うめくようにいった。

「それがしも……」

大西十兵衛が、うなずく。

二人の見かわす眼と眼が、しだいに光りはじめた。

このとき、尼子晴久は四十三歳。

祖父ゆずりの端正な顔だちだが、左耳の下からあごへかけて、するどい刀痕がある。

彼が三十歳のとき、毛利元就を安芸・吉田へ攻めかけ、陣頭に立って闘ううち、乱軍の中に、馬上の敵が横なぐりに切りつけてきた一刀に兜ごと割りつけられたときの傷痕だ。

このとき、尼子軍は毛利軍に敗北し、富田へ引きあげてしまっている。

「いかが……いかがあそばします？」

また、十兵衛がうながした。

晴久が、にらむように十兵衛を見て、

「かくなってしもうては……もはや、いたしかたもあるまい」

「と、おおせられますのは？」

「まいれ」

晴久が、尚も身近に十兵衛をまねき、ただ一言、何ごとかをささやいた。

「はっ……」

十兵衛が平伏した。

「他にもれてはならぬ」

「はい」

「夜に入って……いや、明朝がよい。豊前と二人のみにて、いま一度、ここへまいれ。くわしゅう談合いたそう」

「承知つかまつる」

〔豊前〕とは、これも中老衆の一人で、大西十兵衛同様に、尼子晴久から信頼あつい本田豊前守のことである。

「十兵衛」

「は……?」

「山佐の代官に命じ、その巡礼姿の間者の死体を見つけたと申す村人を、ひそかに捕えておけ。このことが他へもれてはならぬ。場合によっては、その村人を殺してもよい」

「すでに、代官へ申しつけてござる」

「よし」

その翌朝……。

出仕した大西十兵衛と本田豊前守に尼子晴久は何気ない様子で酒の相手をさせつつ、かなり長い間、密談にふけった。

3

五日後の、十一月一日となった。

毎年、十一月一日は尼子家にとって重要な日である。

この日は、来年度の政治向きのことやら、軍事の予定やらを評議することに決められていた。尼子家の〔家例〕なのだ。

当日は、尼子家の一族をはじめ、家老、中老の重臣や諸奉行なども登城し、城主主君の尼子晴久をかこみ、会議をひらく。

朝から夕暮れまでに会議が終り、後は酒宴となる。これも慣例であった。

尼子国久が、新宮谷の居館を出て、富田城へ入ったのは辰ノ下刻（たつのげこく）（午前九時ごろ）であった。

国久は、長男の式部少輔誠久（しきぶしょうゆうまさひさ）と共に、侍臣（じしん）十名ほどをつれて登城をした。

会議は、山中御殿の表主殿・広間でおこなわれることになっている。

この日は朝から、ぬぐったような晴天で、

「まるで、小春のようなあたたかさじゃ」

国久は、六十をこえて尚、かくしゃくとしている老顔をほころばせ、空をあおいだ。

重臣たちも、追々にあつまっては来たが、この日にかぎって、あつまりがわるい。

〔御家老衆〕の宇山、佐世、牛尾、中井など、家臣のうちで、もっとも身分の重い肝心の人びとが、ほとんど顔を見せぬので、「どうしたことじゃ?」

たまりかねて、尼子国久が中老・大西十兵衛に向い、

「間もなく、殿もお見えあそばすというに、これはなんとしたことぞ?」

「は……」

このとき、尼子晴久の小姓のひとりで、矢田内蔵介というものが広間へあらわれ、

「殿には御不快にて、御寝所をお出ましになれませぬ」

と、告げた。

今朝、急に発熱をした、というのである。

「殿が……」

と、国久が、

「それは、いかぬな……」

すると大西十兵衛が、すかさず、

「本日のことは、のちに延ばしましては……?」

「む……内蔵介。よほどに、お悪いのか?」

「御熱さえ下れば、別に案ずることもなし、とのことにござります」

「ふうむ……」

では、お見舞いを、と立ちあがる尼子国久を、いつの間にあらわれたか殿さまの侍医をつとめている湯原道乗が、

「いまは、おしずかにおやすみあそばすことが、もっとも肝要か、と存じまする」

と、いったものだから、国久も、

「ならば仕様もなし」

あきらめるよりほかはない。

ついに、会議は中止と決まった。

決まるや、大西十兵衛と本田豊前守をのこし、他の〔中老衆〕は、いずれも表主殿からすばやく退出してしまった。

国久と誠久の父子は顔を見合せた。

（妙だな……？）

と、感じたのである。

殿さまの急病をきいて、おどろいたのは尼子国久父子のみで、大西も本田も他の中老たちも、かねてから尼子晴久の発病を知っていたかのような感じであったからだ。

中老たちが出て行ったあと、広間の襖、板戸などのすべてが、いつの間にか閉ざされている。

小姓と侍医の姿も消えている。

ただ、大西と本田が国久父子の両がわにひかえ、面を伏せるように坐ったまま、身

じろぎもせぬ。

もう一度、国久父子は顔を見合せたが、

「では、われらも……」

国久が片ひざを立てた、その瞬間であった。

「ごめん候え!!」

大西と本田が同時に叫び、大西は国久へ、本田は誠久へ、小刀をぬき打ちに斬りつけたものである。

血がしぶいた。

「あっ……」

まだ坐ったままでいた誠久は、あたまを切りはらわれ、どっと倒れたけれども、

「何をいたす!!」

老いた国久は、片ひざを立てていただけに、大西十兵衛の打ちこみをかわし、

「ぶ、ぶれい……」

刀をつかんだ大西の右腕を両手につかみ、これをねじりあげた。

「うっうう……」

大西は、苦痛にうめいた。

老人とはおもえぬ、剛力である。

しかし大西十兵衛も必死だ。

腕をねじりあげられつつ、尼子国久をぐいぐいと押して行き、

「やっ!!」

躰(からだ)をうちつけるようにして、国久を足がらみにかけた。

二人は、共に倒れた。

この反動で、大西の手から、小刀がはね飛んでしまった。

「う、うう……」

彼方(かなた)で、尼子誠久の最後のうめきがきこえた。

本田豊前守が、喉(のど)へとどめを突き入れたからだ。

だが国久は、このわが子の死を知るゆとりもなく大西と組み合い、闘いつつ、

「は、早く逃げよ……」

すでに息絶えた誠久へ、かろうじて声を投げた。

そこへ、誠久の死を見とどけた本田豊前守が走り寄った。

老人ながら、歴戦の勇将だけに、尼子国久の奮闘を、大西十兵衛はもてあましているかたちであった。

「か、かまわぬ……」

大西が国久と組み合い、ころげまわりながら、

「豊前どの、それがしも、共に……」

と、叫んだ。

自分もいっしょに突き刺してかまわぬ、と、声をかけたのである。

上になったり下になったり、二人が、めまぐるしくころげまわっているので、本田豊前守がねらいをつけかねていたからだ。

「誠久……に、逃げい、早う……」

と、国久老人は烈しく大西十兵衛ともみ合いつつ、わが子を呼びつづけている。

夢中なのであろう。

「うぬ!!」

国久が、下からひざ頭で大西の腹を突きあげた。

「あっ……」

一瞬、大西がたじろぐところをはねのけておいて、国久が大西の上へ乗りかかり、ついに組み伏せた。

そこへ本田豊前守が、すかさず飛びかかり、

「鋭!」

国久の背へ、躰ごと刀を突きこんだ。

「あ、ああっ……」

尼子国久が身を反らせ、両腕を天井へ突きあげるようにしたかとおもうと、そのまま仰向けにどっと倒れた。

大西十兵衛と本田豊前守は、荒い呼吸をしずめたのち、国久父子の死体をそろえ、

両手をつかえて拝礼をした。

これは主君の親族へ対する礼儀であった。

そのころ、国久父子に従って来た家臣十名は、いずれも捕えられている。

同時に……。

富田城内に待機していた武装の将兵三千が城の内外をかためた。

この日。

国久の三男にあたる左衛門太夫敬久は、父と兄を迎えがてら、昼すぎから登城することになっていたので、難をまぬがれたけれども、多数の城兵が、この新宮谷を包囲しつつあるのを知り、異変を感じた。

敬久も、老父が毛利元就とひそかに通じているといううわさをきかぬわけではない。

それだけに、

（父上も兄上も、城内で討たれた……）

さすがに、するどく直感をした。

しかし彼は、父の潔白をもとより信じきっている。

4

父と兄の身に異変を感じた尼子敬久は、すぐさま〔新宮党〕を居館へよびあつめたが、その数は三百に満たなかった。

時を移さずにくり出した尼子の兵、三千が新宮谷へなだれこみ、新宮党を分断し、手向いをするものは討ち（その数は、きわめて少なかった）、降参するものは、それぞれに分散して収容した。

同じ新宮谷に住んでいる山中鹿之介は、新宮党ではないが、

「すぐさま、立ち退くように」

と、鹿之介の叔父にあたる立原源太兵衛久綱が家来たちをしたがえ、馬を飛ばして山中屋敷へあらわれ、

「新宮の殿が、城内で討ちとられたぞよ」

と、告げた。

「まさかに……」

鹿之介も十歳の少年だけにくわしい事柄は知らぬし、この異変は驚愕以外のなにものでもない。

「まことじゃ」

と、立原の叔父は、鹿之介の母であり、自分の姉でもある浪江に、

「新宮の殿が、毛利方と、ひそかに通じておわしたそうな」

「では、うわさのことが、まことに……？」

「いかにも。小勢ながら新宮党が居館に立てこもりましたゆえ、一戦はまぬがれますまい」

叔父に急きたてられ、鹿之介は母や兄と共に、城の大手口に近い立原屋敷へ立ち退いたとき、すでに夕暮れであった。

立原家は、城主尼子氏の血をひいた〔一族〕であり、したがって身分も高く、現当主の源太兵衛久綱は〔中老衆〕に任じている。

鹿之介の亡き父・三河守満幸も中老であったから、同じ中老の立原家のむすめを妻に迎えたわけである。

鹿之介か、または兄の甚太郎幸高が成長すれば、亡父と同様に〔中老〕の席へつらなることを約束されているといってよい。

甚太郎は、鹿之介より五歳上であったが、病弱の身をよくわきまえており、

「家は、弟につがせて下され」

かねてから、叔父の立原源太兵衛へもたのんでいるほどなのだ。

この日も、甚太郎は病床に臥したかたちのまま、家来たちに担がれて立原屋敷へ引き移った。

夜に入らぬうちに……。

富田城兵は五千にふくれあがり、本田豊前守と大西十兵衛がこれを指揮し、尼子国久の居館を完全に包囲した。

本田豊前守は使者を送り、国久父子が謀叛のことを告げ、降伏すべし、と申し送ったが、

「それは、ぬれぎぬというものでござる。われら、承服できませぬ」

二百の手勢と共に、尼子敬久は居館の守備をかため、一歩もゆずらぬ。ここで降伏してしまえば父の謀叛をみとめることになるからだ。

それで、翌二日の早朝から、総攻撃が開始された。

居館といっても小高い台上に石垣を組み、櫓門（やぐらもん）もあり、いえば小さな城のようなものであって、しかも、たてこもる新宮党は小勢ながら死を決しているので、猛然たる抵抗を見せた。

城兵が再三にわたって、攻めかけるのだが、はじめのうちはどうにも歯が立たなかった。

けれども、五千と二百である。二十五倍の軍兵力を相手にして戦うのだから矢玉も尽きてくるし、疲労もかさなるし、夜に入るまではどうにかもちこたえていた新宮党も、ついにちからつきた。

居館の北門が破れたときくや、

「これまでじゃ」

尼子敬久は、居館内に火を放ち、弟の与四郎、妹二人と共に自害をして果てた。

山中鹿之介は、立原屋敷の大屋根へのぼり、新宮谷の国久館が火と煙に包まれるのを見ていた。

居館へなだれこむ城兵の喚声が、はっきりときこえる。

（ああ……あの可愛ゆい孫四郎どのも、死んだのか……）

いま、そのことのみが、鹿之介の脳裡を占めている。

孫四郎は、父と共に富田城内で殺害された尼子誠久の五男であって、二歳の幼児にすぎない。

鹿之介が、国久の居館へあそびに行くと、この孫四郎が非常に馴つき、ひざへ這いあがって来て、はなれようともせぬ。

ふっくりと肥えた可愛らしい孫四郎を抱いたときの乳くさいにおいをおもいうかべ、鹿之介は大屋根の上で泪があふれるにまかせている。

あの猛火の中で、あの幼ない孫四郎が死んだのかとおもうと、居たたまれなくなり、

「おのれ、おのれ」

鹿之介は大屋根の瓦を引きはがし、彼方の火焔に焦げている夜空へ向って、夢中で投げつづけた。

ところが……。

翌朝になってわかったのだが、尼子国久の一族ほとんどが死に絶えた中で、二歳の孫四郎の死体のみが発見されなかったのである。

どうやら、居館に火が放たれたとき、孫四郎の乳母がこれを抱いて、うまく居館を脱出したらしい。

「まことか……」

鹿之介は立原屋敷の士からこれをきいて、

「そうか、そうか……」

歓喜を全身にあふれさせ、

「おりゃ、うれしい」

と、叫んだ。

「なれど、このままにすておかれますまい。討手が後を追っております」

「ばかな……」

「さようなことを申すではございませぬ。いまは何事にも、お口をおつつしみなされますように」

だが、孫四郎と乳母を追って諸方へ飛んだ追手たちに、収穫はなかった。

こうして新宮党はすべて討滅されてしまったわけだが……。

ただ一人、自害をしそこねて捕えられた尼子誠久の長男・常久は、このとき十四歳の少年にすぎなかったが、本田豊前守から切腹を申しわたされたとき、

「祖父・国久に謀叛のうたがいをかけるとは、殿さまにもあきれ果てたことだ」

敢然といい、

「殿さまに、もっとも親しい、血を分けた間柄である祖父や父や私たちを、このようにして討ちほろぼすとは……もはや、尼子の家も終りでござる」

と、きめつけ、

「尼子一門、水魚のまじわりをなさば永年の繁昌たるべし。もしも骨肉の好みを忘れ、不順のうらみを抱きなば、当家の泯滅、日を数え、足をあげて待つべし、と、おおせられた大殿さま（尼子経久）の御遺言を、お忘れめされたか」

本田豊前守にいうや、刃を腹に突きたて、みごとに引きまわしつつ、

「これにて、もはや……尼子もほろびる……」

うめくようにつぶやき、腹から引きぬいた切先で喉を掻き切り、息絶えたという。

この常久少年の指摘は正しかった。

史家は、

「新宮党を討ちほろぼしたことによって、尼子家は、おのが滅亡の第一歩をふみ出した」

と、いっている。

叔父一族を討った城主・尼子晴久も、これは後味のよくない事件であったにちがいない。

叔父たちを城内で殺害した当日、晴久が病気といつわって広間へ出て来なかったのも、何かこころに割り切れぬものがあったにちがいない。

翌弘治元年となって、京都・妙心寺の僧・通玄というものが富田城へ立ち寄ったとき尼子晴久は、自分がもっている叔父・国久の書と、あのとき巡礼の密使がえりの中へ忍ばせていた密書の筆蹟とを見せて、

と、問うた。

「同じものであるか？」

もっとも、密書のほうは、その全文の文字を見せたわけではない。

僧・通玄は三年に一度ほど、富田城へあらわれる。

これは、当時の京都の禅寺が僧侶(そうりょ)を諸国の大名へ派遣し、学芸をひろめ、その報酬をもって、寺院経営の資金にあてていたからであった。

応仁の乱以来、日本全土には大小の戦乱が起り、ことに、君主おわす京都では、有力な大名たちが覇権をあらそう本舞台となってしまっただけに戦火の絶え間がなく、町も荒廃し、寺院も焼けただれてしまった。

寺僧たちが、はるばると諸国をまわり、京の都の文化の香りをつたえ、そのかわりに金銀の報酬を得るようになってから、もう何十年もたつのである。

さて……。

僧・通玄は、一夜かかって両方の筆蹟を見くらべたのち、

「たくみに似せてはござりますが、こちらのほうは偽ものでござります」

こういって、さし出したのが〔密書〕のほうであった。

通玄も、殺された尼子国久とは面識があるし、手紙のやりとりもしている。

〔殿さま〕は、顔色が変った。

尼子国久と〔新宮党〕に謀叛の罪を着せたのは、どうも、毛利元就の謀略であったようだ。

5

ここで、尼子家と毛利家の関係を、ごくかんたんにのべておきたい。

尼子家は、近江の国京極家という守護大名の代理として、山陰地方へ入り、富田城主として出雲の国をおさめていたのである。

〔守護大名〕とは、朝廷や、当時の足利幕府から任命されて、それぞれの諸国を警護し、これを統治していた大名のことだ。

だから尼子家は、守護大名・京極家の家臣だったことになる。

で……。

主家のかわりに出雲の国をおさめていた尼子清定の代になると、今度は主家の京極氏が軍隊を山陰へさしむけ、尼子清定を追いはらってしまった。

これはどうも、尼子清定があまり政治家として能力がなかったためもあろうが、京極家も、清定が主家をないがしろにして威張りはじめたので、出雲の国をまかせておけなくなったのであろう。

「清定などにまかせておいたら、出雲の国も、ほかの強い大名にうばいとられてしまうにちがいない」

と、京極氏が山陰諸豪族と呼応して、尼子清定を攻め、これを追放したのだ。

こうして、尼子家は山陰地方から追いはらわれてしまった。

そのころには、戦国時代もたけなわのころで、主人も家来もない、ただもう、ちからの強いものが勝ち、その勢力をのばして行く、という時代になってきたものだから、

(自分も、なんとかして出雲の国を、富田の城をうばい返したい!!)

こう決意をしたのが、前にのべた尼子経久なのである。

経久は清定の子であった。

経久は、富田の城に生まれ育ち、父の清定が山陰から追いはらわれたとき、すでに尼子家をついでいたのである。

それだけに、山陰は、出雲は……そして富田城は、尼子経久の故国であった、といえよう。

経久は、父・清定が死んだのちも、諸方へかくれひそみつつ、富田城奪回の機会をねらっていた。

このときの経久にちからを合せ、共に尼子家再興のために活躍したのが、山中鹿之介の祖父・満盛であったそうな。

いよいよ、その機会が来た。

富田城では、毎年元旦の吉例として、この地方で〔鉢屋〕とよばれる一種の傀儡師(遊芸やまじないなどを業とする流浪の民)を城内へ迎え入れ、千秋万歳楽を舞い奏さ

せるという行事があった。

尼子を追い出したのちは、塩冶掃部介が守護の代理として富田城主になっていたが、この元旦の吉例は、土地の風習であるから無視することもならず、相変らず毎年の行事としていたものだ。

そこで尼子経久は、この〔鉢屋〕たちをひそかに味方にひき入れた。

そして……。

文明十八年の正月――元旦。

百余名の尼子一党が〔鉢屋〕に変装し、まんまと城内へ入りこみ、突如、城主の塩冶を襲撃し、これを殺害し、城をうばい取ってしまった。

その後尼子経久は、亡父・清定の欠点をよくわきまえていたので、民政にもちからをつくし、近国の豪族を切りしたがえ、ついに山陰のみか、山陽の一部まで〔わがもの〕としてしまった。

こうなると、本家の京極家も手が出なくなる。

毛利元就なども、このときに、

「ぜひぜひ、御味方させていただきたい」

といい、尼子経久の下へあたまを下げてきたのだ。

毛利家は、はじめ安芸（広島県）吉田の地頭であった。

それが、戦乱に乗じて、しだいに勢力をのばし、のちに守護大名・大内家の下にしたがったのである。

大内家は、周防（すおう）・長門（ながと）・安芸・石見（いわみ）など六か国をおさめていた大名だ。

日本の地図を見れば、すぐにわかることだが、そのころの山陰・山陽の両地方は、まさに、尼子と大内の二大勢力が支配していた、といえよう。

だから、尼子と大内が激突せざるを得ないことになる。

まだ、ちからも弱かった毛利元就としては、尼子か大内か……そのどちらかをえらばねばならなかった。

そこで、はじめは大内に従っていた毛利は、やがて尼子の旗の下に加わり、いっしょになって大内家と戦いはじめたのである。

そのうちに、毛利元就は、

（これは、やはり……尼子家よりも大内家の味方をしたほうが、われらにとって有利である）

と、おもい直した。

そして、ふたたび、大内家の味方をし、尼子家と戦うようになった。

そのころの小さな武将たちは、みな、この毛利元就のように生きて行かねばならなかったのである。

小さな勢力が大きな勢力にふくみこまれてゆくのは当然だが、大きな勢力のどちらが勝つか、それを見きわめておかぬと大変なことになる。

その点、毛利元就は大へんに賢い、目先のきいた武将であったことになる。

こういうわけで……、

むかしは同じ味方同士だったのだから、毛利元就は、尼子家の内情をよくわきまえていた。

尼子国久を、にせの〔密書〕でおとしいれ、尼子家に内乱を引き起させた手ぎわは、あざやかというよりほかはない。

はなしを、元へもどそう。

毛利元就は、依然、大内家に属していたのだけれども、その大内家も尼子家よりもひどい内乱が起っていたのである。

毛利とおなじように大内家に属していた陶晴賢（すえはるかた）が、主家の大内義隆（よしたか）にそむき、これを急襲して、義隆は逃げ、ついに自殺をとげてしまった。

このとき、義隆の後つぎの子である新介（しんすけ）も死んでしまったから、ここに大内の本家は絶えてしまったことになる。

こうなると、大内家の親族や、毛利、陶など、大内家に属していた大名や武将たちの勢力あらそいがはじまってくる。

（このようなときに、尼子が攻めて来たら、たまったものではない）

と、毛利元就は考えたのであろう。

元就は、いまや、

（いまこそ、自分が、ちからのかぎりをつくして、大内家にかわるだけのものになろう！）

と、決意をしている。

だから、なによりも大内家の内乱を、わが実力でとりしずめてから、尼子と戦いたい。

そこで、

（ひとつ、尼子のほうにも……）

内乱を引き起し、こちらへ攻めて来ないようにしておこう、と、おもいたち、あのような謀略をおこなったものと見える。

尼子晴久は、みごとに、この謀略にのせられてしまったわけだ。

そして、尼子家にとっては、たいせつな叔父の国久をはじめ、勇猛な戦力だった〔新宮党〕を、みずからの手で討ちほろぼしてしまったのである。

6

この異変があって間もなく……。

ついに……。

毛利元就が、ライバルの陶晴賢と厳島で戦い、これを徹底的に潰滅してしまった。

元就は、周防と長門の両国を平定し、やがては中国地方のほとんどをわが手におさめることになる。

こうなると、現在の岡山県から、広島、山口、さらに尼子家の領国であった島根県の一部をも、毛利家の勢力に入れたことになるのだから、

「これは、もう、うかうかとしてはおられぬ!!」

尼子晴久も、懸命に、かつての宿敵であった大内家にかわる毛利の勢力を、なんとかして突きくずそうとするのだが、うまく行かない。

毛利軍と戦うたびに、じりじりと圧迫されるばかりなのである。

「このようなことが、つづいていたのでは、いまに富田の城もうばい取られてしまうぞ!!」

と、山中鹿之介幸盛(ゆきもり)が叫んだ。

鹿之介も十六歳になった。

尼子国久父子が死んでから、六年の歳月が、あわただしい戦陣の明け暮れの中で、夢のようにすぎ去っている。

「これはもう、年寄りたちにまかせておいてはならぬのだ!!」

鹿之介は、自分と同年輩の若者たちによびかけた。

われわれの若いちからで、おとろえかけている尼子家に、かつての〔栄光〕をもたらそうではないか、というのだ。

いまの鹿之介は、小姓ではない。

主・尼子晴久の後つぎである義久の近習をつとめてはいるが、中老職の〔格式〕をゆるされるようになっていた。

それはつまり、鹿之介が正式に、山中家の後をついだことを意味する。兄の幸高の病気は悪化するばかりであったし、

「家督は、弟に……」

という兄のねがいがききとどけられ、代々、山中家につたわる三日月の前立に鹿角の脇立をつけた兜が鹿之介へゆずりわたされた。

すでに彼は、十三歳で初陣をしていた。

このとき、敵の首を三つ討ちとっている。

幼年のころからすぐれていた体軀は、さらに巨大なものとなってきている。

まるで、

「金剛力士を見るような……」

すばらしい肉体なのだ。

何も彼も大きい。

眉も眼も、鼻も口も、腕も、足も、大きい。

しかも、美しくととのっていて、大きい。

その大きさにふさわしい〔武勇〕を、鹿之介は天性そなえている。

当時、戦乱の世なのだ。

戦国の時代は、いうまでもなく戦争のくり返しである。

だから、卓抜した武将・戦士こそ、まさに〔流行の寵児(ちょうじ)〕であったわけだ。

いま、われわれの生きている日本の現代は、理屈の世の中である。ゆえに、弁口の達者なものがもてはやされる。それと同じことなのだ。

山中鹿之介が十五歳になると、縁談が殺到した。

「まだ、早うござる」

鹿之介は悠然と笑いながら片端からことわってしまう。

ついに、殿さまの尼子晴久の口ぞえをねがうものさえ出てきた。

「どこどこのむすめを、そちの妻にしてもらいたいそうな。いかがであるか？」

晴久が鹿之介にいうと、

「私めに、存じよりもござりますゆえ……」

「ほう……そち、いずこかのむすめにのぞみをかけておると申すのか？」

「はい」

「たれじゃ」

「ただいまは、申しあげられませぬ」

と、鹿之介は、主君の晴久に対して、おもったことを遠慮なしにいってのけるし、いやなことは断然、これに応じようとはせぬ。

晴久も、

(なまいきな、鹿めが……)

このごろは、あまり、こころよくおもっていないらしいのだ。

それというのも、鹿之介は、

(この殿では、もういかぬ……)

晴久に見きりをつけてしまっていたからである。

そもそも、数年前のあのとき、尼子国久と新宮党を討ちほろぼしたことを、

(あれは、殿さまや重臣たちが、毛利元就の計略にのせられてしもうたのだ)

と、ひそかに考えているものは、山中鹿之介のみではないのだ。

尼子晴久も五十に近くなり、戦陣の折も、若いときのような迫力がない。

叔父の国久を殺害してからは、さらにいけない。気が、とがめているのだろう。

自分の間ちがいを、家臣たちにさとられまいとして、戦争にも政治にもむりなことをする。豪勇が狂暴に変りつつあった。

そして……。

大西十兵衛、本田豊前守らの重臣たちも、国久父子と新宮党を失った責任を、内心はするどく感じている。彼らも〔殿さま〕同様に、なんとなく迫力がなくなってきている。

毛利方の勢力が強大になり、こちらが敗色濃厚という重大なときに、殿さまと重臣

たちが、

「あれでは、だめである!!」

と、鹿之介たち若い武士は考えている。

鹿之介の下に二百人もの若ものたちがあつまっている。いわば、尼子家の〔少年団〕というわけだが、彼らはみな現在の殿さまである尼子晴久よりも、その子の義久に、

「期待をかけよう!!」

と、おもいきわめているのだ。

だから、一日も早く、いまの殿さまには、

「引退してもらいたい」

のである。

いずれも十代の若者たちだが、自分たちのちからをみとめさせるためには、それだけの実績をしめしておかねばならぬ、というので、鹿之介を中心とした彼らは、戦争があるたびに、すこぶる勇猛果敢な活躍ぶりを見せた。

こうしたときに、山中鹿之介は、敵も味方も瞠目(どうもく)するほどの武勲をたてたものである。

それは……。

尼子晴久・義久の父子が、みずから陣頭に立ち、伯耆の尾高城(おだかじょう)を攻撃したときのこ

とであった。尾高城は、現・鳥取県米子市の東方二里のところにある。この城は、むかしから土地の豪族・行松（ゆきまつ）氏の居城であった。

尼子の本城・富田から尾高城まで、さしわたしにしても七里ほどの近距離だ。

だから、尼子経久によって、行松氏は尾高城から追いはらわれてしまったことがある。

仕方なく、行松氏は尼子に降伏し、やっと、尾高城にはいることをゆるされた。

ところが、いま……。

尼子は毛利に圧迫され、むかしの威勢はおとろえてゆくばかりだ。

そこで、尾高城の行松政盛は、ひそかに毛利元就と通じたのである。

行松は、もともと尼子をよくおもっていない。当然のなりゆきであったろう。

行松政盛が毛利軍と呼応し、しばしば、伯耆と出雲の国境へ進出して来るようになった。

尼子と行松との戦闘が開始された。

行松家には、菊地（きくち）音八正茂（おとはちまさもち）という部将がいる。

この菊地音八の名は、かねてから山陰地方にきこえていた。二十人力のちからもちであるとか、これまでに音八が討ちとった敵の首は百を越えているとか……風評は大仰なものだとしても、事実、強い。

戦闘があるたびに、菊地部隊が尼子軍を突きくずし、追い退けた。

尼子軍は、一時も早く尾高城を攻めとってしまいたいのだが、菊地音八がひきいる部隊があらわれるや、地形を利用した巧妙な戦術と、猛烈な反撃とによって、尼子の部隊はさんざんに打ち破られてしまうのだ。

尼子晴久がみずから軍をひきいて、尾高城を攻略しようと決心したのも、このようなことがいつまでもつづいては、尼子の威風がそこなわれ、

「天下の笑いものになろう」

たまりかねたのである。

十六歳の山中鹿之介が、尼子義久の近習として出陣し、菊地音八と闘ったのは、このときであった。

菊地部隊は〔若殿さま〕の義久の陣へ、疾風のように駈(か)け向って来た。

これを見て、

「それがし、出てまいる!!」

鹿之介が単騎、槍(やり)をかざして菊地部隊へ駈け向った。

「われは、尼子が家臣、山中鹿之介幸盛である。菊地音八と一騎打ちの勝負をいたしたい!!」

と、鹿之介はよびかけた。

このころの戦闘には、まだ鉄砲も火薬も普及しておらず、名ある武士なら、たがいに堂々と名のり合い、敵味方が見まもる中で勝負を決するという古めかしい戦闘のル

ールが、まだ残されていた。

鹿之介に呼びかけられては、菊地音八もだまっていられない。出て行かなくては、

「ひきょうもの」

にされてしまうからだ。

それに、音八にして見れば、

「だれが出て来たとて、おれが、負けるわけがない」

自信まんまんたるものがあった。

「応!!」

こたえて、音八が馬を乗り出した。

音八は、鹿之介より五寸は高い背丈で、ひとまわり大きな体軀(たいく)をしている。

左手に馬の手綱をつかみ、右手に七尺余の鉄棒をかるがると振って、

「来たれ!!」

いちめんのひげにおおわれた精悍(せいかん)な顔に笑いさえうかべ、鹿之介へ馬をすすめて来る。

あの鹿角の兜(かぶと)をかぶり、黒の鎧(よろい)に身をかためた山中鹿之介は、臆(おく)するところなく、正面から菊地音八へせまる。

双方の馬が、すさまじい勢いで駈けちがったとき、音八の鉄棒が鹿之介の兜をなぐり撃ってきた。

鹿之介がくびをすくめこれをかわしつつ、右手の槍を音八の馬の腹へ突き刺し、間髪(かんはつ)をいれず、これを引きぬいている。

音八の馬が悲鳴をあげ、血飛沫(ちしぶき)をふりまき、棹立(さおだ)ちとなった。

音八は、あまりにす早い鹿之介の反撃におどろき、あわてて、馬の手綱を引きしぼったとき、反転した鹿之介が馬を寄せ、右手の槍で、横なぐりに音八の顔面をはらった。

音八の兜が音をたててかたむいた。

鹿之介の槍の穂先は、音八の顔をななめに引き裂いた。音八の左眼から鼻すじにかけて、血がふき出した。

「あ、あああっ……おのれ!!」

菊地音八は眼からながれる血に狼狽(ろうばい)し、傷ついて荒れまわる乗馬をしずめかね、かろうじて鞍(くら)から飛び降り、太刀を引きぬいた。

鹿之介が、またも馬上から槍をふるった。

音八の太刀が、宙にはね飛ばされた。

山中鹿之介の馬が、地上によろめいている菊地音八の傍を走りすぎたとき、

「わ、わあ、っ……」

音八の絶叫が起った。

音八の鎧の胸に、鹿之介の手からはなれた長槍が、ふかぶかと突き立っている。

敵も味方も、声がない。

あまりにも呆気なかった。あまりにも、鹿之介の闘いぶりが鮮烈をきわめていた。

鹿之介は、しずかに馬を返し、馬から降りて、刀を引きぬき、菊地音八の首を掻き切り、

「山中鹿之介、菊地音八を討ちとった!!」

と、大音にいった。

尼子方の将兵にどよめきが起ったのは、このときである。行松軍には音もなかった。菊地音八を失った行松政盛は、よほどに落胆したものらしい。尾高城は尼子軍に攻めとられ、行松政盛は尼子の包囲を脱出し、毛利元就のもとへ逃げた。

菊地音八をあざやかに討ちとったことによって、

「尼子家の山中鹿之介」

の武勇が、山陰一帯のみか、山陽に本拠をかまえる毛利方へも、とどろきわたった。音八の武勇が、これまでに群をぬいてすぐれていただけに、これを殪した鹿之介の名声が、ことさらに大きいものとなったわけである。

尼子家における鹿之介の地位が、不動のものとなった。

そして……。

この年の十二月二十四日。

〔殿さま〕の尼子晴久が病死をした。

尾高城を攻めとったところで、毛利軍に圧迫されつつある現状が変るわけではない。

尼子晴久は、わが手に叔父・国久を討って以来、急激に健康を損ねていたという。

晴久の歿年、四十九歳。

息絶えんとするとき、晴久は、後つぎの義久の手をにぎりしめ、

「も、毛利が……毛利が、来る……」

不安げにつぶやいた。

しかし、山中鹿之介は却って闘志にあふれている。若い尼子義久が、名実ともに富田城主となったのだ。

若い主と、若い家来たちで、尼子の威風をふたたび取りもどそうという鹿之介たちの野望の跡を、筆者は、これからたどりつづけて行くわけだが……。

伯耆の尾高城のことも、おぼえておいていただきたい。

この尾高城、のちのち山中鹿之介にとって忘れがたい〔城〕となるのである。

恋と戦陣

1

おもくたれこめていた初夏の闇が、烈しく蕩揺しはじめた。

山中鹿之介の、たくましい腕の中にいて、千明のしなやかな、若い肉体は押えても押えきれぬよろこびの声をあげている。

この早春のころに……。

はじめて、鹿之介に抱きしめられたとき、千明の裸身は、まだおさなく、硬く、熟しきらぬ青い木の実の哀しさが宿っていたものだ。

そのころから四か月を経ていた。

鹿之介は、夜毎か、または長くとも三日と日を置かずに、この千明の寝間へ通いつづけてきている。

千明の十七歳の女体は、彼女自身が瞠目するほどの急速さをもって開花しつつあった。

鹿之介も、おどろいている。自分自身にだ。

（女とは……いや、男とは……女と男とは、こうした生きものだったのか……）

であった。

この年――永禄六年で十九歳になった山中鹿之介にとっても、千明によって、

（はじめて知った……）

女体なのである。

はじめのうちは……。

人眼をしのぶ緊張の中で、ただもう一方的に強烈な鹿之介の愛撫が、いたましいほどに千明の肉体へ加えられた。

いまは、ちがう。

強烈ではあっても、ぎごちなく、性急だった鹿之介の愛撫に、やさしげないたわりと協調が見られ、さらに余裕が生じた。

余裕を得たことによって、鹿之介の愛撫が、千明の肉体への飽くなき探究に変りつつある。

千明のからだのどこもかしこも、鹿之介にとっては驚異であり、新鮮な発見であり、よろこびであった。

千明を抱くたびに自分が、

（生まれ変ったような……）

気もちにさえなる。

鹿之介は、自分の人生が〔武勇〕にのみあることでないことを、知ったようだ。

千明にとっても、

〔よろこびの苦痛と不安〕

が、

〔甘美なよろこび〕

に、変ってきている。

木の実はふくらみ、樹液がみちあふれてきはじめた。

「ああ、鹿之介さま……」

「む……？」

「このままで……このままで、よいのでしょうか……？」

「かまわぬ」

「なれど……」

「朝が、間もなく来る」

「あい……」

「朝が来れば、また夜になるまで、逢(あ)えぬ」

「ああ、鹿之介さま……」

闇が、かすかに白みはじめてきているかのようであった。

いったんは、身をはなし、しずかに横たわっていた二人の躰(からだ)が、また一つのものとなった。

千明の、長い黒い髪が背にも肩にも、胸にもみだれかかり、鹿之介は、その髪をかきわけるようにしてかたくふくらんだ乳房へ顔を埋めていった。

したたり落ちるほどの若い汗のにおいが、寝間にむれこもっている。

「あ……もう、鹿さま……たれか……たれかに、気づかれては……」

「かまわぬ」

「なれど……あの……父上は、早うからお起きなされて、庭で弓をひきまする」

「かまわぬ、かまわぬ、かまわぬ……」

「あれ……そのような……なりませぬ、それは……」

千明が両腕を、わが下半身に突きのべるようにし、鹿之介の髪を、おもわずつかんだ。

「すでに……」

と、鹿之介は荒々しいあえぎをたかめつつ、

「すでに、知れてあるわ」

と、いいはなった。

たしかに、そのとおりであった。

鹿之介が新宮谷の自邸をぬけ出し、暗夜の富田城下を西へ……富田川をわたった桝（ます）形山（がたやま）の山すそにある亀井能登守秀綱（かめいのとのかみひでつな）の屋敷へしのび入り、秀綱のむすめ・千明の寝間で夜をすごす事実を、

「いま、しばし、そのままにしておけ」

と、秀綱は千明へつきそう老女にいいつけてある。

それのみか、

（一日も早く、千明が鹿之介の子を、腹にやどしてくれればよいのじゃが……）

とさえ、秀綱はおもっているのだ。

むろん、二人は婚約の間柄ではない。

いや、千明には清松弥十郎（きよまつやじゅうろう）という、親たちのとりきめたりっぱな婚約者がいて、その約定はいまだに存続しているのである。

とすれば……。

山中鹿之介は、他人の婚約者の寝間へ無断で押し入り、強引にこれをうばいとり、むさぼりつつあるということになるのではないか。

その事実をみとめながら、亀井秀綱は、むすめと鹿之介を黙認している。

現代（いま）から四百年もむかしの武家の社会では、まったく考えられぬことではある。

しかも、亀井秀綱は、尼子家でもそれと知られた中老衆の一人であって、屋敷も〔城がまえ〕の堂々たるものであった。

夜も、警衛の士が屋敷内を巡回して歩く。

しかし、山中鹿之介は森林の〔けだもの〕のような俊敏さで、警衛の人びとの目をかすめ、潜入をしてくるのであった。

これに、いち早く気づいたのは、千明の寝間の次の間にねむっている老女であったが、飛びこんで行って鹿之介をとがめることが、ためらわれた。

それというのも、千明が鹿之介をゆるし、いじらしくもひたむきな情熱をもってこたえている気配が、はっきりと老女の耳へつたわってきたからだ。

それに、山中鹿之介も近いうちに、この亀井家と同様、尼子の〔中老職〕へ就任することは、城下のだれもがみとめていたことだったからである。

翌朝。

老女は、このことをひそかに主人の亀井秀綱へ告げた。

「鹿之介が……」

と、はじめは秀綱もおどろいた。

おどろいたが、そのまま長い沈黙をおいて、

「このことを、だれにも申すな」

「はい」

「そして……」

「は……？」

「鹿之介来らば、千明の寝間へ入れよ。知らぬ顔をしておれ」

「そ、それは……」

「よい、よい」

「なれど、それにては、清松さまへの……」

「申すな。わしのいうようにせよ。ただし、くれぐれも内密のことじゃ」

「はい」

老女は、亀井家にとって無類の忠義者だ。

また、かねてから主の亀井秀綱が、山中鹿之介を愛し、なにかとちからになっていることも知っている。

そして老女は、

(なれど……弥十郎さまの、お気の毒なことよ)

眉をひそめた。

富田城下にならぶものがないとうたわれた千明の美貌を、婚約者の清松弥十郎がきらっているはずはない。

2

数年前に……。

いまは亡き前の〔殿さま〕であった尼子晴久が、山中鹿之介へ殺到する縁談の口ぞえをたのまれ、

「いかがであるか?」

と、もちかけるたびに、十五歳だった鹿之介が、

「私めに、存じよりもございますゆえ……」

片端から拒絶してきたことは、すでにのべておいた。

そのころから鹿之介は、亀井秀綱のむすめ・千明におもいをかけていたらしい。

千明は長女である。妹がひとり。

ほかに亀井秀綱の子はない。

だから当然、千明には養子をとらねばならぬ。

(おれが行こう)

鹿之介はひとりで、きめこんでいた。

しかし、当時すでに鹿之介は、病身の兄・幸高から、

「家督は弟に……」

と、のぞまれ、山中家の後つぎになることがきまっていた。

これでは、亀井家へ養子に入ることなどできるものではない。

(なに、かまわぬ。おれと千明どのとの間に生まれた子を、兄の子として山中の家をつがせる。それでよい)

少年のおそるべき単純さで、鹿之介は割り切っていたのである。

ま、それはそれでよろしい。

「亀井家の千明が、すでに七歳のころから、清松弥十郎との間に婚約の儀がとりきめられてある」

とのことを知ったとき、山中鹿之介の痛恨は、非常なものであった。

もっとも、これは彼ひとりの胸にたたみこまれていたものだが……。

清松弥十郎は、尼子家の三十八将の内に数えられる重臣・清松三郎宗重の次男である。

弥十郎は、鹿之介より二歳年長であった。

しかし、山中鹿之介の美丈夫ぶりにくらべると、いかにも線が細く、弱い。

だが顔だちは平凡でも、すらりとした体軀で、細面の……千明の夫としても、さほどにみにくくはない弥十郎なのである。

清松弥十郎も、次男ではあったが、その才能をみとめられ、早くから尼子晴久に召し出され、鹿之介と共に小姓をつとめ、ついで〔近習〕になった。

その才能とは〔武勇〕ではない。

弥十郎は幼少のころから書がうまかった。

絵も描く。

彼が六歳のころ、富田川上流の風景を描いたものを、あの京都・妙心寺の僧、通玄が見て、驚嘆し、

「武士にするのは、惜しゅうござる」

おもわず洩らしたそうな。

だから、故・尼子晴久は弥十郎をそば近く召しつかい、書類の整理をさせたり、

種々の地図の作成をさせたりして、珍重していたのだ。

そのかわり、戦場に出たところで役にたつ清松弥十郎ではないし、それに病身であった。

十六歳の折に因伯にかくれもない豪傑・菊地音八をみごとに討ちとった山中鹿之介とくらべたら、まったく問題にされぬ存在なのだ。

なぜならば〔戦国の世〕の武士として、山野の風景を写生してよろこんでいるような弥十郎の風流ぶりは、尼子家中の人びとの軽侮を買うのみであったからである。

（どうも、困ったわい）

と、弥十郎をむすめの聟にし、ひいては自分の後つぎにするつもりでいた亀井秀綱も、

（弥十郎が、このような男になろうとは、おもうても見なんだ……）

非常に落胆をしている。

清松家では……。

永禄四年に、当主の清松宗重が病死し、弥十郎の兄・源五郎が後をつぎ、父の名の宗重を名のることになった。

だからといって、婚約を破るわけにもゆかず、しかし亀井秀綱にしてみれば、

（どうも、弥十郎では、亀井家の後つぎとして、ふさわしくない）

との考えがつよくなるばかりであった。

今年の秋には、千明と弥十郎が婚礼の式をあげる約束になっている。

折も折、山中鹿之介がむすめの千明の寝間へ、大胆にもしのび入って来ているときいた。

(ふうむ……)

亀井秀綱としては、

(これぞ!!)

まさにひざを打ちたたきたいほどのおもいだったのである。

(そうか……鹿之介が千明に、懸想していたのか……)

であった。

それならば、まだ手段はある。

見て見ぬふりをしておいて、先ず、鹿之介の子を千明に身ごもらせてしまう。

それから、おどろけばよい。

「いささかも知らなんだわい」

と、いえばよい。

その上で、

「かくなる上は仕方もなし。むすめの腹の子のことをおもえば、無下にもいたしかねる。なんとか、鹿之介と夫婦(めおと)にしてやってもらいたい」

と、清松家へもちかける。

なんといっても、いまの清松家は、若い源五郎宗重が当主なのだ。実力からいっても亀井秀綱に匹敵すべくもない。

それに、むすめと不義をした相手が鹿之介なのである。

山中鹿之介は、尼子家のホープである。これは万人がみとめている。

尼子晴久亡きのち、城主となった尼子義久は、まだ二十歳の若さであった。

どうしても家臣たちが、この〔若き主〕をもりたててゆかねばならない。

老いた重臣たちはさておき、亀井秀綱は、自分がまだ四十をこえた年齢だけに、山中鹿之介を中心とする尼子の若手の武勇と将来に、ふかく大きい期待をかけていたのである。

それだけに尚更、清松弥十郎の、

「文弱ぶり」

がおもしろくない。

（鹿之介と、わがむすめの不義ならば、たれもがこれを、みとめてくれよう）

と、亀井秀綱は考えた。

3

それは、山中鹿之介もおなじおもいなのである。

（おれの不義なら、たれもがみとめてくれよう）

鹿之介の自信は、非常なものにふくれあがっていた、といえる。

その後も、戦陣のたびに、彼の武勇は鮮烈な印象を人びとにあたえた。

敵の毛利軍も、鹿角の兜をかぶり、黒の鎧に身をかためた山中鹿之介が馬を駆って、

「それ、突き進め!!」

尼子の〔少年団〕をひきい、猛然と立ち向って来るのを見ると、

「手向うな」

叫んで、すばやく散開してしまうほどであった。

何かと口やかましく、若手の擡頭をよろこばぬ老重臣たちも、鹿之介の武勇だけは、みとめぬわけにはゆかぬのである。

ことに……。

いまの尼子家は、毛利元就の、日の出の勢いという形容そのままの進出ぶりに圧倒されているだけに、抜群の勇者であり部将である山中鹿之介を無視するわけにはゆかぬし、重臣たちの中でも、亀井秀綱同様、

「若き殿をまもり、これからの尼子家に、昔日の栄光をもたらすものは、まさに山中鹿之介である」

との声も、かなりある。

そのことを、だれより鹿之介自身が承知していた。

(こうなれば……なによりも先ず、千明どのをおれのものにしてしまうことだ)

と、彼は決意をしたのであった。

（このまま、手をつかねていては、すぐに秋が来てしまう。秋が来れば、千明どのと清松弥十郎の婚礼がとりおこなわれる。これは、もはや、だまってはおられぬ!!）

千明に対しても、自信があった。

時折に亀井秀綱に招ばれて屋敷を訪問するときなど、茶をはこんであらわれる千明の熱い眼ざしがひたひたと自分に向けられていることを、鹿之介は、はっきりと感じとっていた。

千明も、清松弥十郎という婚約者のことは、じゅうぶんにわきまえているのだけれども、十九歳にして尚、威風堂々たる山中鹿之介を目のあたりに見ては、これも戦国の世の処女として、胸がときめくのを押えきれるものではないのだ。

（かまわぬ。おれと千明どのとの間に生まれた子を、山中の後とりにすればよい!!）

と、少年のころに、ふてぶてしく考えたことを、いまの鹿之介はまたも再燃させているし、亀井秀綱もまた、鹿之介とおなじことを考えていたのである。

「申し上げたきことがござります」

と、山中鹿之介が正式に面会をもとめ、亀井屋敷へあらわれたのは、この年の六月の或る日のことであった。

「なにごとじゃ？」

と、亀井秀綱が、

(ははあ、いよいよ……)

とのおもいなどはすこしもあらわさず、

「急の用事か?」

「は……」

「申してみよ」

「千明どのを妻にもらいうけとうござる」

「なんと……千明が清松弥十郎と、この秋に婚礼いたすことを、おぬしはききおよばぬのか?」

「知っておりまする」

「それなら、なぜに……」

「すでに、千明どの、私の子を身ごもっておりまする」

「げえっ」

と、腰をぬかさんばかりにおどろいて見せたのは、亀井能登守秀綱、相当の役者ぶりであったといえよう。

「まことか?」

「はい」

と、鹿之介も、まさかに秀綱が、千明が身ごもったことをすでに知っているとはおもっていない。

鹿之介は、緊張に青ざめていた。

「おのれ!!」

と、亀井秀綱が怒って見せた。

「ふとどきな……」

「申しわけもございませぬ。なれど、かくなった上からは、もはや、かくしてはおけませぬゆえ、いさぎよく申し出ました」

青ざめてはいるが鹿之介、びくともせぬ。

(たのもしきやつ)

秀綱は胸中でよろこんだ、というのだから、ひどい目にあったのは清松弥十郎なのである。

「ばかものめ!!」

亀井秀綱は、さんざんに山中鹿之介を叱りつけ、帰しておいてから、

(さて……)

いよいよ、この異変? を解決すべく、運動にとりかかった。

亀井家は、もと紀州から出て、近江の京極家につかえ、のちに尼子家をたすけるために山陰地方へうつって来たもので、尼子家が主家の京極氏をはなれ、独立してからは、そのまま尼子家の重臣として居すわり、苦楽を共にして来たほどの家柄である。

「まことに、鹿之介の所業はけしからぬ」

「このような前例をのこしてはなるまい」

なぞという老臣たちもいたが、亀井秀綱の実力は、これを押し切るだけのものをじゅうぶんにそなえていたし、殿さまの尼子義久が山中鹿之介を信頼し、寵愛(ちょうあい)し、日毎に鹿之介をそば近く引きつけておかねば気がすまぬ、というのであるから、老臣たちも、ついに口をつぐむかたちになってしまった。

「よし、余が媒妁(ばいしゃく)をしてつかわそう」

と、尼子義久がいった。

鹿之介の叔父(おじ)・立原久綱も、

「鹿め、おもいのほかに手の早きやつじゃ」

苦笑をしたが、こうなっては、亀井秀綱の、

「かならず、生まれ出る子を山中家の後つぎにいたす」

という約定を受け入れるより、仕方もない。

清松弥十郎は〔泣き寝入り〕のかたちになってしまった。

鹿之介の母も、もはや反対すべくもなかった。

生まれ出る子は男か、女か……。

それもわからぬことだし、ともかく、千明が身ごもったからには鹿之介と夫婦にさせ、いちおう、山中屋敷で新婚生活をいとなむことにさせた。

ほんらいならば、姓名も亀井鹿之介、となるべきだが、

「そのことは、子が生まれてからでよい」

とまで、亀井秀綱は譲歩してくれたのであった。

山中鹿之介と千明の婚礼は、七月五日におこなわれた。

尼子義久は、鹿之介ほどではないにせよ、気に入りの清松弥十郎の〈失恋〉を、さすがに気の毒な、とおもったらしい。

ひそかに弥十郎をよび寄せ、秘蔵の硯箱（すずりばこ）をあたえ、

「ま、ここのところは鹿之介へゆずってやれい」

と、なぐさめた。

若い〈殿さま〉にしては、よく気がつくことではある。

尼子義久はこころのやさしげな人物であった。

鹿之介と千明の婚儀は盛大であった。

けれども二人の新婚生活は、そのまま、きびしい戦火の明け暮れへ突入して行ったようなものである。

毛利元就が、いよいよ、

「尼子の本城（富田城）を攻め落さむ!!」

の目標をさだめ、本格的な進攻作戦にとりかかったからだ。

4

そのころ、尼子家の領有していた石見(いわみ)の銀山も、すでに、毛利軍にうばい取られていた。

石見銀山からは、当時、多量の銀鉱が採掘されている。

軍費を補給する意味からいっても、また尼子と毛利の前線基地ということからも、両家が、この銀山を〔わがもの〕とすべく、これまでも激烈な戦闘を反復してきたのは当然であった。

銀山をまもっていた尼子の守将は、本城常光(ほんじょうつねみつ)である。

常光は豪勇の武将で、これまでも執拗(しつよう)な毛利軍の攻撃をよくもちこたえてきていた。

銀山をまもるために築かれた山吹城(やまぶきじょう)へたてこもり、毛利軍の包囲を受けた本城常光からは、去年の秋ごろから、

「一時も早く……」

と、救援を請う急使が、富田城へ馳(は)せつけて来たものだ。

山中鹿之介などは、

「石見の銀山を敵にうばわれては、取り返しがつかなくなりましょう。これは、おもいきって大軍をさし向け、山吹城を救うと共に、このさい、いっきょに毛利の本軍を打ち破ってはいかが」

勇敢に、殿さまの尼子義久や重臣たちへ進言をしたが、

「若いものは、だまっておれ!!」

と、こうなれば重臣たちも自分たちの権威をまもるため、結束して、若手の擡頭をふせごうとする。

とにかく、敗戦につぐ敗戦で、老臣たちは気おくれがしてきている。

(いまここで、富田の本城の備えを忘れ、兵力をさいて石見へさし向けたそのすきに、もしも毛利軍がどこからか急にあらわれ、攻めかけて来たなら、却って一大事である)

と、考えている。

新宮党の尼子国久事件を例にとって見ても、先ごろ、陶晴賢を厳島に打ち破ったときの作戦を見ても、毛利元就の謀略のすさまじさや恐るべき作戦計画にのせられては、

(たまったものではない)

と、殿さまも重臣たちも考えているのだ。

あれほどに鹿之介びいきの亀井秀綱でさえ、

「いまここで、石見へ兵力を割くことはあぶない」

と、鹿之介をたしなめたほどなのである。

尼子方がぐずぐずしているうちに、毛利元就は、巧妙な謀略をおこない、

「われに味方するなら、この石見銀山をそこもとへあたえよう」

と、本城常光へもちかけた。

常光にしても、

「この籠城がいつまで、つづくものではない」

ことがわかっているし、しかも、尼子からは援軍が駈けつけて来てくれぬ。

城は、現代の島根県・大田市大森郷にそびえる標高三百四十メートルのけわしい山城であるが、食糧の補給がつかなくなった。

城のまわりは、びっしりと毛利軍によって包囲されつくしている。

さすがの本城常光も、

(もはや、毛利には勝てぬ。尼子もこれまでであろう)

と、見きわめをつけざるを得ない。

いくら「救援してくれ」とたのんでも、尼子の本軍は腰を上げようともせぬのだから、

(ええもう勝手にしろ!!)

と、いいたくなるのもむりはなかったといえよう。

そこで、常光は毛利元就のまねきに応じ、山吹城を開城し、毛利方へ降った。

ところが毛利元就は、降伏した本城常光を宍道へまねき、ここで暗殺してしまったものである。

元就にしてみれば常光との約定を破っても、

（本城常光ほどの勇将を生かしておいて、もしもまた、尼子家へ寝返るようなことになったら、めんどうなことになる）

と、考えたのだ。

このときまで、山吹城を救援するか、せぬかで、連日、重臣会議をおこなっていた富田城の尼子方も、いざ、石見銀山が敵の手中に帰したことを知るや、その結果の重大さに、異常な緊迫をおぼえずにはいられなかった。

石見銀山と山吹城を奪取したことによって、毛利軍は、その前線基地を充実させることができ、ここを兵站基地として、尼子攻略のための重要なくさびを打ちこんだことになる。

「ばかな。何故に早く、山吹城へ馳せつけなかったのか!!」

と、山中鹿之介は怒り、嘆いた。

老いた重臣たちの因循姑息さに取り巻かれている〔殿さま〕が、

（歯がゆくてならぬ）

のであった。

鹿之介たちの若手が、同じ若さをもつ主君と共に敗色濃厚な尼子家の勢力を挽回しようとしても、なかなか、おもうようにはならぬ。

鹿之介たちも、殿さまの尼子義久も、重臣団の結束を破るには、あまりにも若すぎたからである。

鹿之介のそうしたうっぷんは、そのまま千明への強烈な愛撫に転化されていったわけだ。

敵の包囲が、じわじわと尼子の本拠へせまりつつある。

富田城下も、むろん〔戦時体制〕にあるといってよい。

その緊張が、いっそうに千明への慕情をつのらせたのかも知れない。

戦時の昂奮が、鹿之介をして、あれほどに強引な行動に駈け向わしめた、といってもよいだろう。

（さて……敵は、すぐにも、白鹿の城へ攻めかけてくるにちがいない）

と、鹿之介は直感をし、

「いまのうちに、白鹿の備えをかためておくべきでありましょう」

と、重臣たちに進言をするや、

「まだまだ、大丈夫である」

などという。

いったい、なにが大丈夫なのか、といいたい。

石見銀山のくり返しになることが、わからぬのか……。

「白鹿の城をまもるのは松田兵部じゃ」

と、重臣たちは松田兵部誠保の武をたのみきっている。

折しも……。

毛利元就の長男・隆元（たかもと）が、安芸・高田（たかた）において急死した。

すでに山吹城へ入っていた元就は、隆元が兵をひきいてあらわれるのを待ち、白鹿城攻撃を敢行するつもりでいただけに、その悲嘆は大きかった。

尼子家では、これをきいて、

「長子・隆元が死んだとあれば、毛利軍もしばらくは、手をゆるめるであろう」

などと、よろこんでいた。

まことに、すべての状況判断が甘くなってきてしまっている。

いわゆる、

「おぼれるものは、わらをもつかむ」

というわけで、万事に消極的になることにより、ちからおとろえた自分をなぐさめることになってしまうのである。

5

尼子方の判断の甘さは、間もなく立証された。

毛利元就は、たのみとする長男・隆元をうしなった悲しみを、却って戦陣へ没入することによって忘れようとした。

「隆元の弔い合戦をしてくれよう!!」

と、いうわけだ。

すでに……。

毛利元就は、その本陣を洗合にうつしていた。

そこは、宍道湖の北岸、現・松江市の西方にある丘陵地帯。北に天倫寺山を背負い、前面は湖水、ということで、舟運の便がまことによろしい。

ここから、尼子の本城・富田まで、地図の上でさしわたしにすれば、わずか五里にすぎない。

毛利軍の肉薄は、むしろ凄然たるものがあった。

尼子にとって、いまの白鹿城が、毛利の大軍をささえる唯一の前線基地になってしまったのである。

「白鹿をうばいとられたなら、富田が落ちたも同様でござる!!」

と、山中鹿之介が喰ってかからんばかりに、重臣たちへいいつのったので、

「では……」

重臣たちも、富田から〔援兵〕を白鹿へさし向けることにした。

それはよいのだが、その兵力といえば、わずか八百余人。

（あまりにも少なすぎる……）

鹿之介は、慨嘆をしたものである。

ところで……。

白鹿城は、現・松江市の北方約一里のところにあり、だから毛利の本陣とも、およ

そ同じ距離をたもっていることになる。

毛利元就は、北に白鹿城を横眼でにらみつつ、東南の方に尼子の本陣をうかがう姿勢となっているわけだ。

白鹿城の本丸は、海抜百五十四メートルの山頂にあり、これを中心にして三方に、いくつもの〔曲輪〕がもうけられて、南方の山峰にかまえられた〔小白鹿の砦〕は、この城の中でもっとも強固な〔出城〕だといえよう。

尼子方の城のうちで、白鹿城が重要な位置をしめることは、おわかりいただけたとおもうが、それだけに、城の守将・松田誠保の責任はおもい。

松田誠保は〔出雲の十傑〕と評判されたほどの勇将だし、故尼子晴久には妹聟にあたる。

いまの城主・尼子義久には〔義理の叔父〕ということになるのだ。

このとき、白鹿城に在った松田誠保の兵力は一千余というから、これに富田城からの援兵を合せても二千そこそこである。

これに対し、毛利元就は強兵一万五千余をひきいて、

「先ず、白鹿を攻め落せ!!」

と、開戦の火ぶたを切った。

ときに、八月十三日である。

去年、石見銀山を落してから、毛利軍は充分に補給をととのえ、万全の体制になっ

てい、白鹿城は孤立してしまった。

この大軍が一度に〔小白鹿の砦〕へ攻めかかったものだから、もはや手の打ちようがない。

たった一度の戦闘で、小白鹿砦が毛利軍にうばい取られてしまった。

白鹿城は、いよいよ孤立することになる。

こうなると、尼子義久も手をつかねているわけにもいかなかった。

尼子方は一部隊を、救援にさしむけることにした。

だが、すでにおそい。

あまりにもおそすぎる。

毛利元就の次男・吉川元春（きっかわもとはる）が、早くも備えをかためていて、

まるで、待ちかまえてでもいたかのように、尼子部隊を撃退してしまった。

「それっ!!」

依然、白鹿城は孤立をしている。

吉川元春は、

「父上。今こそ、いっきょに白鹿の本丸を攻めては……？」

といったが毛利元就は、

「あの堅固な山城を攻め落とすためには、こなたも多くのいのちをうしなわねばなるまい。つまらぬことである。もはや、かくなれば尼子は手も足も出ぬわえ」

余裕たっぷりであった。

元就は、孤立した白鹿城のまわりをしっかりとまもりかためた。

尼子軍が救援にあらわれても、白鹿城へ、

「蟻一匹も入りこませぬ」

というのである。

白鹿城にいる松田誠保の兵力は、千三百ほどに減ってしまっているから、城を下って毛利軍の背後からたとえ攻めかけて来ても、

「恐れるには足らぬ」

のであった。

この最中(さなか)に、富田城では連日連夜、重臣たちの会議がつづけられていた。

会議ばかりしていて、申しわけのように小部隊をくり出してみても、待ちかまえていた毛利軍にあたまからたたきつぶされてしまうばかりなのである。

結局、

「どうあっても、白鹿城だけは見捨てるわけにはまいらぬ。全力をつくして、救援せねばなるまい」

と、いうことになった。

山中鹿之介ではないが、まさに、

(おそい、おそすぎる!!)

であった。

白鹿城の小白鹿砦が敵の手中に帰してから、すでに一か月余を経過しているではないか……。

さらに、である。

いまとなって、そうするほどなら、去年の石見銀山のときに、おもいきって大きな兵力を投入しておいたほうが、どれだけ効果的だったか知れぬ。

尼子方は、総軍一万余の大軍を編成し、白鹿城救援に駆けつけることになった。

これには、鹿之介の岳父となった亀井秀綱、牛尾幸清、河本弥兵衛などの重臣をはじめ、鹿之介の叔父・立原久綱も出陣したし、むろん、山中鹿之介も戦列に加わることになった。

「生きて……生きて、お帰り下されませ」

出陣前夜の寝間で、新妻の千明は、鹿之介の厚い胸へ顔を埋め、たまりかねたように、

「きっと……かならずや、お帰り下されますな」

「おお!!」

鹿之介も、自分が戦死することなど、考えてもみない。

「案ずるな。おれが死ぬわけもない」

しかし、

（白鹿をうばい返すことは、とてもむずかしい）

と、鹿之介はおもっている。

（いや、それなればこそ、いまは死ねぬ!!）のであった。これから先、どのような事態が尼子家を襲うか、知れたものではない。

（そのときに、この鹿之介がおらなかったら、尼子家はどうなることか……）

と、それほどまでに、鹿之介の自負はふくれあがっていたのである。

6

白鹿城は、息絶えんとしていた。

戦闘によってではない。

毛利元就は、石見銀山から数百の鉱夫をよびよせ、白鹿山のふもとの蘭洞尾崎（らんとうのおさき）というところから、城内へ向って〔坑道〕を掘りすすめることにした。

穴の中から白鹿城内へ入りこもうというのだ。

白鹿城内でもこれを探知し、こちらからも坑道を掘りすすめ、毛利軍のトンネル工事を妨害しようとした。

この双方のトンネル工事が、偶然にも同地点で貫通したものだから、

「それっ……」

敵も味方も土まみれとなり、地下穴の中で死闘をはじめ出した。

同時に、毛利軍も久しぶりで城攻めをおこなったが、

「一歩も退くな!!」

城将・松田誠保が、これまでに温存しておいた銃丸をいっせいにはなち、弓矢を乱射し、山上に仕かけた岩石を投下して、毛利軍を見事に撃退したのである。

これが、白鹿城最後の反撃であった。

せめて、このときまでに尼子軍が駈けつけて来ていれば、事態も少しは変っていたろうに……。

とにかく、もう水がない。

山城へたてこもっているだけに、毛利軍から給水の道を断たれたのでは、どうしようもないのだ。

食糧もつきた。

尼子軍が、救援にあらわれたのは、このときより十日後のことである。

一万余の全軍は、中海（なかのうみ）が宍道湖へながれ入る（現・大橋川）の両岸から、戦旗をつらね、ほら貝、陣太鼓を打ち鳴らして進軍した。

これより先、山中鹿之介は、

「われら近習のものを先鋒（せんぽう）に進ませていただきたい」

と、申し出ている。

「かくなっては毛利の大軍を打ちやぶること、なかなかむずかしいとおもわれます」

つまり、平凡な、常識的な戦闘をしかけたところでおよばぬことだから、先ず自分が近習・馬廻衆（うままわりしゅう）二、三百をひきいて、

「奇襲してみたい」

と、鹿之介はいった。

これはつまり、重臣たちが戦闘の指揮をとっていたのでは、とても勝つ見こみはない。自分が出て行き思うままに仕かけて敵陣の一角を突破するから、その隙をねらい、後から押して来るがよい、と、鹿之介がいい出したことになる。

重臣たちは激怒した。

(鹿めが、小ざかしいことを……)

その怒りだけで、彼らはもう、鹿之介のいうことに耳をかさぬ。二、三百の兵力なら、もしも玉砕したところで、この場合、どうということもなかったのだが、

「ならぬ!!」

「小勢をひきいて駈け向ったところで、おぬしが惨敗を喫したるときは、かえってわれらが難儀いたす」

「先陣の采配（さいはい）は大身のものがおこなうべきである。おぬしたちは二陣にひかえておられい」

重臣たちは、口をそろえ、鹿之介の進言をしりぞけてしまった。

亀井秀綱のみは、

（鹿之介にまかせても、よいであろう）

と、おもいはしたが、そのいっぽうで、

（鹿之介は千明の聟じゃ。いずれは亀井の家をつぐべき男じゃ。むざむざと死なせたくはない）

こう考えてい、この考えから、どうしてもぬけ出しきれない。

鹿之介が、

「おとりなしを……」

と、たのんできたのを、亀井秀綱は、

「ま、ここのところは辛抱せい」

なだめにかかった。

（いったい、なんということだ……）

山中鹿之介が自分の陣所へもどって来ると叔父の立原久綱が来ていて、

「鹿よ。どうした？」

「実は叔父上……」

と、鹿之介が語るを聞いて、

「あの人びとはどうであろうと、わしは、どこまでもおぬしと共に戦うぞ!!」

立原久綱が、たのもしくうけ合ってくれた。

尼子軍は、あくまでも正攻法の陣形で押しすすむ。

「よし!!」

本陣の毛利元就は、

「いまこそ、総身のちからをふりしぼって戦え!!」

と命じた。

先鋒(せんぽう)は、元就の三男・小早川隆景(こばやかわたかかげ)である。

二陣が、天野隆重(あまのたかしげ)。三陣が杉原盛重(もりしげ)などで、元就は次男の吉川元春とともに本陣に在って総指揮にあたった。

戦闘が開始されるや……。

毛利の先陣、小早川隆景は、

(あっ……)

という間に、尼子軍の第一、第二陣を突きくずしてしまった。

尼子の後陣にいて、これを望見していた山中鹿之介は舌うちを鳴らし、

「叔父上、出てまいる!!」

と、叫ぶ。

「応!!」

立原久綱は馬の手綱をさばき、

「かまわぬ!!」

といった。

尼子軍にとって、こうなっては先陣も後陣もない。

だれかが出て行って喰い止めなくては、総くずれになってしまう。

しかも本陣には尼子義久の弟・倫久がいるのだ。

倫久は、まだ十七歳の少年にすぎない。

山中鹿之介が、

「つづけ!!」

麾下の手兵百余をひきいてうごき出した。

この中に、婚約中の千明を鹿之介にうばいとられた清松弥十郎が参加している。

今日の弥十郎は、いつもの彼とちがう。

殺気にみちみちていた。

弥十郎の〔殺気〕は、敵の毛利軍に向けられたものではない。

すぐ前方を疾駆しはじめた恋敵・山中鹿之介の背へ、ひたと向けられていたのだ。

(こ、この戦場で……わしは、鹿之介を討ちとってくれる!!)

乱戦の中でなら、どうにか自分にも鹿之介が討てよう、と、弥十郎はおもいきわめたものらしい。

落城

1

毛利・尼子両軍の激突の一瞬に、勝敗は、きまったようなものであった。

このころは、まだ普及していなかった異国わたりの鉄砲という新兵器を、尼子方がおもってもみなかったほどに、毛利軍は所有していたのである。

尼子軍は、三段の陣形をたてていた。

その右側面の後方に、尼子倫久を総大将とした〔本陣〕があった。

大きな戦闘をするときに、この〔陣立て〕を組むのは、以前からの尼子軍の常套ともいうべきものであり、毛利元就はそれを承知しつくしている。

もっとも……。

山中鹿之介指揮する若い新鋭部隊が、先鋒にいたなら、はなしは別のことだったろうが。

「押せ、押せえ!!」

重臣・牛尾幸清みずから、老顔を引きゆがめ、ばか正直に正面から推しすすむとき、これに対して、毛利軍の第二陣・天野隆重が、これも正面から押しつめてくる。

双方が肉薄し合い、ほら貝や太鼓の音が、ひときわ高まったとき、颯（さつ）と、毛利軍が左右に散開した。

尼子軍は、

（や……!?）

あわてて、これも左右に散開せんとした、その瞬間である。

これまでは天野部隊のうしろにかくれていた毛利軍の〔鉄砲隊〕が、突如、姿をあらわし、

——だ、だあん……。

いっせい射撃をおこなった。

尼子軍も、すこし前から鉄砲を撃ちはなっていたけれども、その数において問題にならぬ。

散発的な尼子方の銃声とはちがって、毛利のそれは、物量的にも音量的にも、尼子軍の先鋒を圧倒するにじゅうぶんであった。

「ああっ……」

尼子軍・牛尾部隊の将兵が、もんどりうって、ばたばたと倒れる。

銃声におどろいて棹立（さおだ）ちになった乗馬のくびにしがみついて、

「の、退くな、退くな!!」

老将・牛尾幸清がわめいたとき、

「うわあっ……」

右手の、和久羅山(わくらさん)の山すその森の中に待機していた……これこそ毛利軍の先鋒である小早川隆景の部隊が、俄然(がぜん)、姿をあらわし、

「それ、尼子の本陣へ!!」

とばかり、猛然として突きこんで来たものである。

あわてた。尼子軍は……。

正面の毛利軍は左右にひらいた陣形をそのまま尼子軍の両わきをつつみこむようにしたし、機(とき)をうつさず、第三陣の杉原部隊が、錐(きり)をもみこむように突撃して来た。

「は、早く……」

陣形をととのえようと、尼子方の部将たちが馬を乗りまわしつつ、混乱を収拾しようとするのだが、時すでにおそい。

早くも混乱に乗じて……。

小早川隆景みずから長槍(ながやり)をふるって先頭に立ち、毛利の先鋒が、たちまちに、尼子の本陣へ突入して来た。

「早く、倫久様を……」

「御本陣を……」

と、尼子方の第三陣・亀井秀綱が辛うじて割って入り、小早川部隊の奮戦を、必死にささえる。

「もはや、見てはおられぬ」

と、たまりかねた山中鹿之介が、叔父（おじ）・立原久綱と共に〔後陣〕から乗り出したのは、このときである。

また……。

清松弥十郎が、あまりつかいなれぬ槍をつかみ、必死懸命に馬腹を蹴（け）って、

（おのれ、鹿之介……）

婚約者（いいなずけ）の千明をうばわれた情恨に全身を燃やしたのも、このときだ。

（いまこそ!!）

乱軍の中に、鹿之介の五体を、わが槍に突きつらぬこうと、

「わあ……」

異様な叫びを発して、山中鹿之介の背後へ追いせまった。

むろん、このことを鹿之介は知らぬ。

尼子方の将兵いずれも、これを知らぬ。

清松弥十郎も、自分たちと共に、毛利の先鋒部隊の猛撃をくいとめるために槍をかざし、馬を駆っているのだ、とおもっていたのは当然であろう。

先頭を切る山中鹿之介は、早くも毛利軍の横合いへ馬を駈け寄せ、

「鋭!!」

電光のごとく繰り出す槍先に、たちまち二名の武者を、馬上から突き落した。

芋を洗うような混戦となった。

「や、おう!!」

相変らず、鹿之介の駆け引きは水ぎわだっていた。

両脚に馬の腹をはさみ、この脚のちからを強めたり弱めたりしながら、自由自在に愛馬をあやつり、手綱からはなした両手に槍をふるって、敵を寄せつけぬ。

（おのれ、鹿之介……）

清松弥十郎にとって、毛利軍などはどうでもよい。

どうにかして、鹿之介の背中へ自分の槍先を突きこみたいのだが、

「あっ……ああっ……」

入り乱れての、戦闘の渦の中へ巻きこまれた弥十郎は、槍も馬もさばきかねた。

このように激烈な戦闘に、かつて弥十郎は参加したことがないのだ。

尼子の興廃を決する戦いだというので〔殿さま〕の尼子義久の近習は全員出動した。

弥十郎ひとりが、残るわけにもいかなかったし、また、それは弥十郎の、

（のぞむところ）

であったのだ。

弥十郎は〔死場所〕をもとめていた。

他人の婚約者を強引にうばいとった山中鹿之介を、尼子家の人びとは苦笑をうかべたのみで寛容に見のがし、うばいとられた清松弥十郎に対しては、

「腰ぬけ弥十郎なら、千明どのがきらうのもむりはないわい」

なぞという評価が下されてしまった。

(無念!!)

であった。

自殺を考えた。

だが、どうせ死ぬのなら、その前に、

(憎い鹿之介めを打ち殺してから……)

にしたかった。

(うぬ……ま、待て、鹿之介……)

急流の中へおぼれこんだようになり、清松弥十郎は、おもい槍をふりかざしてみたが、もう、山中鹿之介の姿は、弥十郎の視界から消えている。

どすぐろい武者の群が、敵か味方かもわからず、弥十郎のまわりにひしめいていた。

槍が、太刀が、耳を聾する叫喚が、弥十郎を圧しつぶしてしまった。

この凄まじい戦闘の中で、よろよろと馬をあやつり、鹿之介ひとりを追いもとめているような男が無事でいられるわけはない。

——びゅっ……。

風を巻いて、どこからかなぐりつけてきた槍が、弥十郎の兜を恐ろしいちからでたたきつけた。

「わ……」

弥十郎の体が宙へ浮き、馬と馬、武者と武者がぶつかり合っている、その土けむりの中へ落ちこんだ。

敵も味方も、もはや弥十郎などをかえりみてはいなかった。

そして……。

このときより、清松弥十郎は二度と、富田(とだ)の城下へ姿を見せなかったのである。

2

この戦闘で、尼子軍が大敗したことはいうまでもない。

山中鹿之介ひきいる一隊の猛戦がなかったら〔殿さま〕の弟・尼子倫久も討死をしていたやも知れぬ。

本陣にいて、尼子倫久をまもっていた馬田、河副などという勇将も戦死してしまった。

尼子軍、総退却である。

しかも、

「先をあらそって逃げた」

のである。

この中で、山中鹿之介は殿軍(しんがり)をつとめ、七度までもふみとどまり、追撃して来る毛利軍をふせぎ、ついに追撃を断念せしめた。

尼子軍の戦死者三千余、ともいわれ、四千ともいう。

この中に、清松弥十郎がふくまれていることを、尼子家中の人びとはみじんもうたがわなかった。

だが、弥十郎は生きていたのである。そのことはさておいて……。

尼子軍は、白鹿城を救援することが出来なかった。

「もはや、いかぬわ……」

白鹿城の守将・松田誠保も、さすがにがっくりとしたらしい。

兵たちも、士気がおとろえつくしてしまった。

「いまじゃ」

毛利元就はこの機をのがさず、白鹿城の総攻撃を開始したものである。

すでに二か月余の間、籠城（ろうじょう）をつづけ、水も食物も欠乏しつくしている白鹿の将兵は、ひとたまりもなく、本丸ととなり合った〔小高丸〕の曲輪（くるわ）を占領されてしまった。

「降伏をせよ」

と、毛利元就はよびかけた。

「悪（あ）しゅうは、はからわぬ」

つまり、城をこちらへ素直に開けわたすならば、大将の松田誠保をはじめ全将兵のいのちを助けよう、というのである。

戦国の世の、その当時としては、あまりにも寛大すぎる毛利元就のよびかけであったから、松田誠保も、

「うかと、毛利のことばにのせられてはならぬ」

といった。

すると元就は、

「では、小早川隆景の重臣・井上春忠を人質として城内へ送ろう」

と、いってよこした。

井上は、毛利家にとってかけがえのない勇将である。

そこで、白鹿城からも、平野又右衛門というそれと知られた重臣を、毛利方へ人質に出した。

毛利元就は、約定をかたくまもった。

城は毛利方へ開けわたされ、松田誠保は隠岐の島へ去り、白鹿城の将兵も、それぞれ、おもうところへ落ちて行った。

このとき、毛利元就は、

「のぞみとあらば、富田城へおもむいても、さしつかえなし」

こういったそうな。

余裕たっぷり、自信まんまんたる毛利軍ではある。

毛利軍は〔白鹿城〕を落したことにより、尼子の本城を攻略するための、万全の準

備を完了したことになる。

「やはり、白鹿城は尼子にとって絶対に必要であった」

ことを、落城後、身にしみて尼子方は知った。

白鹿城をわがものとしたために、毛利方は、島根半島の大半を手中におさめたことになる。

ということは……。

現在の宍道湖から中海。そして夜見ケ浜半島から美保湾の〔海上権〕をも得るにいたったわけだ。

こうなると……。

これらの海湾を通じて、食糧や物資、武器などをはこび入れていた尼子方の輸送力は、ほとんど、うしなわれてしまったことになる。

いまになって、尼子の老臣たちは、

「もそっと早う、白鹿をかためておけばよかったのじゃ」

とか、

「いや、それよりも前に石見の銀山まで押し出して行くべきであった」

と悔んだり責任(せめ)を他人に押しつけたり、そのためにあらそい合ったりして、

「見てはおられぬ、老いぼれどものなすことを……」

山中鹿之介をして嘆かしめたのであった。

皮肉にも、こうなってはじめて、山中鹿之介が政治上の発言をもゆるされるようになった。

まさに、

（おそい。おそすぎる……）

のである。

これまでに何度か、鹿之介が進言したことがすべて事実となってあらわれてきたばかりでなく、白鹿の戦いでは、鹿之介の奮闘によって尼子倫久のいのちも救われたといってよい。

「鹿之介を中老の席へ……」

と、尼子義久がいった。

ここに、山中鹿之介は亡父・三河守満幸の重職をつぐことになった。

「おめでとうございます」

と、妻の千明がうれしげにいう。

「うむ」

鹿之介も、わるい気もちではなかった。

いまさらになって「おそすぎる」ことはたしかだが、中老衆の一人になれば鹿之介の発言を、重臣たちも無視するわけにはゆかぬ。

自分が中老にならぬより、なったほうが、

（御家のためにはよいことである）

と、鹿之介は考えている。

（これからでも、おそくはない!!）

彼は、勇気と希望にみちみちていた。

これまでのことを考えてみても、自分の判断に狂いはなかったし、自分の武勇は万人のみとめるところなのである。

（己が、尼子の御家をむかしにもどそう!!）

であった。

それにはまず、なんとしても、物資の補給路を確保しておかねばならぬ。

富田城下は、中海までわずかに三里であった。

これまで、但馬・因幡・伯耆の国々から送りこまれる物資は、日本海を舟ではこばれ、夜見ケ浜におろされるか……または夜見ケ浜半島の突端を島根半島との間の中江ノ瀬戸をぬけ、中海から富田川へ入り、川づたいに富田城下へはこびこまれて来た。

富田城下は、山また山である。

その北面が富田川沿いにひらけ、海や街道に通じているのだ。

南から西へかけて、その山々づたいに物資をはこぶことはとうてい出来ぬ。

そのあたりは、すでに毛利方の勢力のうちへふくまれてしまっている。

白鹿城が敵の手に落ちた年の十一月になって……。

但馬の国からあつめた物資をつみこんだ大船がやって来る、という知らせが富田城へとどいた。

「なんとしても、この兵糧船だけは、敵の手にわたしてはならぬ」

というので、中井対馬守(つしまのかみ)がみずから二千の精兵をひきいて、夜見ヶ浜まで出張ることになった。

「屹度(きっと)わが手に!!」

と、中井対馬守は叫んだ。

久しぶりに大量の物資がつみこまれている船なのである。

しかし、尼子方の〔見通し〕は、あまかった。

なんと、毛利元就はすでに、この情報をつかんでいた。

毛利方の間諜網(スパイもう)は、いたるところへ張りめぐらされている。

「その兵糧船を、尼子方へわたしてはならぬ」

元就は、兵船を三百艘(そう)も出動させ、海上、海岸に配置すると共に、四千の精兵と二百の鉄砲隊をもって沿岸を警備させていた。

そこへ……。

のこのこと二千の尼子勢が出て行ったものだから、毛利軍は「待っていた」とばかりに襲いかかり、さんざんにたたきのめしてしまったのである。

毛利軍は、尼子の兵糧船をそのままに捕獲してしまった。

「まさか、それほどまでに……」

山中鹿之介も、信ぜられぬという顔つきになった。

(毛利の軍備は、それほどまでに充実していたのか……)

なのである。

だが、このままだまってはいられなかった。

富田城下と尼子家にとっては、あれだけの物資を、むざむざ敵の手へわたしてはおけぬ。

食物と武器がなくては、戦うことも、籠城(ろうじょう)することもできない。

「おのれ、毛利め!!」

鹿之介は、叔父(おじ)・立原久綱と共に、四千の精兵をひきいて出撃したが、敵方はうばい取った兵糧船を、そのまま海上から白鹿の根拠地の方へはこび去ってしまったから、どうにもならぬ。

尼子軍には、これを追う兵船もないのである。

「このままでは、富田へ帰れぬ!!」

と、激怒した山中鹿之介は、伯耆(鳥取県)の泉山城にいる毛利方の守将・杉原盛重を攻撃した。

のちのち、この方面からの輸送路を確保しておきたい、と考えたからだが、杉原盛重は、そのころの戦記などに、

「勇武絶倫にして智謀傑出せり」

などと、しるされているほどの武人であって、これが城にたてこもっているのだから、さすがの山中鹿之介も手が出ない。

あまり長く攻めていると、今度は、うしろから毛利の援軍が駈けつけて来そうだ。

鹿之介は、口惜しさと残念さで全身を瘧のようにふるわせながら、兵をおさめて、富田へもどるよりほかに仕方がなかった。

3

尼子方の糧道は絶たれた。

あとは、富田城を中心とする、わずかな土地から得たものを、食べつないでゆかねばならぬ。

当時は、一日二食が食事の習慣であったけれども、武士と町・村民を問わず、きびしい食糧の制限がおこなわれた。

いわゆる配給制度である。

われわれが昭和の大戦に経験したのと同じようなことを、四百年も前の富田城下でおこなっていたことになる。

このように、窮乏がせまる中で、山中鹿之介の妻・千明は、いよいよ、つややかに四肢の肉置きが充ちてきて、鹿之介の愛撫にこたえる態が強烈をきわめてきた。

（いつ、敵が攻めかけてくるかも知れぬ）

そして、

（わたしたちも、いつ、戦さの中に死ぬのだろうか……）

という、切実な生活環境が、男女の愛を却って、ひたむきなものにするのであった。

この敗戦の最中（さなか）にあって、若い武士は新妻をめとり、新妻は、たちまちに子をはらんだ。

人間のいとなみは、まことに、たくましいものである。

永禄七年の春。

千明も、鹿之介の子をやどした。

「でかした!!」

と、鹿之介は狂喜したそうである。

彼は、まだ絶望をしていない。

千明の、おもたげな乳房へ顔を埋（う）め、うす汗にしめった妻の腰を両腕に抱きしめつつ、

「いまに……いまに見よ」

と、鹿之介は、うわごとのようにいった。

この年、山中鹿之介は二十歳になっている。

すぐにも攻めかけて来るようにおもえながら、毛利元就は、なかなか腰を上げなか

った。

悠々として、洗合の本拠を中心に軍備をととのえている。

尼子の糧道を絶ち切ったからには、

「敵の飢ゆるを待とう」

というのだ。

これまでは尼子へ、富田城下へ、はこばれていた物資の大半が自分のものになるのだから、毛利としては、すこしもあわてるにおよばぬのである。

この年の秋。

千明が、せっかく身ごもった子を流産してしまった。

鹿之介は落胆したが、そこは夫婦ともに若い。

翌永禄八年の早春。

千明は、ふたたび身ごもって、鹿之介をよろこばせた。

「ころはよし!!」

と、毛利元就が、富田城の総攻めに乗り出したのも、このころからであった。

この二年間に……。

毛利元就は、それまで尼子義久に所属していた山陰地方の武将や豪族をほとんど、わが傘下におさめている。

これをよろこばぬものは、それぞれに城を追われ、富田城へ逃げこんで来た。

ために、とぼしい食糧が、いよいよ、とぼしくなってしまった。

こうして、山陰の諸方に点在していた尼子方は、富田城ひとつにたてこもることになった。

城にたてこもって敵をふせぐ、ということは、他の味方が救援に駈けつけて来てくれることを前提にして、

「はじめて成りたつ」

ものなのである。

毛利元就は、富田攻撃の軍備をととのえると共に、先に病歿(びょうぼつ)した長男、隆元の子の幸鶴丸を毛利本家の後つぎとして、一族の結束をかためた。

幸鶴丸は、のちの毛利輝元(てるもと)である。

いまや、富田城は孤立無援となってしまった。

毛利元就は、この年の四月に、洗合の本陣を発し、富田城攻撃の火ぶたを切った。

そのころから……。

千明の父・亀井秀綱の態度があやしくなってくる。

秀綱は、ひそかに密使をつかわし、毛利元就と通じはじめていたようだが、このことを山中鹿之介も千明も、まったく気づいていなかった。

「いよいよ、決戦である!!」

と、鹿之介は、自分を慕って結束をかためている若者たちにいいはなった。

「見よ、この富田城が、むざむざ敵の手に落ちるはずがない!!」

たしかに、富田城は堅固な城である。

毛利元就も、この城が、山陰地方において無双の名城であることをわきまえている。

それがために万全の軍備をととのえつくしたのだ。

元就は、星上山（ほしかみやま）に本陣をうつした。

ここは、富田城下の西方、さしわたしにして一里半ほどのところである。

星上山は、海抜四百五十メートル余であるが、ここから富田城をのぞむとき、前面の山なみがいずれも星上山より低いから、はっきりと尼子方の本城を望見することができる。

この本陣よりも、ずっと前方……すなわち富田城下を眼前にのぞむ石原の上田山（石原山ともいう）と、八幡（やわた）の浄安寺山へも、毛利軍が入っている。

総勢三万五千という毛利の大軍が、このようにひしひしと、目と鼻の先へせまってきても、尼子方は手をつかねて見ているよりほかに途（みち）はないのだ。

出て行ったら、たちまちに壊滅せざるを得ない。

こうなれば、富田城をたのみにして戦うより仕方がないのである。

それまでは城下の屋敷に住み暮していた尼子の武士たちの家族も、みな、富田の城郭内へ収容された。

毛利元就は、四月十六日になると、星上山を下り、麾下（きか）の諸隊の部署をさだめて、これを三軍に分けた。

星上山の南麓には、むかしから富田城下と松江方面とをつなぐ往還がある。

元就の本軍は、この往還を東にすすみ、十七日の早朝、毛利軍は、富田川の西岸へ展開した。

いっぽう、尼子方は……。

城主・尼子義久は、みずから精兵を指揮して、城の〔御子守口〕を守備した。

現在の〔富田城址〕の正面入口は、ここにある。

つまり、毛利元就・本軍の真正面にあたるわけだ。

山中鹿之介は、殿さまの弟・尼子倫久と共に塩谷口をまもった。

ここは、城の南面にあたる。

城の大手口は、尼子秀久（義久の末弟）が、目黒、宇山などの諸将と共にかためた。

毛利の三軍は、それぞれに、この富田城の三か所の防備を突破すべく、いっせいに富田川をわたって進撃して来た。

（む……やはりのう）

本陣にあって、毛利元就は、くちびるをかみしめたものである。

やはり、富田城のまもりは堅かったからである。

月山頂の本丸へ達するまでに、複雑な地形が、いたるところに谷や濠をつくり、道がまがりくねって、そこをむりやりに押しこもうとすれば、左右の山から尼子勢が急襲して来て、後軍とのつながりを断ち切ってしまう。

毛利元就の次男・吉川元春に属している香川春継(はるつぐ)などの部隊、約五百がおもわず深入りをして、塩谷口の奥へと突入するや、

「待っていた!!」

とばかり、右手の小高い山林の中からあらわれた山中鹿之介が、五十余の手勢と共に、

「一人のこさず討ってとれ!!」

雨のように矢を射かけておいてから、

「それ!!」

狭隘(きょうあい)な地形を利用して攻めかかり、たちまちに毛利軍を突きくずした。

「退(ひ)けい」

たまりかねて引き退こうとすれば、すでに立原久綱が退路をふさぎ、甥(おい)の鹿之介と共に〔挟撃〕して来る。

ついに……この毛利軍五百は全滅してしまった。

毛利元就が、命令にそむいて〔ぬけがけ〕した味方を、

「厳罰に処す」

との命令を下したのは、このときからであった。

4

毛利軍の攻撃は、十七日から十九日までつづいた。

しかし、城は落ちぬ。

城の外郭部までは、大軍のちからをもって押しつめて行ったけれども、城の中へは一歩もふみこめぬ。

むろん、富田城は白鹿城の比ではない。

「やはり、この御城は落ちぬ!!」

と、尼子方は確信をふかめ、勇気百倍のかたちになっている。

「なれど、ここまで押しつめたのですから、一気に城攻めを……」

と、小早川隆景がしきりに主張し、他の部将も、これを支持したけれども、

「いいや……」

毛利元就は、この勇敢な三男の進言をしりぞけた。

「これ以上、味方の犠牲をはらうことはない」

と、いうのである。

「急がずともよい」

元就は、にこやかに笑みをふくみさえして、

「急がねば落せぬ、というのではない。もはや、富田城は落ちたも同様なのじゃから、

急ぐことは、いささかもないのじゃ」

「なれど、父上……」

「おもうてもみよ。富田城がいかに難攻不落の城であったとしてもじゃ、城をまもる将兵の口に入るものが尽きてしまえば、裸城（はだかじろ）も同然ではないか」

たしかに、そのとおりであった。

ここまで押しつめられてしまえば、尼子方は城内にたくわえてある糧食を日毎に食いつぶしてゆくより仕方がない。

しかし、元就は、このままのかたちで滞陣するつもりではなかった。

「引きあげよ!!」

と、総軍に命じるのである。

「父上!!」

さすがに、思慮ぶかい吉川元春もおどろいた。

せっかく、ここまで押しつめたものを撤退するというのでは、今回の総攻撃は意味をなさぬのではないか……。

「ま、よい。よい」

元就は、

「このたびの戦さで、わしも、はっきりと尼子の実態（すがた）を見たし、尼子方もまた、われらのちからを知ったであろう」

と、いったのみである。

この元就のことばは、間もなく、かたちとなってあらわれることになる。

四月二十八日。

毛利元就は総軍をひきい、洗合の本営へ去って行った。

尼子の人びとは、ふかいためいきをもって、これを見送ったのである。

このためいきは、敵の大軍が去ってくれた、という安心もふくまれていたろうが、それのみではない。

「このままでは、とうてい、毛利軍に打ち勝つことはできぬ」

と、尼子方は、いまさら毛利軍の「物量作戦」のおそろしさをさとったのであった。

いったん、引きあげた毛利元就は、このときまで、わずかに尼子方の城として残っていた大江城と江尾城を攻め落すことにしたのだ。

完全に、富田城を孤立せしめようというのである。

秋のはじめから中ごろにかけて、尼子方が最後のたのみとするこの二つの城も、ついに毛利軍の手に落ちてしまった。

尼子家の中老・亀井秀綱が、富田城を脱け出し、毛利元就のもとへ走ったのは、このころである。

亀井秀綱は、このことを、むすめ聟の山中鹿之介にもらしていなかった。

けれども、むすめ・千明をひそかによびよせ、

「尼子の御家も、もはや、これまでじゃ」

と、いった。

「鹿之介に申しても、とうてい、きき入れはすまい」

と、いった。

「わしも、尼子家を捨てる。お前も鹿之介を捨てて、共に逃げよう。毛利方では、いつにても、わしを迎え入れてくれることになっておるのだ」

と、いった。

千明はおどろいた。

「なにを申されるのでございます、父上。戦さは、これからではございませぬか」

このことばは、夫の鹿之介から、いつもきかされているものである。

鹿之介は、まだ、絶望してはいない。

この次の戦さがあったとき、

「かならず、己が毛利元就の首を討ちとる!!」

と、いいはなっていた。

総大将の元就が死ねば、毛利軍の精神的な衝撃は非常なものになろう。

鹿之介は、そのときこそ、尼子方も城外へ打って出て、諸方に〔ゲリラ戦〕を展開し、態勢をもりかえそうと考えている。

事実、彼はわずか五十余名の同志をひきい、洗合の本陣へ、毛利元就を奇襲せんとしたことがあった。

城をぬけ出し、敵方の目が光っている山々をこえ、洗合まで潜行しようという勇気はおどろくべきものであったが、途中、あまりにも毛利方の警備がきびしいので、あきらめなくてはならなかった。

かつて……。

現城主・尼子義久の曾祖父にあたる経久は、いったん追いはらわれた出雲の国と富田城を、わずかな手兵をもって奇襲し、みごとこれをうばい返し、ついに山陰の国々を制圧したではないか。

まさに〔奇蹟〕であった。

戦乱の世には、すぐれた武勇と団結があれば、こうした〔奇蹟〕が生まれるものだ、と山中鹿之介は信じきっている。

鹿之介自身が、傑出した武勇のもちぬしであったから、当然だといえようが、時代は少しずつうつり変っている。

そのことに、鹿之介は気づいてはいない。

いまや、戦国の世も、そうした奇蹟が生まれぬ時代に変りつつあった。

個人の武勇では、どうにもならぬ。

集団の武力こそが勝つのだ。

集団の武力には、経済のちからがともなっていなければならぬ。

経済のちからは、武力を生むばかりではない。

それは国のちからとなり、組織の基盤となる。

そうなれば一つの大名、一つの国にとって、総大将が死んだところで、ちからがおとろえるということはあり得ないのだ。

毛利元就は、完全に山陽・山陰の生み出す資源を〔わがもの〕としてしまった。

さらに……。

元就は、六十九歳の老齢を考え、長男の隆元の遺子であり、わが孫にあたる輝元を後つぎにさだめ、次男の元春、三男の隆景をもってこれをたすけしめ、毛利家が存続するための政治体制を、しっかりとかためた。

そればかりではない。

のちに、元就は七十一歳となってから、末の子の秀包（ひでかね）を側室に生ませているほど、精力は旺盛（おうせい）をきわめていたのである。

はなしをもどそう。

千明がきき入れなかったので、亀井秀綱は、単身、富田城を脱出し、毛利方へ走った。

これには、山中鹿之介も驚愕（きょうがく）したらしい。

「己は、家中の人びとに顔向けができぬ」

と、鹿之介はなげいた。

千明は、父から相談をもちかけられたことを、夫にはだまっていた。

そして……。

千明は、この年の暮れも押しつまってから、女児をぶじに生みおとした。

名を、

「八重(やえ)とつけよ」

と、山中鹿之介がいった。

5

永禄九年の年が明けた。

山中鹿之介、二十二歳である。

千明と夫婦になってより、早くも三年の歳月がすぎ去ったことになる。

この年に、富田は落城するわけだが……。

それにしても、鹿之介はずいぶんとはたらいたものだ。

岳父の亀井秀綱が主家をうらぎり、毛利家へ走った、という〔ひけ目〕を、はね返そうとしたためかも知れない。

鹿之介は、しばしば、富田城を包囲している毛利軍へ向って、

「名ある武士ならば、いつにても、山中鹿之介が一騎打ちの勝負をしてつかわすゆえ、名のり出よ!!」

と、よびかけたものだ。

そのころになると、毛利元就は、富田川の対岸に数か所の城塁をきずきあげ、常時、一万の軍を駐屯させていたのである。

だから、富田城内では、

「もう、いかぬ」

「むだじゃ」

というので、亀井秀綱にならい、ひそかに脱出し、毛利方へ降伏する武将がふえてきた。

また、毛利方では、これらの人びとを優遇して、尚も、

「むだな抵抗はやめるように、城内へはたらきかけてもらいたい」

と、すすめるものだから、逃げたものがさらに手引きして、城内の士を脱出せしめる。

城内の士気は、おとろえるばかりだし、いよいよ食糧も矢玉も底をついてきはじめた。

その衰弱しきった城内の士気を鼓舞する意味もあって、鹿之介は一騎打ちの挑戦をしたのであろう。

吉川元春の家臣で、小河内幸綱という勇将が、

「おもしろい」

と、この挑戦に応じた。

敵味方が見まもる中で、二人は、馬を駈け向わせ、闘った。

鹿之介は負傷したが、みごとに小河内を討ちとった。

次に、大口左馬之介という勇士が、挑戦に応じたが、これも討ちとる。

次は、小早川隆景の家臣・熊野与兵衛という十人力の猛将があらわれたが、これも鹿之介にはかなわぬ。

毛利軍も、おもしろくない。

そこでえらばれたのが、品川三郎右衛門（大膳ともいう）であった。

品川も、このときを待っていたらしい。

「相手が鹿なら、こちらは狼だ」

というので、品川は、名を、

〔棫木狼之助〕

と、変えていたほどで、なかなか、おもしろい男ではある。

二人の一騎打ちは、富田川の中洲においておこなわれた。

毛利方の戦記には、

「鹿之介があぶなくなったので、尼子方から秋上伊織介が助勢にあらわれたため、ついに品川三郎右衛門は討ちとられた」

と記してあるし、尼子方の戦記には、

「品川は、ひきょうにも弓に矢をつがえ、鹿之介を射殺そうとしたので、城内からこれを見ていた秋上伊織介が、大雁股（おおかりまた）の矢を弓につがえて切ってはなし、品川の腕を傷つけたのである」

などと、いっている。

見方はいろいろあるものだが、ともかく、

「いざ、組まん!!」

と、品川が太刀を捨てて、組みついて来た。

組みうちとなって、下に押えこまれた鹿之介が、小刀を引きぬき、品川の腹を突き刺して勝った、ことになっている。

いずれにしても、この〔狼之助〕は三十人力の〔ちからもち〕であったというから、組みつかれた鹿之介も大骨を折ったらしい。

こうして、山中鹿之介個人の武名には、

「まことに、みごとな……」

と、敵も味方も舌をまいたが、このことをきいた毛利元就は、こういったそうである。

「鹿之介のような子どもを相手に、つまらぬまねをしてはならぬ」

以後、鹿之介の挑戦に、毛利方はまったく応じなくなってしまった。

春がすぎ、夏が来た。

城内の尼子方は、もう絶え間もないほど城をぬけ出し、毛利へ降伏して行く。

これでは、山中鹿之介が、いかに奇蹟を待ちのぞんだとて、奇蹟の起りようがない。

第一に、敵の総大将・毛利元就は、

「もはや、わしが出て行くまでもあるまい」

と、いい、ゆうゆうとして、病気の治療につとめている。

このころ、元就は発病していたが、間もなく、京都からまねいた名医・曲直瀬正盛の治療投薬によって全快した。

「もはや、これまでである」

ついに、殿さまの尼子義久がいい出した。

「いさぎよく、毛利へ降伏しよう」

と、いうのだ。

山中鹿之介は、強硬に反対をとなえたが、

「なれど鹿之介よ。これより、いかがして戦うつもりじゃ!?」

と反問されると、返答に困る。

いかに豪勇の鹿之介といえども、たった一人で、何万もの毛利軍と戦えるわけのものではない。

尼子義久は、鹿之介を相談相手にしていたのではらちもあかぬとおもったらしく、宇山久信という老臣をもって、毛利との交渉にあたらしめることになった。

毛利元就は、それをきくや、これまで富田城を包囲していた毛利軍の陣所の備えを解き、

「尼子方の通行を自由にさせよ」

と、命じた。

これによって、いよいよ、投降者がふえた、という。

牛尾豊前守、佐世清宗などの勇将も、殿さまより先に、城を出て降伏してしまうのだから、

「どうしようもない」

のである。

山中鹿之介もついに、あきらめた。

あきらめたが、

(このままにしてはおかぬ)

つもりであった。

いったん、富田城を毛利にわたしても、

(いつか、かならず、ここへもどって来る!!)

の、決心である。

尼子家のためというよりも、むしろ、彼自身のために、であった。

自分の武勇をもってしても、富田城をまもりきれなかったくやしさと怒りは、その

まま、鹿之介の誇りを傷つけられたことにもなる。

これは、鹿之介にとって、

「がまんのならぬ……」

ことであった。

少年のころから、ただの一度も他人に負けをとったことのない山中鹿之介なのだ。

鹿之介はこれまで、自分ひとりで何万もの毛利軍と、

「戦いぬいてきた」

ような錯覚に、おちいったのであるが、彼はそのことに気づいていない。

鹿之介が、そのことを、いくらかおもい知るのは、一介の牢人として、ひろい世の中へ出てからのことである。

この年の十一月二十八日。

富田城は、ついに開城した。

城主・尼子義久は、弟の倫久と秋久に譜代の重臣たちをともない、毛利軍へ身柄を引きとられることになった。

毛利元就は、

「尼子方の人びとのいのちは、一名たりともうばってはならぬ」

と、厳命を下している。

ところで……。

富田開城の七日前に、鹿之介の母・浪江が病死している。浪江はかなり前から病床についていたということだ。

戦士絶望

1

富田（とだ）開城にさいして、毛利元就は、城主・尼子義久に、

「戦国のならいとはいえ、むかしは共にちからを合せ、敵と戦った間柄である。いさぎよく、城を開けわたしてくれたからには、われらが尼子家の人びとのいのちを助くるは、弓矢の法でござる」

と、申し送った。

この元就の声は、尼子義久をひどく感動させたらしい。

ほんらいならば……。

城を敵方へ開けわたすとき、城主は、腹を切らねばならぬ。

そうしてこそ、家臣たちのいのちが助かることになるのである。

それを毛利元就は、

「主も家来も、共にいのちを助けるが、弓矢の法である」

と、いったのだ。

敵方に対しての、これほどまでに破格な温情と寛容を、

「かつて、耳にしたこともなく、この目に見たこともない」

と、尼子義久はいった。

以来、毛利元就の、こうした仕様が毛利家の家訓ともなるのである。

だが、重臣たちは、くちぐちに、

「それはなりませぬ!!」

「尼子義久には、ぜひにも、腹切ってもらわねばなりませぬ」

「それでのうては、いつまた、尼子の戦旗が……」

満四年の籠城戦に頑強な抵抗をしめし、領民もまた、この君主を陰になり日向になり助けてきていた。

それだけに、毛利の重臣たちとしては、尼子義久兄弟の助命など、

「おもいもおよばぬこと」

であったのだろう。

しかし毛利元就は、

「ここは、尼子のすべてを助けてとらすがよいのじゃ」

と、いいきり、断然、おもうところをおこなうことにした。

この元就のことばは、ある意味において正しく、ある意味において判断をあやまっていたことになる。

元就は、山中鹿之介の存在を、それほどまでに重視していなかった、といえよう。

さて……。

開城と共に、尼子義久・倫久・秋久の兄弟は毛利の陣営へ移った。

毛利の本拠である安芸(あき)の国へ、引きとられることになったのだ。

毛利元就は、さらに、

「譜代の家臣たちとは、別れがたいことでござろう」

と、尼子義久へ、

「杵築(きづき)まで、同道されよ」

「まことでござるか？」

「かまい申さぬ」

「かたじけのうござる」

尼子の重臣五十名ほどで、主人兄弟を、出雲(いずも)の国・杵築まで送って行くことがゆるされたのであった。

それときいて、

（よし!!）

山中鹿之介は、にわかに全身の血がわきたつのをおぼえた。

護送される主人兄弟を杵築まで送る、その途中で、これを、

（うばい返そう!!）

と、決意したのである。

「叔父上……」

すぐさま鹿之介は、この決意を立原久綱へもらすと、

「よろしい!!」

久綱叔父も、年齢(とし)に似合わず血気の人物である。

「やってのけようではないか、鹿之介」

「はい。殿を奉じて、尼子家再興の旗をあげたいと存ずる」

「いかさま、いかさま」

鹿之介は、まだ、この期(ご)におよんで希望(のぞみ)をすてていない。

かつて、八十年前に……。

義久の曾祖父(そうそふ)・尼子経久が、諸国へ潜伏しつつ、富田城奪回の機会をねらい、ついに、傀儡師(くぐつし)の群れである〔鉢屋〕たちの手引きによって富田城へ入りこみ、夜襲をかけ、城をうばい返したという、その勇壮な故事が、山中鹿之介の脳裡(のうり)から、

(どうしても消えぬ)

のである。

(そのときは、おれが祖父の満盛も経久様にしたがい、みごとに、御家を再興することを得た。おれだとて……おれだとて、やれぬことはない!!)

おもえば鹿之介、

(くやしくて、くやしくて、あきらめきれぬ!!)

のであった。

（いま五年、おれが早く生まれていたなら……何の、むざむざとこのように、毛利へ降ることもなかったはずだ）

鹿之介は、少年のころから戦場へ出て、武勲をたててはきたが、作戦参謀として、その意見が用いられるようになったのは、尼子家の敗色が濃厚になってからのことであった。

石見銀山のときも、白鹿城のときも、あまりに若すぎる鹿之介の進言は、老臣たちの容れるところとならなかった。

それが、くやしい。

はじめから、

（おれのいうことをきいておれば、このようにはならなかった!!）

と、鹿之介の自信は、すでに城を毛利方へ開けわたしてしまったいまになっても、消えるどころか、むしろ熾烈となってきていたのである。

鹿之介は、みずから気づいてはいないが、主家のため、主人のため、というより、おのれの自信が間違いではないことを証明するためにも、

（尼子家の再興を、いのちにかけても仕てのけねばならぬ!!）

と、おもいきわめている。

これまでに何度も経験してきた戦陣をふりかえって見て、

（おれは強い!!）

つくづくと、そうおもう。

その〔強いおれ〕を、殿さまや老臣たちが生かしきれなかった。

今度は、

（おれがやるのだ。おれが、ふたたび、この富田の城をうばい返すのだ!!）

主人兄弟につきそい、富田城を出て行くとき、山中鹿之介は、戦塵（せんじん）にくろずみ、破損しつくした城門を、櫓（やぐら）をふり返りつつ、

（かならず、うばい返して見せる!!）

胸を張って、おのれに誓った。

2

鹿之介は、妻・千明と、二歳のむすめ・八重に、わが家来四名をつけ、近江（おうみ）の国へ落ちさせている。

そうしておいて、彼は四十余名の家臣たちと共に、富田を引きあげる毛利の軍列へ加わった。

主人兄弟を途中でうばい返す密計を知っているのは、立原の叔父のほかに、秋上伊織介・横道兵庫介（よこみちひょうごのすけ）など数名にすぎなかった。

そこで、鹿之介は、

「重蔵坊、おれがそばにおれ」

と、山伏の重蔵坊を、自分の傍へ呼びつけたものだ。

重蔵坊は老いた山伏なのだが、歌もよむし、遊芸にも長じてい、なかなかの愛嬌者なので、尼子義久の気に入られ、五年ほど前から富田城に滞まり、籠城中は、義久の無聊をなぐさめるのに役立っていたのであった。

重蔵坊や、それから前にのべた、京都・妙心寺の僧・通玄のように、諸大名の城をまわり、おのれの才能を生かして〔殿さま〕のきげんをとりむすび、お伽の衆として奉仕するものは、そのころ多かった。

ことに、重蔵坊は尼子義久の気に入られ、

「わたくしめも、城をまくらに討死をしてお見せ申しましょうぞ」

なぞと、重蔵坊は最後まで、城にふみとどまってくれた勇ましい老山伏であったから、鹿之介も、そこを見こんだのであろう。

「重蔵坊。もそっと、近くへ寄れ」

「なにか……」

「よいか、実は、な……」

密計をうちあけ、このことを、他の家臣たちへ、ひそかにつたえておけ、と命じた。

「よろしゅうござります」

重蔵坊は、たのもしく、うけあってくれた。

主従が別れを告げる杵築は、現松江市の西方十余里のところにあり、出雲大社にも近い。

富田から杵築までは約二十里。途中どうしても一泊せざるを得ない。

こころきいた重蔵坊が、鹿之介の密命を他の家臣たちへつたえるには、じゅうぶんであったろう。

尼子の家臣たちは、これも毛利元就の命令によって、武装と帯刀をゆるされた。

ただし、槍(やり)・鉄砲の類(たぐい)と、乗馬のことは、ゆるされない。

(なに、馬などはいくらもうばい取ってしまえばよい)

などと、山中鹿之介は楽観をしていたようだが、いざ、軍列が富田を出発するとなったとき、

(これは……!?)

鹿之介も立原久綱も、さすがに顔色(がんしょく)が変った。

とてもとても、主人兄弟をうばい返すどころではない。

尼子義久兄弟を乗せた輿(こし)と、鹿之介たち家臣の間には三千におよぶ毛利の将兵が割りこみ、前後の警衛は厳重をきわめた。

その夜は、松江から白鹿にかけて、毛利軍は宿営をしたのだが、鹿之介たちが泊る新山(しんやま)一帯は、びっしりと毛利軍の陣所によって包囲されてしまい、尼子義久が、どこへ泊っているのか、それさえもわからぬのである。

鹿之介は、この夜を期待していたのだが、

「とても、いかぬわ」

と、立原久綱がかぶりをふった。

重蔵坊も、そっとあらわれ、

「御一同さまへは、山中さまのおことばをおつたえいたしましたなれど、とてもこれにては……」

ためいきをつく。

「叔父上。こうなれば、明日でござる」

「ふむ……」

「杵築において、殿とわれらが別れの宴を、毛利方でもよおすとか……」

「そうらしい」

「そのときこそ」

「うむ」

うなずいたが、立原久綱は絶望しかけている。

（さすがは、毛利元就じゃ。針の穴ほどの隙も見せぬ）

久綱は、

（このぶんでは、明日もいかぬ）

と、おもった。

そのとおりになった。

翌日の杵築における主従の別れの宴は、まさにおこなわれたが、この席において、鹿之介たちは帯刀をゆるされなかった。

しかも、主従のまわりを弓・鉄砲をそなえた毛利軍がゆだんなくかためてしまったので、どうにもならぬ。

ここまで、つきしたがって来た尼子義久夫人も、別れを告げ、以後は髪をおろし、阿佐の観音寺へ入って、名を〔宗玉（そうぎょく）〕とあらため、はるばると安芸の国へ護送されて行く夫・義久の無事をいのることになった。

義久夫人が寺へ入ってから、夫をしのんでよんだ歌がのこっている。

見るらむと、見るも先立つ涙にぞ、
なぐさめかぬる秋の夜の月

憂（うれ）ひながら、なほ音信（おとづれ）よ君が住む、
国の名に立つ、あきの初風

尼子夫妻のみではない。

戦国のころに生きた武人の夫婦というものは、絶えず、戦乱と死に直面しつつ、た

がいの愛をたしかめ合った故もあろうか、その情愛は、なかなかにこまやかなものがあったようだ。

ところで……。

(ついに、殿をうばい返せなかった……)

落胆をしたけれども、尚(なお)、山中鹿之介はあきらめていない。

鹿之介は、別れの宴の席で、そばにひかえている重蔵坊にいった。

「重蔵坊は、殿にしたがい、安芸の国へおもむくことをゆるされたそうだな」

「はい」

尼子義久兄弟にしたがう侍臣は二十名である。

いずれも老人か、少年であった。

この中に、重蔵坊も加えられたのである。

「たのむ」

と、鹿之介が、

「おれと、殿との……」

連絡を絶やさぬよう、そのことをお前にたのむ、と、重蔵坊へささやいた。

「はい」

重蔵坊は、しっかりとうなずく。

たのもしげな老山伏ではある。

（尼子家再興のあかつきには、重蔵坊を重く取りたててやろう）

と、鹿之介は、いまから考えはじめている。

（殿にも一言……）

と、おもったが、宴の席上には、尼子家の人びとの一人一人の間に、毛利方の武将が割って入り、すわりこんでしまったものだから、必然、主従の別れのことばも平凡なものとならざるを得ない。

「では……」

やがて、尼子義久が二人の弟と共に立ちあがり、家臣たちへ、

「これまでの忠義は忘れぬぞよ」

と、いった。

さすがに、家臣たちの泣声がおこる。

「それぞれ、おもうところへまいってくれい。わしの身に、おもいをめぐらすな」

尼子義久の声もうるむ。

去って行く〔殿さま〕を見送りながらも、山中鹿之介は、一滴の泪もうかべなかった。

（殿、しばらくの御辛抱でござる。鹿之介が屹度、お迎えにまいります!!）

自信というよりは、確信なのである。

（なにもかも、これからなのだ）

と、鹿之介はおもった。

（これからが、戦国の武士としての、おれの一生が始まるのだ）

むしろ、五体にちからがみちあふれてきている。

（毛利元就なれば、相手にとって不足はない!!）

このことであった。

この時点で、山中鹿之介は、敵としての毛利家と、故国としての富田のことのみしか、考えていない。

だが、他国は……いや、日本の国は、大きく変ろうとしている。

小さな戦乱は絶え、小さな勢力は、より大きな勢力にふくみこまれ、尼子と毛利が争いをくり返していた山陰地方のみか、日本全国を統一し、天下に号令すべき、

「只一人の英雄」

をこそ世は迎えようとしていたのだ。

3

翌永禄十年となった。

その年の初夏である。

山中鹿之介は、京都にいた。

千明・八重の妻子を、近江の国の或る禅寺へあずけておいてある。

月に一度ほど、鹿之介は妻子の顔を見に行くが、あとは京の町で住み暮していた。

鹿之介が身を寄せたところは、前に富田城へもよくあらわれた僧・通玄のいる妙心寺であった。

妙心寺は、現京都市の北方・双ケ岡（ならびおか）の東ふもとにあり、臨済宗・妙心寺派の〔大本山〕だ。

この寺は、康永元年に、花園上皇が、わが離宮をあらためて禅苑としたものである。

現代（いま）も、われわれが妙心寺の壮大整然たる寺容を見るとき、そのむかしの繁栄ぶりをじゅうぶんにしのぶことができる。

鹿之介は、妙心寺内の塔頭（たっちゅう）・退蔵院（たいぞういん）に起居していた。

塔頭というのは、大きな禅寺の子院（わきでら）のことで、妙心寺には、そのころ三十に近い塔頭が立ちならんでいたといわれる。

山中鹿之介は、生まれてはじめて、日本の首都を見た。

その首都に、彼はいま、暮している。

首都を中心に、日本の戦乱と政局が大きくゆれうごくさまを、鹿之介は、

（ああ……このようなものであったか……）

強烈な感動と、新鮮な昂奮（こうふん）とに、毎日の自分が、

（毎日のように、生まれ変って行くような……）

おもいがしている。

山と海が果てもなくひろがっていた尼子の領国だけが〔自分たちの世界〕だと感じ、おもいこんでいたような鹿之介にとって、

（尼子の領国のほかに、日本という国があった……）

ことを、いやでも知らされずにはいなかった。

応仁の乱以来の、約百年にわたる戦乱は、ほとんど日本全国へ波及して行ったものだが、

「天下を統一する威力ある大名は只ひとり。それはだれか……!?」

というところへ、ようやく焦点が合わされてきはじめていた。

多くの小勢力は、甲斐の武田信玄（晴信）や、越後の上杉謙信（輝虎）、尾張・美濃の織田信長、中国の毛利元就などの〔大勢力〕にふくみこまれた、といってよい。

武田と上杉の大決戦が川中島でおこなわれてより、六年が経過している。

その一年前に……。

尾張の国の小さな大名にすぎなかった織田信長が、足利幕府のはじめより、駿河・遠江両国の〔守護〕として天下にきこえた名門の大名・今川義元を桶狭間に奇襲し、みごと義元の首を討ち取っている。

このときから、新興勢力としての織田信長の擡頭には、瞠目すべきものがあった。

山中鹿之介なども、信長のことは、富田にいたころから耳にしていなかったわけではない。

（だが……これほどのものとは、おもいもよらなかった）

のである。

今川義元を討ち、背後（うしろ）からの攻撃に対する不安が消えた織田信長は、めきめきと実力をたくわえ、三年前の永禄七年になるや、美濃の国へ攻めかけ、稲葉山の城をわがものとして居城をうつし、町の名を〔岐阜〕とあらためた。

岐阜は、もと信長の妻の実家である斎藤家のものであった。

しかし、斎藤家の内乱に乗じ、信長は巧妙な作戦と外交の両刀をあざやかにつかいわけ、ついに斎藤家をほろぼし、美濃の国へ進出したわけだ。

そのころ……。

尼子家などは、はるばると遠い山陰の一隅へ毛利軍に押しこまれ、悪戦苦闘をくり返していたのであった。

（岐阜とやらにある、織田信長の本城は、まことに美事なものだそうな。ぜひ、見たい!!）

と、鹿之介もつねづねのぞんでいるところだ。

ポルトガルの国から、海をわたって日本へやって来た宣教師のルイス・フロイスが、自著の中で、

「……ぼくは、ポルトガルを出てから、インドをすぎ、やがて、この日本へはるばるとやって来て、その途中で、いくつもの国々をまわり、いくつもの城や宮殿を見てき

たけれども、信長公のきずいた岐阜の城と、その宮殿ほどにすばらしい建築を見たことがない」

と、書いている。

これは端的にいって……。

四百年前の日本が、その建築文化と技術において、西洋諸国にくらべ、いささかも遜色がなかった、ということになるだろう。

いま、織田信長は、まっしぐらに、

「上洛のこと」

を目ざしている。

戦国の大名が〔上洛〕するということは、天皇おわす京都をわが手におさめ、天皇の信頼を一身にあつめ、もはやちからがおとろえつくしてしまった足利幕府にかわり、天下の政治をとりおこなうことだ。

このためには……。

京都へ達するまでの間に、自分の進出をさまたげる敵国を、すべて討ちほろぼさねばならぬ。

この点、織田信長は、他の上杉・武田・毛利などにくらべて、もっとも京都に近い国の主であった。

信長は、岐阜へ城をかまえてから、急に大きな自信を得たらしい。

（天下布武(てんかふぶ)）

の印を使用するようになったのも、そのころからである。

「われこそは、わが武力をもって天下をおさめて見せる」

という、彼の決意を、この四文字はあらわしている。

ともあれ、戦争に勝ちのこった最後の一人が、日本全国を統一したことになるのだ。

それから、平和な国づくりがはじまる。

京都の正親町(おおぎまち)天皇は、織田信長を、

「あなたは、古今無双の名将である」

と、ほめたたえ、

「しっかりたのむ。そして、一日も早く世の中に平和がくるようにのぞむ」

との手紙を、信長へとどけられてもいる。

いまの信長が、勇気にみちみちているのも、当然というべきであろう。

4

それは、なまあたたかい初夏の雨がふりけむる或る日の午後のことであったが……。

毛利家の配所に暮している尼子義久のそば近くつかえているはずの山伏・重蔵坊が、

突然、京へあらわれた。

去年、重蔵坊と別れるとき、山中鹿之介は、

「なにか事あらば、京の妙心寺できけば、おれの居どころがわかるようにしておく」

と、告げてあった。

「重蔵坊。なにか異変でもあったのか!?」

退蔵院のうす暗い自室に、重蔵坊を迎えた鹿之介が、

「もしや、殿の御身に、なにか……!?」

問うや、重蔵坊がゆっくりとうなずいた。

「ええっ！」

鹿之介はおどろき、

「さては……さては、毛利に討たれたのだな」

重蔵坊、かぶりをふる。

「では、急の、御病気でも……!?」

また、老山伏はかぶりをふった。

「いったい、どうしたと申すのだ。早く申せ!?」

「それが、山中さま……」

「む。どうした!!」

「どうにもはや、申しあげにくいのでござります」

「何を申す。いえ、いえ。早く申せ!!」

「ま、ちょと、お待ち下され」

重蔵坊は、水を所望し、小坊主がはこんで来たそれをのみほしてから、

「と、とんだことになりましてのう」

声をひそめた。

「とんだこと……!?」

「はい。山中さま、安芸におわす殿さまも、弟御のお二人さまも、ちかごろ、まことに、のびやかなる御日常にて……」

尼子義久兄弟は、その後、安芸の国・高田（たかた）郡・長田にある円明寺（えんみょうじ）という寺で暮しているそうな。

これを、毛利方の将・内藤元泰（もとやす）が警固している。

わずかな侍臣にかしずかれて、昨日にかわる幽居なのだが、毛利元就は、この降伏した敵将を、あくまでも親切にめんどうを見てやっているばかりでなく、

「将来（ゆくすえ）は、このような暮しではなく、わが毛利家の一将としてちからを貸していただくつもりじゃ」

といい、

「さびしいことであろうから……」

と、夫人に別れている尼子義久の無聊（ぶりょう）をなぐさめるため、家来の浦田直右衛門のむすめ・於佐（おさ）という、重蔵坊にいわせると、

「におうばかりの……」

若く美しい女に、義久の身のまわりを世話させている。

もちろん於佐は、義久の夜の寝間へも入るのである。

「それが、山中さま……」

重蔵坊は、ふとためいきを吐いた。

尼子義久は重蔵坊に、

「もはや、合戦の苦しみはこりごりじゃ」

こういったというのだ。

「この上は、おだやかに毛利の世話をうけ、長生きをして、世をたのしみたい」

そういったというのだ。

「まことか、それは……」

きいて、山中鹿之介も驚愕した。

「まことまこと、大まことでござりますとも」

「ふうむ……」

「そばで見ておりましても、歯がゆうて、歯がゆうてなりませなんだ。そこで、ともあれ、このことを一時も早く、山中さまへお知らせいたさねばなるまい、と、かように存じましたれば……それがし、円明寺の配所を必死のおもいで脱け出し、かくはまかり出でましたのじゃ」

鹿之介は沈黙してしまった。

茫然(ぼうぜん)としている。

（ま、まさか……）

おもってもみなかったことではないか。

かんじんの〔殿さま〕がこれでは、いかに鹿之介が、

「尼子家の再興」

を叫んだとて、どうにもならぬ。

鹿之介の豪勇が、どのようにすばらしくとも、たった一人で毛利軍と戦うわけにはゆかぬ。

尼子の殿さまが決然として、毛利の手から脱出し、

「われに従い、富田城へ!!」

と陣頭に立ってこそ、いまは諸国に散っている尼子の旧臣たちも槍(やり)をつかんで馳(は)せ参ずるわけだし、旧領民たちも、

「われらの殿さまがお帰りになった」

と、助力してくれようというものである。

重蔵坊は、眼をしばたたき、団子のような鼻を小指で掻(か)きながら、

「まことにどうも……まことにその、困ったことで……」

しきりに嘆いている。

雨の音が部屋の中へこもっている。

くらい部屋の中が、ことさらに暗くなった。

夕暮れが近づいている。

「ああ……」

急に、山中鹿之介がうめき声を発して立ちあがり、足をふみ鳴らし、

「あまりじゃ、あまりのことじゃ!!」

ほとばしるように叫んだ。

「ごむりござらぬ」

重蔵坊が、いたわりをこめて鹿之介を見あげ、

「このように、山中さまが御苦労なされておいでなのを、殿さまにお見せしとうござる」

「あまりだ。あまりといえばあまりの殿じゃ!!」

「ごむりなし。ごむりなし……」

重蔵坊のことばは嘘でなかった。

まこと尼子義久は、そのような心境になっていたのであるし、毛利家でも、約束をたがえず、これはずっと後年になってからのことだが、毛利家は尼子義久へ千二百余石をあたえている。

さらに義久は、戦国の世がほとんど終末を告げ、天下の権が徳川家康につかまれたころまで長生きをし、安らかに亡くなることになるのだ。

「わからぬ、どうしてよいか……」

鹿之介が、このようにおもいなやむ姿を見たのは、

（はじめてのことじゃ）

と、重蔵坊はおもった。

「おのれ、毛利め……」

鹿之介の発した声が、魔神のようなおそろしいひびきをもっていた。

「毛利は、若き殿をたぶらかしているのだ」

「ごもっともでござる」

老獪（ろうかい）な毛利元就が、尼子義久の戦意をたくみにうしなわせ、尼子の旧臣たちの再興運動が起らぬようにしようと考えていたことはたしかであった。

が、それだけではない。

毛利元就は、自分から見て孫のように若く、しかも温厚な性格の尼子義久に好感を抱いたことも事実だ。

元就は、わが後つぎの愛孫輝元をはじめ、これをたすけて毛利家の繁栄をねがう小早川隆景や吉川元春の二子にも、

「わしが死んだのちも、尼子義久殿を手厚くもてなし、ゆくゆくは毛利家の人となってもらうようにはからってくれい。義久殿は、当今まれに見る、こころやさしい御仁（ごじん）である」

と、いいきかせている。

尼子義久も、富田に籠城をしていたころは相当に勇敢な大将であったのだけれども、彼の本質は元就が見ぬいたとおり、好戦的な武将ではなかったらしい。人間には、その機が来るまで自分には全くわからぬ〔本質〕が隠されているもので、尼子義久は、おのれの敗戦によって、むしろ、自分に似合った〔人生〕を発見したのかも知れない。

「おのれ、おのれ!!」

と、まだ鹿之介は足をふみ鳴らし、満面を怒張させ、

「かくなれば、おれ一人にてもよし!!」

「え……!?」

「ひそかに芸州へ下り、毛利元就を刺し殺してくれる!!」

「まことで!?」

「それでなくては、尼子家にそれと知られた、山中鹿之介幸盛の武名がすたる!!」

「なるほど」

「おのれ、元就!」

「どうしても、おやりなさるので!?」

「いかにも!!」

「なれど……」

「なに!?」

「それがしは、これより、いかがいたしたらよろしいので……もはや老齢にて、この上のはたらきはできかねまする」

「おお……」

自信も強いが、人一倍に感情がゆたかな鹿之介だけに、旅の疲れにぐったりとしてうなだれている重蔵坊の姿を見やり、

「重蔵坊。これまで、ようもつくしてくれた」

「はい、はい……」

「礼を申す」

「なんの……」

「どうするつもりだ？」

「故郷の大和（やまと）へ帰り、そこに骨を埋めたくおもっておりまする」

「さようか、それもよし」

鹿之介は、餞別（せんべつ）の金包みをつくり、

「わずかだが、おれのこころざし。受けてくれい」

「そのような……」

「かまわぬ。受けてくれい」

「おそれいりまするな」

「躰（からだ）に気をつけいよ、重蔵坊」

「はい。かたじけのうございます」

やがて雨の中を……。

重蔵坊は妙心寺から去った。

どこへ去ったか、というと、老山伏の故郷・大和の国へではなかった。

なんと重蔵坊は、またも安芸の国へ引き返して行ったのである。

むろん鹿之介は、それと知らぬ。

「行ってまいりました」

と、重蔵坊は毛利元就に、すべてを報告した。

なんのことはない。

この老山伏は、もともと毛利のスパイであったのだ。

六年も前から富田城下へ入りこみ、なにくわぬ顔で尼子義久に取り入り、可愛がられ、籠城中も城内にいた。

これでは、城内の様子が毛利元就の耳へ筒抜けになっていたのも当然のことだ。

それからも知らぬ顔で、配所の義久に奉仕をし、義久の心理のうつり変りから、その生活、そのことばまで、いっさいが老山伏の口から元就へ報告されていたのである。

そして今度は……。

山中鹿之介も重蔵坊に、というよりも、毛利元就の術中に落ちこんでしまった。

「大殿さまを刺し殺しまいらせる、と、鹿之介めは申しておりまいた」

重蔵坊がにやにやと笑いながら、こういうと、毛利元就は苦笑し、

「さほどの男とは、おもわなんだわい」

「と、申されますと⁉」

「まさに、あの男の武勇には、わしもおどろいていたが……なれどいささか、あたまの血のめぐりが悪しゅうはないのかの」

「ははあ……」

「なれど、おそろしい。あの男なれば只一人、わしのいのちをうばい取りにあらわれるやも知れぬわ」

「御冗談をおおせられて……」

「いや、まことのことよ」

元就にとっては、鹿之介など、子供あつかいではなく〔孫あつかい〕と、いったところだ。

それはさておき……。

京の山中鹿之介は、あまりの衝撃をうけて、さすがに毛利元就を暗殺しに出かけるほどの無謀をおこなうわけにもゆかず、こころの苦しみを酒にまぎらわせるよりほかはなかった。

いや、酒よりも、こうしたときには、もっといいものがある。

鹿之介が、京の万里小路二条にある傾城（遊女）町へ出かけるようになったのも、

このころからであった。

5

そのころの京都は、応仁以来の戦火を何度もうけていたので、焼け残った寺社や邸宅をのぞいた町中は、まだ荒廃から立ち直ってはいず、首都としての繁栄を見るまでに、あと二十年を待たねばならなかった。

しかし、なんといっても、京は日本の皇都である。

近年は、ようやく京都周辺に大きな戦火も絶え、人口も急速に増加しつつあった。

したがって、遊女(あそびめ)も諸方から群れあつまり、傾城町もそこここにあるわけだが、万里小路二条のそれは、まず京都随一といってよかろう。

この傾城町のまわりは低い土手にかこまれてい、南北に一か所ずつ、出入口がある。

現京都市役所の西がわ、柳馬場(やなぎのばんば)のあたりがそれにあたるわけだ。

山中鹿之介が通いつづけているのは、歌木(うたき)という遊女のいる稼店(かせぎみせ)であった。

いま鹿之介は、その店の奥の小部屋で、ぐっすりとねむっている。

このところふりつづいた雨がやんで、今朝から急に、陽ざしがめっきりと夏めいてきていた。

夕暮れには、まだ間がある。

「ああもう、きついこと……」

ぐったりと、鹿之介の傍に伏し倒れていた遊女の歌木が、ようやく身を起した。しどけなくみだれたえりもとから、豊満な乳房がこぼれ落ちそうだ。

小柄な女だが、肩から背へ、むっちりともりあがった曲線がたちまちにくびれ、そのあたりから腰まわりにかけての量感が瞠目すべきものであった。

小柄ではあるが、いかにもたくましそうな歌木の女体ではある。

「もし……」

戸の向うから別の女の声がした。

これは、歌木とは仲のよい玉垣という遊女で、

「開けてよいかえ!?」

「よいとも」

戸が開き、細っそりとした玉垣の顔がのぞいた。

「おや、客どのはねむってござる」

「あいなあ……」

と、歌木は、まだひかぬ胸もとの汗をぬぐいつつ、

「このような客どのは、わたしもはじめてじゃわいの」

ためいきを吐いた。

鹿之介は、昨夜から泊りつづけている。

歌木を買いきったわけなのだが、

「もうもう、からだじゅうの骨が粉ごなになってしもうたような……」

歌木が、げっそりとした口調でいう。

鹿之介の歌木へあたえる愛撫(あいぶ)は強烈をきわめ、飽くことを知らぬ。

それも、

「おのれ、おのれ!!」

とか、

「おれは、このままでは引かぬ!!」

とか、

「いまに見ておれ!!」

とか、

「ええ、にくい殿じゃ!!」

とか、うわごとのように怒声を吐き散らしつつ、巨大な体軀(たいく)で歌木を圧倒しながら、何度も歌木をむさぼり、

「まるでもう、責めさいなまれているようなものじゃわいの」

と、歌木が玉垣へ、

「この客どのは、四度目なれど、来るたびおそろしゅうなってくる……」

「それほどにかえ」

「あいなあ」

「なれど、よい男わいの」

「遊び金にも困らぬらしいけれど……このつぎはもう、わたしはいやじゃ」

するとと玉垣が、

「では、このつぎ、わたしがもろてもよいかや!?」

「よいとも、よいとも……ま、一度出てみてごじゃれ。この客どののおそろしさ……」

いいかけて歌木が笑い出した。

「なにがおかしいのじゃ!?」

と、玉垣。

「そ、そのような、お前の細いからだで、この客どのを相手にしたなら、ひとたまりもあるまいわいの。押しつぶされて、どぶ板のようにうすくされてしまうわいの」

「まあ……」

鹿之介が寝返りをうった。

「あれ、目ざめたわいの」

と、歌木はよほどに閉口したものと見え、

「では、たのむえ」

玉垣にいいおき、さっと逃げてしまったものだ。

「う、うう……」

うなり声をあげ、鹿之介が眼をひらき、

「や……」

のぞきこむ玉垣を見て、

「ちがうな」

「わたしでは、気にいらぬかえ」

「む……」

「ま、見れば見るほど、よい男わいの」

玉垣は、鹿之介にひどく興味をそそられたらしい。

いきなり、身にまとっていたものをかなぐり捨て、半裸の鹿之介の厚い胸へ身を投げかけていった。

それからしばらくして……。

山中鹿之介の姿は、この部屋から消えていた。

あとにのこされた玉垣は、仰向け(あおむ)に、ぐったりと倒れたまま、荒い呼吸を吐き、身じろぎもせぬ。

歌木が入って来て、

「それ、見やれ」

と、いった。

「あの、客どのは、帰ったかえ!?」

玉垣があえぎあえぎ、眼をとじたまま、

「なるほど、おそろしい……」

「ほ、ほほ……」

「客どのはえ……!?」

「いま、水をあびてから帰って行ったわいの」

「ま、よかった……」

そのころ……。

鹿之介は、鴨川に沿った道を北へ向けて歩んでいる。

夕闇がたちこめていた。

川の向うに東山の山なみが黒く浮きあがり、その上に比叡(ひえい)山がそびえ、桔梗(ききょう)色の夕空には星が光りはじめている。

「ああ……」

立ちどまった鹿之介が空を仰ぎ、

「どうしたらよいものか……」

おぼえず、つぶやいた。

そのまま、彼は、虚脱したように立ちつくしている。

と……。

鹿之介の背後の、くずれかけた土塀の曲り角からあらわれた旅の男が鹿之介を見かけて、はっとしたように、あわてて土塀の蔭へ姿をかくした。
鹿之介は、これに気づかぬ。
土塀の蔭から、旅の男は凝と、鹿之介のうしろ姿を見つめている。
いよいよ、夕闇が濃くなってきた。
「やあ!!」
突如、鹿之介が叫んだ。
腰をひねった鹿之介の腰から太刀が疾り出て、空間を切り裂いた。
「やあ、おう!!」
狂人のごとく、鹿之介は太刀を振りまわしていたが、やがて、太刀を鞘へおさめ、
またも悄然となった。
とぼとぼと、山中鹿之介は道を引き返して行く。
旅の男が、また道へあらわれた。
いかい、ひょろりと、背の高い男であった。
笠の蔭から男の声がもれた。
「まるで、見ちがえてしもうた……」
そして、この男は、遠ざかって行く鹿之介を見うしなうまいとするかのように足を
速め、後をつけて行った。
鹿之介は、妙心寺内の退蔵院へ入って行く自分を、旅の男が見とどけていたことも、

まったく気づいてはいなかったようだ。

6

山伏・重蔵坊の使いだと名のる男が、退蔵院へ鹿之介をたずねて来たのは、その翌日である。

この男は前日、鹿之介の後をつけて来た旅の男ではない。

ずんぐりとした躰（からだ）つきの四十男で、

「大和の亀左（かめざ）、と申しまする」

と、名のったときには、このところ憂悶（ゆうもん）にとざされつづけていた山中鹿之介も、おもわず破顔してしまった。

「亀左……なるほど、亀の姿そのままだな」

「これはどうも……」

男は怒りの色もうかべず、白いもののまじりかけたあたまをかきかき、

「まず、これをごらん下さりませ」

と、一通の書状をさし出した。

「なんと……」

うけとってみると、まさに重蔵坊の筆蹟（ひっせき）であった。

その手紙に、こうある。

大和の亀左は、山伏あがりの男にて、むかしより、この重蔵坊のために、いろいろとつくしてくれたものでござる。それがしのかわりに、亀左をお使い下されたし。亀左なれば足も達者。あたまのはたらきもよろしく、何かとお役にもたつかと存じまいて、おそばへ送りまいた。

と、ある。

「ふうむ……」

よみ終えて鹿之介が、

「いま、重蔵坊はいずこにおる!?」

「さ、いったんは故郷の大和へ帰ってまいられましたなれど……つい先ごろ、武蔵の国へ旅立たれましてございます」

「武蔵へ……」

「はい、はい。なんでも、年老いた伯母ごが、武蔵の国のどこやらに住み暮しておりまするとか……死ぬる前にぜひ一度、伯母ごにひと目会うてくる、と、かように申されてで……はい、はい」

「さようか」

「山中さま。私めに御用のありまするときは、紙に〔亀〕の一字をお書きなされ、それを、この寺の門の柱にでもはりつけておいて下されませい」

「ほう……」

「さすれば、その日のうちに、私めはここへあらわれまする」

「おのれは、どこに住んでおる？」

「いろいろと、あちこちへ……」

「ふうむ……」

「では山中さま。これにて……」

「また何やらたのむこともあろう」

といったが、鹿之介は、いったい、この男を何に使ったらよいのか、考えもおよばなかった。

鹿之介自身が、途方にくれているのである。

大和の亀左は、鹿之介がそれと気づかぬうちいつの間にか部屋から姿を消していた。

（妙な男だ……）

おもいはしたが、重蔵坊の好意を、

（ありがたい。まだ、おれを忘れずにいてくれたか……）

と、鹿之介はおもった。

山伏の中には、重蔵坊や亀左のように、奇妙な男がいくらもいることを、鹿之介はわきまえていた。

ところで……。

妙心寺から出て行く大和の亀左を、道をへだてた松林の中から見まもっていた男がいる。

男は、前日、鹿之介の後をここまでつけて来た旅の男であった。

旅仕度は解いていたが、今日も男は、笠をま深にかぶり、顔をかくしていた。

男は、亀左の後をつけようとおもったらしく、松林の外へ出た。

このとき……。

亀左が去った別の方向から、妙心寺へ近づいて来る旅の武士があった。

男はそれに気づき、つとめてさり気ないふうをよそおい、またも松林の中へ入って行った。

旅の武士が妙心寺の門前で、かぶっていた塗笠をぬいだ。

陽に灼(や)けたたくましい老顔が塗笠の下からあらわれた。

その顔を木蔭から見ている男の口から、

「立原久綱様か……」

なつかしげなつぶやきが、きこえたようである。

まさに、旅の武士は、山中鹿之介の叔父(おじ)・立原久綱であった。

久綱は、あれから諸方へ散った尼子の残党の居処をさだめ、連絡の方法を打ち合せ、いざというときには、一同、相呼応して馳(は)せあつまり、尼子家再興のためにはたらくことを誓い合い、ようやくにいま、鹿之介のもとへあらわれたものである。

「叔父上……」

小坊主に案内され、入って来た立原久綱を迎えた鹿之介が、たまりかねたごとく、久綱の躰へ抱きついていった。

「ど、どうしたのじゃ、鹿之介」

「叔父上、叔父上……」

鹿之介の声が、わなわなとふるえ、

「一大事でござる」

「なんとしたぞ!?」

「実は……」

と、鹿之介から、旧主・尼子義久兄弟の変心をきいたときには、さすがの立原久綱も、

「すりゃ、まことのことか……」

茫然（ぼうぜん）となった。

「重蔵坊の申すことです。間ちがいはござらぬ」

「ふむ。いかさま、な……」

「これより先、われらは、いかがしたらよいものか……」

「なれど、鹿之介……」

「は……!?」

「これは、まさに一大事じゃ。ゆえにこそ、重蔵坊のことばのみにてはわかりかねるところもある」

「と、申されますと!?」

「わしが、安芸の国へまいってみよう」

「いや、それはいかぬ。叔父上。いま、叔父上がおひとりで毛利の国へ乗りこむことは、まことに危のうござる」

「いや、ぜひともまいる。この目と耳で、殿のこころ変りをたしかめねば、……」

「では、私もお供を……」

「それはならぬ。なんと申しても、この妙心寺におるおぬしが尼子党の拠りどころになっておるのじゃ。いつ、どこから、だれが、どのような知らせをもってあらわれるか、知れたものではない」

そういわれれば、たしかにそうだ。

妙心寺の鹿之介が、尼子党の連絡場所として、ひそかに一同へ知らされてあるはずであった。

退蔵院の僧がはこんでくれた夕餉の粥を食べてからも、二人は相談をつづけた。

そして結局……。

立原久綱が安芸の国に潜行し、事実をたしかめようということに決まった。

「では叔父上。供を一人、おつれ下さい」

「たれを!?」

「重蔵坊がつかわしてくれまいた男にて、こころききたる者でござる」

「ふうむ。そのような者がおるのなれば……」

旅中、甥の鹿之介との連絡にも便利である、と、立原久綱は考えた。

「よし。わしも山伏姿となってまいろう」

「お……それがよろしゅうござる」

いいつつ、鹿之介は硯を引きよせ、紙片へ〔亀〕の一字を書いた。

7

三日後……。

大和の亀左をともなって、立原久綱が京を発し、中国へ向った。

二人とも山伏姿に変装をしている。

この物語りで、筆者は、すでに山伏・重蔵坊が毛利方のスパイであることをのべておいた。

したがって、重蔵坊が山中鹿之介のもとへ送った亀左も、毛利方と通じていることになるのだ。

となれば……。

立原久綱が、ひそかに安芸の国へ入りこみ、尼子義久の変心がまことか否かを、さぐりとろうとするのを、毛利元就は知っている、と見てよい。

そのとおりであった。

亀左は、

「自分が、立原久綱の供をして行くことになった」

と、重蔵坊へ告げ、重蔵坊は久綱の出発に先立ち、安芸・吉田の城にいる毛利元就のもとへ急行したのである。

ということは……。

重蔵坊、いつの間にやら何くわぬ顔で京都にもどり、亀左と共に尼子残党のうごきを監視していたのだ。

「ほう、立原久綱が、こちらへまいるか……」

知らせをきいて毛利元就が、

「よし、よし。おもうさま、久綱にさぐりとらせてやれ」

と、いった。

「引っ捕えまいたほうが、よろしゅうはござりませぬか」

と重蔵坊。

「いや、そうでない」

「なれど……」

「久綱が、おのれの目で、はっきりと、尼子義久殿の胸のうちがどのように変ったか、義久殿兄弟が、どのようにまんぞくをして日々を暮しておるか、そのことを知ったほうがよいのじゃ。さすれば、久綱の口より、諸国にひそみかくれておる尼子の残党たちへ、すべてがつたわることであろう」

「はい、はい」

「かんじんの主が、もはや戦さするはいやじゃ、と申しておるのでは、いかに尼子の残党が事をはかり、旗あげせむとおもうても、これは成らぬ」

「いかさま」

「一人一人、あきらめてくれるであろうよ。ま、その上で、われらがこれ、とおもう武士は、拾いあげてやってもよいのじゃ」

「大殿さまの、大海のごとくひろやかなる仁慈のおこころには、重蔵坊、おそれいるばかりでござります」

重蔵坊は、もと清水茂兵衛義種といい、毛利元就の侍臣であったが、間諜の役目についてから、もう二十年にもなっている。

「茂兵衛よ」

と、元就が、

「そちに、いつまでも、このような役目をさせておいては、気の毒であるな」

「いえ、そのような……」

「ついに、そちは妻もめとらず、子も、もうけなんだわい」

「かまいませぬ。それがし一代にて世を終ること、さばさばといたしまする」

「さように、おもいくれるか!?」

「ははっ」

「かたじけない」

大和の亀左のほかに、重蔵坊は何十人もの配下を指揮し、諸国へ潜入させてあるらしい。

「立原久綱には、かまえて手を下さぬよう」

との、元就のことばをうけたまわった清水茂兵衛……いや、重蔵坊は、すぐさま、安芸・吉田の居城から消えた。

ところで……。

京都の山中鹿之介は、さすがに万里小路の傾城町へも足をはこばなくなっていた。

敵地へ乗りこんで行った勇敢な叔父の身が、心配でならない。

(この間に、近江へ行き、さびしく暮している妻や子に会うて来ようか……)

と、おもうこともあったが、いつ、叔父からのたよりがあるやも知れぬ、と考えれば、退蔵院を留守にすることもならぬのである。

あるいは……。

叔父の身に、何か異変が起り、大和の亀左が京へ駈けつけて来ることも、予想できぬことではないのだ。

（ああ、叔父上を行かせるのではなかった……）

追って行きたいが、その後で、何か知らせが来たら取りかえしがつかない。

（重蔵坊が、このようなときにいてくれたら……）

鹿之介は、つくづくそうおもう。

（あの重蔵坊の申すことに間ちがいはないのだ。叔父上の申されることも、なるほど、もっともだとおもい、ついつい、おことばにしたがってしまったが……やはり、叔父上を行かせてはならなかった。まことに危い。毛利の国々は、ことさらに見張りの目がきびしいというのに……）

居ても立ってもいられない気もちなのである。

父を早くからうしない、母の手ひとつに育てられてきた鹿之介は、豪快な立原久綱を叔父というよりは、

（まるで父上のような……）

と、感じている。

それだけに、不安はつのるばかりとなってきた。

たまりかねて、鹿之介は退蔵院を出た。

部屋の中で、じっと叔父の安否を気づかっている明け暮れに、たえきれなくなったのだ。

久しぶりに、山中鹿之介が万里小路の傾城町へあらわれた。

夏もさかりをすぎようとしていた。

「あれ、まあ……」

遊女の歌木が、

「もう、京にはおらぬとおもうていたに……」

いそいそと、鹿之介を迎えた。

あまりに長い間、顔を見なかっただけに、なつかしくもあり、それに歌木は、長く会わずにいると、鹿之介の異常な性欲の発散を忘れかね、そのことをおもいうかべるたびに、全身が熱く火照(ほて)ってくるのであった。

「今夜、泊る」

と、鹿之介が宣告をした。

「ま、うれしいこと……」

翌日の夕暮れになって……。

鹿之介が傾城町を出て来た。

土手の蔭(かげ)にいた笠(かさ)の男が、それを待ちかまえていたように、後をつけはじめた。

例の、あの、長身の男なのだ。

鹿之介は急いでいる。

気がとがめているらしい。

留守の中に、

（叔父上からのたよりでもあったのではないか……）

そのことが、鹿之介の脳裡をいっぱいにみたしていた。

まさか、遊里にいるからとは、退蔵院の僧たちへもいいおいては来られなかった。

妙心寺の山門の前まで来たとき、濃い夕闇の中から、

「もし……」

鹿之介へ声がかかった。

「おれのことか!?」

「いかにも……」

山門の前にうずくまっていた男が立ちあがった。

先刻の男が、先まわりをして、ここに待っていたのである。

「だれじゃ!?」

「鹿之介どの。久しゅうござる」

「あ……」

鹿之介が、低く叫んだ。

男の声に、ききおぼえがある。

いや、忘れることのできぬ声であった。

「おぬしは……」

「はい」

うなずいて、男が、しずかに笠をぬいだ。

「清松弥十郎でござる」

「む……」

まさに、弥十郎である。

「おぬし、白鹿の戦陣で、討死をしたのではなかったのか……」

「幸か不幸か……かくは、生きのびております」

「そ、そうか……」

「乱軍の中に落馬いたし、気をうしないました。手傷もいくつか受けておりましてな。気づいたときには、毛利方の軍兵が、味方の死体を、とりかたづけておりました」

「ふうむ……」

「そこで、しばらくは死体をよそおい、夜に入ってより、ひそかにぬけ出ました」

「なぜ……なぜに、富田の城へもどらなんだ⁉」

清松弥十郎は苦笑をして、

「おわかりではありませぬか⁉」

反問してきた。

わからぬではない。

婚約者の千明を、強引な鹿之介にうばいとられてしまった弥十郎なのである。

いまは逆境にある山中鹿之介だけに、清松弥十郎の、当時の心境をおもうと、さすがにかえすことばもない。

弥十郎は、以前のような痩身ではあるが、どことなく躰つきがしっかりとしてきているし、顔貌も陽に灼け、男らしくなって見える。

「おぬし、変ったな」

と、鹿之介はまじまじと弥十郎をながめて、

「いま、どこにいる!?」

「一月ほど前より、京に住みついておりましてな」

そういう弥十郎の声が、ゆったりと落ちついてい、むしろ老成の雰囲気がただよっている。なんとなく、鹿之介は弥十郎に圧されぎみであった。

「なにをして、暮している?」

鹿之介は、短刀ひとつしか帯びていない清松弥十郎の姿を見まわしつつ、問うた。

「絵を描いておりまいてな」

「絵を!?……」

「旅絵師になりはてました」

こだわりもなく、弥十郎がいった。

「ま、中へ入らぬか」

「よろしゅうござるか」

「か、かまわぬとも」

「では、いささか、おつたえしたきこともござれば……」

「おれにか!?」

「さよう。ぜひとも、きいていただかねばなりますまい」

新しき戦旗

1

当時〔絵師〕という職業は――もちろん技倆（ぎりょう）にもよるが、よい職業であったといえる。

先ず、肖像画の注文が多い。

〔写真〕のない時代であったことを考えれば、このことが容易に想像できよう。

そのほか、襖絵（ふすまえ）や天井の飾り絵ばかりでなく、小箱、飾り戸棚、扇に至るまでの装飾を、ほとんど絵師がおこなった。

印刷技術が未開の時代であったから、書画の技能をもつ人びとの需要は多かった。

ことに、清松弥十郎のような〔旅絵師〕は珍重された。

諸国の大名、武将、豪族、富豪など、少しでも名声を得ているものが、おのれの顔かたちを絵にしておきたいという欲求は強烈なものがあったし、絵師の筆によって邸宅の装飾をおこなったことは、いうまでもない。

旅絵師は諸国をまわり、自作の〔見本〕をしめし、それが相手の気に入られれば何日も、また何か月も、ことによっては何年も相手の城や屋敷にとどまり、仕事をする。

いま山中鹿之介が眼前に見る清松弥十郎は、富田にいたころよりも肥え、服装も立派なもので、以前の脆弱なおもかげは、その風貌からほとんど消えてしまっている。むしろ、鹿之介のほうに憔悴の色が濃かった。

「弥十郎。で、おれにきいてもらいたい、というのは何か？」

「孫四郎さまの行方を、鹿之介殿は知っておいでか？」

「いや、知らぬ」

孫四郎ときいて、鹿之介の顔色が変った。

「生きておわすのか？」

「いかにも」

孫四郎は、あの〔新宮党〕の老将・尼子国久の孫にあたる。

国久老人が毛利方の謀略の犠牲となり、富田城中に無念の死をとげてから十三年の歳月が経過している。

あのとき、新宮谷にある尼子国久の居館は五千の城兵に包囲され、城内で殺害された国久・誠久の父子のみか、新宮党の尼子一族は、

「裏切者」

の汚名を着せられ、ことごとく死んだ。

孫四郎は当時二歳で、近くの屋敷に住んでいた山中鹿之介へよくなつき、鹿之介のひざへ這いあがるや、はなれようともしなくなったという。

あの夜。

新宮谷が猛火に包まれたとき、立原久綱邸の大屋根へのぼって、そのさまをながめつつ、

（あの可愛い孫四郎どのも、あの火の中で……）

おもうと、得体の知れぬ怒りと絶望に居たたまれなくなり、鹿之介はおぼえず、屋根の瓦を引きはがし、夜空へ投げつけたことがある。

その後。

幼い孫四郎が乳母に抱かれ、あの猛火をくぐり、寄手の包囲を運よく脱出し、どこかへ逃げたらしい、ということを鹿之介はきいた。

「よかった……」

と、そのときは単純に鹿之介もよろこんだものだが、何年も経て、新宮党の無罪が判明してからのちも、孫四郎の行方は杳として知れなかった。

「もはや、生きてはおられまい」

というのが、富田城下でのうわさであった。

鹿之介も、そう考えていた。

あのさわぎの中で、ろくに身仕度もととのえず、金銀も持たず、乳母ひとりに抱かれて冬の山中へ逃げこんだ幼児の行末は、およそ想像がつこうというものだ。

その孫四郎が、

「生きておわす」

　と、清松弥十郎はいうのである。

　鹿之介が衝撃をうけたのも当然であったろう。

　孫四郎の祖父・国久と、いま毛利方の庇護をうけ「戦さはつまらぬことじゃ」などといっている旧主・尼子義久の祖父・政久とは実の兄弟なのだ。

　つまり、

「尼子の血脈が、もう一つ、別に残っていた」

　ということになるではないか。

「ど、どこにおわすのだ、弥十郎」

「ここに」

「えっ……?」

「この京の都に」

「な、なんと……」

「東福寺におわします」

「ふうむ……」

　これには、尚もおどろくのみであった。

　東福寺は、臨済宗・東福寺派の大本山で、鎌倉時代に関白・九条道家が聖一国師を請じて開山とした禅宗五山の一にあげられている巨刹である。

尼子孫四郎が、東福寺の僧になっているというのだ。

孫四郎は十五歳になっているはずであった。

「それが、どうしてわかったのだ。弥十郎、早くきかせてくれい」

「む、それが……」

弥十郎は、半月ほど前に、絵師としての用事で、東福寺へおもむいたことがある。

そのとき、応対に出た少年僧を見たとき、

「先ず、私はおどろきましてな」

「ふむ」

「そっくりなのでござる、亡き新宮の大殿（国久）に……」

「顔（おもて）がか？」

「いかにも」

「なるほど……」

瞬間、清松弥十郎は、

（もしや、孫四郎さまではないか？）

と、おもった。

十余年前、行方不明となって消息が絶えた孫四郎ではあるけれども、死んだ、という証拠は何ひとつない。

落人（おちうど）が僧門に入り、かくれ暮すことはめずらしくないことだ。

そこで、弥十郎は、

「私めは、もと尼子の旧臣にて……」

ずばりと、切り出してみた。

すると少年僧は、落ちついた微笑をもらし、

「気づかれたような、私の身の上を……」

「では、やはり孫四郎さまで」

「どうして、わかりました？」

「おそれながら、御祖父・尼子国久様に生き写しでござります」

「この顔が？」

「はい」

「ほう……乳母からはなしにきいたお祖父さまとは、このようなお顔をしておいでだったのか……」

「はい、はい」

孫四郎も清松弥十郎が武士の世界からぬけ出し、一介の旅絵師になっているときき、安心をしたらしく、いろいろと、こころをゆるして語り合った、という。

「あれからは、ずいぶんと御苦労をなさいましたようで」

「そうであろう、む、そうであろうとも」

山中鹿之介の満面に、ふつふつと熱いものがふきこぼれてきはじめた。

感情家の鹿之介だけに、十余年前の、ふっくりと肥えた孫四郎の可愛ゆげな顔や、自分の胸へしがみついてきた小さな手や、乳くさい匂いなどを想起すると、もう、たまらなくなってくるのであった。

「お目にかかりたい、おれも……弥十郎。孫四郎どの……いや、孫四郎様に会わせてくれい」

「わけもないことです」

「たのむ。屹度たのむ」

「私も、鹿之介殿のことを孫四郎さまへおはなし申しました」

「そうか、まことか？」

「すると……」

「すると？」

「うれしゅうおもう、と、かように申されましてな」

「うれしい……？」

「あなたが、尼子再興のために苦労なされていることを、です」

「えっ、そりゃ、まことにまことのことか？」

鹿之介がうけた衝撃は、先刻、孫四郎の生存を知ったときよりも、さらに強く烈しいものであった。

「その、山中鹿之介殿とやらに、ぜひ会うて見たい」

と、いい出したのは孫四郎であった。

だから、孫四郎のたのみをうけて、清松弥十郎が鹿之介を訪問して来たのだ。

「孫四郎さまからおたのみをうけるまでは、あなたと会わずとも……と、おもうていたのですが」

弥十郎は、苦笑して、いった。

鹿之介も、何やらこそばゆい顔つきになっている。

だが二人とも、いまは鹿之介の妻となっている千明のことを口にのぼせようとはしなかった。

「よく、ここがわかったな」

ややあって、そうつぶやいた鹿之介へ、弥十郎がいった。

「いつであったか、道で姿をお見かけし、そっと後をつけ、ここをたしかめたのです」

2

東福寺は、京都市中の東南に在る。

東山の支峰である月輪山のふもと、六万坪におよぶ宏大(こうだい)な寺域には、鎌倉の時代(ころ)に建てられた〔六波羅門(ろくはらもん)〕をはじめ、東司(とうす)、禅堂、仏殿、鐘楼(しょうろう)、開山堂など幾多の堂宇(どうう)が建ちならぶ。

清松弥十郎にみちびかれた山中鹿之介が、十五歳の尼子孫四郎に会ったのは、境内の〔通天橋(つうてんきょう)〕とよばれる橋廊下においてであった。

この橋廊下は、仏殿と開山堂をつなぐもので、月輪山からながれ入る川のながれに架けわたされている。

この川は〔洗玉澗(せんぎょくかん)〕と名づけられ、通天橋の内がわの方丈裏から、外がわにかけ、東福寺の内庭として瞠目(どうもく)すべき美観を呈している。

その内庭から、孫四郎があらわれた。

ここまで鹿之介と弥十郎を案内して来た寺僧は、一礼して方丈のほうへ引き返して行った。

「お、弥十郎どのか……」

いいつつ、橋廊下へあがって来た孫四郎は、すばやく鹿之介をみとめ、

「こちらが、山中鹿之介どのか」

「はっ……」

鹿之介は、おもわずひざをつき、

「おなつかしゅうござります」

感きわまり、あたまをたれてしまった。

（これは……）

と、鹿之介は直感したのである。

十五歳というが、背丈も高く、胸の張った堂々たる体軀（たいく）の尼子孫四郎なのである。

（このお人なれば、尼子再興の主として恥ずるところはない!!）

くっきりとした双眸（そうぼう）のかがやきにも精気がみちてい、ふとやかな鼻すじや、引きしまった口もとには意志の強さが具現されている。

声も快活で、しかも落ちついてい、

「ま、おもてをあげて下さい」

と、孫四郎が、

「ここなれば、いまどきに人も通らぬし、語りやすい」

「はっ」

「私が、赤児のころには、鹿之介どのに抱かれ、ようなついていたとか……乳母によう きかされました」

「おそれ入りまする」

「その後は、ずいぶんと苦労をなされたことであろ」

「は……」

「私も、富田の城が落ちたということを耳にしたときは、なにやら、口惜しゅうおもうたものだが……」

「すりゃ、まことでござりますか？」

「はい」

「なれど、孫四郎さまの御祖父、すなわち新宮の大殿が殺害のことは……」

「あ、それを申されるな、と申すよりも、私にはあまり……」

孫四郎は、あのとき二歳の幼児にすぎなかった。

したがって、まったく記憶がない。

記憶のないことには〔実感〕がわかぬのであろうか……。

あの夜から、乳母（去年、病歿していた）と共に、孫四郎はつぶさに辛酸をなめつくしてきたらしい。

いまも尚、身よりもない只ひとりで、この東福寺の一寺僧として、きびしい修行に堪えている。

「なれど……」

と、孫四郎はほろ苦く笑って、

「私には、どうも坊主が向いておらぬような……」

と、いうのである。

山中鹿之介の感激は、さらに、ふくれあがったといえよう。

「ま、孫四郎さま!!」

「はい？」

「尼子再興の主となって下さいませぬか」

「え……？」

孫四郎は、意外な表情をうかべ、

「それは、いまだ尼子義久さまが生きておわすのではないか？」

「は。毛利方の手に、押しこめられております」

「なるほど」

「ところが、義久様には、もはや御家再興のおこころも消え、ひたすら安穏に暮されることをのぞまれておられますようで……」

「まさか……？」

「いえ、まことでござります、実は……」

と、山中鹿之介が、かの山伏・重蔵坊から報告をうけた顚末から、立原久綱が、その真偽をたしかめるため、中国へ潜行中であることをのべるや、

「ふうむ……」

俄然、孫四郎の両眼がきらりと光った。

「まことらしい……」

「まこともまこと、まさに、まことなのでござる」

「ふうむ……」

「再興の旗あげに、尼子の頭領がおわさねば、われら、いかにちからをつくそうとて、天下がこれをみとめてはくれませぬ」

「む、いかにも」

「孫四郎さま。鹿之介、こ、このとおりでござる」

おもいあまって鹿之介が、がばと両手をつき、男泣きに泣き出したものだ。

孫四郎の、まだどこやらに〔幼な顔〕のただよい残っている満面が、昂奮のために、見る見る充血してくるのを、清松弥十郎は、あくまでも物しずかにながめやっている。

いまの弥十郎は〔武士〕を捨て、一管の絵筆に、これからの生涯をかけている。

戦国の世の武士を捨てることは、戦うことを放棄したことになる。

弥十郎は、孫四郎の請いにまかせ、山中鹿之介を引き合せただけにすぎない。

だが、彼も決して悪い気もちではなかった、といえよう。

孫四郎がそれをのぞみ、鹿之介の豪勇がこれをまもりたすけ、毛利元就の手から、弥十郎にとってもなつかしい〔富田の城〕をうばい返せるならば、

（うれしくないこともない）

のであった。

いまの清松弥十郎には、婚約中の千明を鹿之介にうばい取られた、あのときの〔激怒〕は消えてしまっている。

弥十郎が、尼子家から姿をかくしてから四年の歳月がながれ去っていた。

この四年の間に、弥十郎は、わが絵筆一つに〔いのち〕を托し、それこそ、死ぬか生きるかの境目を何度もくぐりぬけているだけに、千明への慕情が完全に消えつくしたとはいえぬが、鹿之介への怒りなどは、もはや念頭になかった。

「鹿之介どの……」

孫四郎が、決意のこもった声で、

「よろしい、やってのけましょう」

と、いった。

「では、孫四郎さま……」

「よう、わかりました」

「おわかり下され……」

「わかった。坊主になるよりも、私にとっては生甲斐がありそうじゃ。すべては鹿之介どのにまかせよう」

きっぱりと、いいきった。

鹿之介は、孫四郎の両手をつかみ、これを押しいただくようにして、

「かたじけのうござる。かたじけのうござる!!」

叫ぶがごとくにいい、号泣をした。

さて……。

こうなると、ひたすらに叔父・立原久綱の帰りが待たれる。

(もしや、毛利方に捕えられてしもうたのではあるまいか……?)

不安は、つのるばかりである。

鹿之介が孫四郎と会ってから五日目に、旅姿の立原久綱が妙心寺内の退蔵院へ姿を

見せたときの、鹿之介の歓喜は何ものにも代えがたかった。

「やはり、重蔵坊の申すがごとくであった……」

と立原久綱には落胆の色が濃い。久綱は直接に、尼子義久兄弟と会ったわけではないが、そこは毛利元就が重蔵坊にいいふくめ、久綱の探偵を容易ならしめるようにはからっていたのだから、久綱はつぶさに、長田の円明寺で愛妾と暮すおだやかな明け暮れにまんぞくしきっている尼子義久の様子を、さぐりとることができたのであった。

「殿が、あのようにおわしては……もはや、どうにもならぬ」

と、嘆く久綱は、にこにこと笑いかけている甥の鹿之介を見て、

「鹿之介、なにが可笑しいのじゃ!!」

「ま、叔父上。おきき下され」

「な、なにをじゃ？」

「孫四郎さまが、生きておわしましたぞ」

「えっ……ま、まさか……」

「まことでござる」

3

当時……。

岐阜の城主・織田信長は、上洛を目前にひかえ、周辺の大名たちをつぎつぎに攻略

しつつあった。

岐阜から京都へ軍勢を乗り入れるためには、近江の国を平定せねばならぬ。

それも先ず南近江を、である。

南近江は六角義賢の領国であった。

もともと、六角家は近江源氏・佐々木氏のわかれである。

室町の時代から近江の国の守護に任じて来た佐々木氏は、のちに、いくつもの家にわかれたが、そのうち、京極家と六角家が、もっとも多大の勢力を有するにいたった。

京極家は、むかし、尼子家の主家であった。

これからはなれて、尼子氏が山陰地方に独立した事情は、すでにのべておいた。

その後。

京極家の威望は次第におとろえて行ったのにひきかえ、六角家は、南近江一帯の〔守護〕として君臨し、現当主の六角義賢は、近江・観音寺城主として、あくまでも、衰微しつつある足利将軍家を庇護する立場をとっている。

なるほど、足利将軍は十三代もつづいた〔政権〕ではあるが、いまはもう、天下を治めるちからはまったくないのである。

それがしるしに、十三代将軍・足利義輝は、家臣ともいうべき三好・松永の両党に襲撃されて死んでしまい、永禄十年の、この時点では、将軍位が空席になっているほどなのだ。

織田信長は、足利将軍よりも、京におわす天皇へ、直接に忠節をつくすというたてまえをとり、天皇という象徴と自分の武力との関連において、天下を制覇しようとしている。

この年の春に……。

織田信長は、伊勢の国へ出兵し、北伊勢の諸城を攻略した。

というのは、伊勢の大名や諸豪族が、南近江の六角家と密接にむすびついていたからである。

さらに……。

前将軍・足利義輝の弟である義昭(よしあき)が、

「ぜひとも、自分をたすけて、京都に平和をもたらしてもらいたい」

と、信長へたのんで来ている。

足利義昭は、尼子孫四郎同様に仏門へ入って、身をかくしていたが、その後、諸方の大名をたより、転々と身を移していたものである。

織田信長は、もとより何のちからもない足利義昭など問題にしてはいないが、

「よろしゅうござる」

と、義昭の身がらを引きうけたのは、足利将軍の血統をまもる、ということによって、天下平定の〔大義名分〕がたつことになるからであった。

天皇からは信長に、

「一時も早く、京都へ来てもらいたい」

との綸旨が下されている。

いま、足利義昭は、越前の守護・朝倉義景のもとに身を寄せているけれども、

「明年には、かならず岐阜へお迎えいたしましょう」

と、織田信長は朝倉家へは内密で、義昭へひそかに申し送っている。

さて……。

立原久綱は、山中鹿之介にともなわれて、東福寺の学僧になっている尼子孫四郎に会った。

久綱は、孫四郎の体内にひそむ〔武将の血〕をすぐさま嗅ぎわけたらしく、闘志をうしなった尼子義久にくらべて、

「孫四郎さまのほうが、よほどにましじゃ」

と、鹿之介へ洩らした。

久綱も勇気がわいてきたらしく、

「よし。これよりすぐに、一同へ、このよしをつたえて来よう」

休む間もなく、またも京都を発つことになった。

諸方にひそみかくれている尼子の残党へ、このことを知らせるためであった。

鹿之介も同行しようとしたが、例によって久綱は、

「おぬしには京に残ってもらわねばならぬ。孫四郎さまにこころをつけてもらわねば

ならぬし、もしも、尼子の者が京へ出てまいったときには、いちいち、孫四郎さまへ引き合せてもらいたい」

と、いい、

「それはさておき、わしも清松弥十郎に会いたい」

「さて……」

鹿之介も困った。

あのとき以来、弥十郎は鹿之介の前へあらわれないのだ。

「居処をきいてはおかなんだのか？」

「ききましたなれど、弥十郎は……」

弥十郎は鹿之介に、こういったそうな。

「いまの私は、以前とはちがう暮しをしておりましてな。いやもう、なにごとにも気まぐれな……ふと思い立つと、その日のうちにどこの国へでも、ふらりと出かけてしまいます。居処と申しても、あってなきがごとしなので……」

苦笑しつつ、決して住居を明かそうとはしなかった。

「孫四郎さまへお目にかかれたのも、弥十郎のおかげじゃ。わしも一言、礼をのべたい」

「京にあるかぎり、ときおりは、ここへたずねてまいる、と申しておりましたが……」

「それよりも鹿之介」

「は？」

「どうじゃ。弥十郎も元は尼子の家臣ではないか。われらと共に……」

「いや、それは、私から申しました。いまの清松弥十郎には一管の絵筆があるのみでござる」

「武士が、いやじゃと？」

「はい」

「もしや、おぬしと千明とのことを根にもっているのではなかろうか？」

「それなれば、なんで私を孫四郎さまへ引き合せましょう」

「なるほど……」

「もしやすると、弥十郎は、どこぞへの旅に、出てしもうたやも知れませぬ」

「ふうむ。あの男……以前はたよりなげな男であったにのう」

「面がまえが立派になりましてござる」

「ほ……そうか」

立原久綱が京都を発ってから、十日ほどすぎた。

いつの間にか、夏がすぎ去ろうとしている。

冷たい秋の雨が、三日もふりつづいている或る日の夕暮れに、

「こなたに、山中鹿之介様がおわしましょうや？」

人品のよい商人ふうの男が、退蔵院へあらわれた。

鹿之介へあてた一通の書状を、この男は退蔵院の僧へさし出したものである。

鹿之介が見ると、その手紙の筆跡は、まさに山伏・重蔵坊のそれなのである。

「よし。その男をこれへ」

と、すっかりこころをゆるした鹿之介が、男を居室へまねき入れた。

でっぷり肥った男は、

「わたくしめは、堺の町で紙屋をいとなみおりまする与平次と申しますもので……」

にっこりと人なつかしげな微笑を鹿之介へ送りながら、

「実は、わたくしめは重蔵坊の従弟にあたりまする」

「おう、さようか」

重蔵坊の手紙は、次のようなものであった。

「……立原久綱様も、ぶじに京へおもどりになったことと存じます。それがしも、立原様の御供をして中国すじへまいった大和の亀左から、いろいろと様子をきき、やはり、尼子の殿さまのこころ変りがまことのことであったとのことをあらためて知り、知れば知るほど、がっかりといたしております。

それがしも、武蔵の国の伯母の病いが、どうやらもち直したゆえ、またも大和へもどっております。先日、従弟の与平次がたずねてくれまいたので、山中様のことがなつかしゅうおもわれ、こうして筆をとったのでござる。

尚(なお)、与平次ことは、まことに実直なる男にて、御役に立つことでもあるなれば、遠慮のう御つかい下されたし」

4

与平次は、みやげだといって、細長い陶器の酒瓶のようなものを鹿之介の前へ置き、

「ま、めしあがってごろうじませ」

「何か、これは？」

「酒でございますよ」

と、与平次がふところから小さな桐(きり)の箱を取り出し、中から酒の盃(さかずき)を二つ出した。

鹿之介は、目をみはった。

見なれぬ品である。

「これは硝子(ギヤマン)と申しましてな、南蛮わたりの盃にございます」

「盃に足がついておるではないか」

「はい、一本足が、な。は、はは……」

小さな六角の、白くもったギヤマンの盃へ、与平次は酒瓶の酒をそそいだ。

鹿之介は呼吸(いき)をのんでいる。

(赤い酒……)

なのであった。

血のように赤い酒なのである。

「与平次とやら……」

「はい、はい」

「この酒も、南蛮わたりのものか？」

「さよう」

「ふうむ……」

「葡萄（ぶどう）の実からつくります酒でございますよ」

「なに、葡萄の実から、とな？」

「御存知ではなかったので？」

「いいや……」

いまさらに、山中鹿之介は京や堺を中心にした、当時の日本文明の開花におどろいている。

毛利軍を相手に、山ふかい山陰の国々で戦いつづけている間に、同じ日本のここには、おもっても見なかった異国の食物や風俗が紹介されつつあったのだ。

「南蛮」

といわれても、鹿之介は、それがどのように遠い国なのか、考えてみてもおもいおよばぬ。

あの種ケ島（火縄銃）という恐るべき武器も、

「ぽるとがる」

とかいう異国から、日本へもたらされたのだときいているが、

「なるほど」

と、うなずいてはみても、かいもく手がかりはつかめぬのであった。

「ま、のんでごらん下されませ」

与平次がすすめるままに、鹿之介はギヤマンの盃の、赤い酒へ、おそるおそる口をつけてみた。

「む……」

先ず、その酒のえもいわれぬ芳香に、鹿之介はうっとりと眼を細めたものである。

「や……」

次いで、甘く、そして酸味がこもった酒の味が口中にひろがってきて、

「これは、うまい」

おもわず、いった。

「お気にめしましたか？」

「うむ。うまい、まことにうまい」

「それはうれしゅうございます。ならば、次にまいりますときも、かならず持参させていただきましょう」

「まことか？」

「はい、はい」

「なれどこの酒、南蛮わたりのものといえば、高価なものであろう」

「なに、かまうことではございませぬ。わたくしめも、重蔵坊から山中様のことは、よくよくうかがっております」

「おれの？」

「尼子家中の中で、山中様ほど、いろいろと自分にしてくれたお方はない、と、あの従兄は、いつもいつも、あなたさまのことを……」

「さようか。ふむ、ふむ……重蔵坊が、それほどに、おれのことを、な」

と、鹿之介はまたも感動した。

その感動が、酒の酔いと共に、さらに大きくふくれあがってくる。

「これは、な、秘密のことであるが……」

と、たまりかねて、鹿之介は口をすべらしてしまった。

「実は、な……実は、重蔵坊にもよろこんでもらいたいことがあるのだ」

「それは、それは……決して他言つかまつりませぬゆえ、ぜひともおきかせ下さりませ」

そこで鹿之介が、尼子孫四郎と出会ったことを、すべて打ち明けてしまったものである。

「これにて、御家再興の柱ができた。もはや、われらも毛利方に手なずけられてしもうた前の殿などに、かもうてはおられぬ。これよりは孫四郎さまこそ、尼子家の主である」

「それは、それは……」

と、紙屋与平次は両眼をうるませ、

「従兄が、このことをききおよびましたなら、どのようによろこびますことか……」

「お前もさようにおもうか。うむ、そうであろう。おれも、そうおもう。きっと、重蔵坊はよろこんでくれよう」

「さようでござりますとも」

「やるぞ、与平次。おれは、きっと仕てのける。富田の城へ、孫四郎さまをお迎えするまでは、この山中鹿之介、死んでも死なぬぞ!!」

5

このとき、それまでは音もなくふりこめていた雨が、急に声をあげはじめた。

(あ……)

と、おもう間もなく、垂直に地へたたきつける雨勢が滝のようになった。

「これは……」

すこし開けてあった障子をしめようとして、山中鹿之介が腰をあげかけた。

と……。

ほとんど夜の闇に変った縁先へ、すっと黒い人影が一つ、雨の中からにじみ出るように浮び出た。

「や……弥十郎ではないか？」

まさに、清松弥十郎である。

案内も請わずに、彼は、鹿之介の居室に面した内庭へ忽然としてあらわれたのだ。

「どうした、弥十郎」

だが、弥十郎はこたえない。

ずぶぬれの躰で、はきものをぬぐや、縁から部屋へ、しずかに入って来た。

「や、これ。それでは、あたりがぬれてしまうではないか」

まだ、こたえぬ。

「弥十郎！」

異常な弥十郎の態度に、鹿之介がおもわず手をさしのべようとした。

実に、その瞬間であった。

それまでは黙然と、うなだれていた清松弥十郎が獣のごとくうごいた。

壁ぎわに置いてあった山中鹿之介の大刀をつかむが早いか、

「鋭！」

振り向きざまに、なんと紙屋与平次へ斬りつけたではないか……。

ぴゅっ……と血がはねた。

顔を切られた与平次が、これもおどろくべき俊敏さで、前にたばさんでいた短刀を引きぬき、ひざを立てたが、ついに間に合わなかった。

「む!!」

と、肚の底からしぼり出したような気合声を発し、弥十郎の二の太刀が与平次の胸もとを突き刺した。

「あ、あっ……うわあっ……」

与平次が絶叫をあげる。

「な、何をする!!」

鹿之介が、弥十郎の躰へ組みついた。

「おはなし下され」

「だまれ。なにとて、この男を……」

「この男は、毛利方の間者でござるぞ、鹿之介殿」

山中鹿之介は、おのれの耳をうたぐった。

「なんと申した?」

「毛利方の間者、と申した」

「ば、ばかなことを……」

与平次は、肥体を海老のように折り曲げて倒れ、息が絶えている。

雨音が、あまりにも烈しいので、与平次の悲鳴が消されたらしく、寺僧が駈けつけて来る様子もなかった。

弥十郎が鹿之介の手を外し、障子を閉ざした。

「や、弥十郎……」

「気をつけて下され。尼子家再興のためには、ただ戦場で戦うのみにてはすみませぬ。毛利方の謀略のすさまじさは、以前、われらが富田に在ったころ、何度も苦い目にあわされたではござらぬか。そのことを、よくよく考えて下され」

「む……なれど、与平次は……」

「寺内での殺生はいかぬ、と存じていたなれど、こやつを殺すには、一時も早いほうがよい、とおもうて……」

「いったい、おぬしは……」

「ほれ、白鹿の戦さがあったとき、私は乱軍の中で、こやつが毛利方の中にいたのをたしかに見た」

「えっ……」

「あのときは、私も鹿殿のうしろから……」

と、いいさして弥十郎が黙りこむ。

「どうした？」

「いえ……鹿殿のうしろにつき、無我夢中で馬を駈けさせていたなれど、この男が槍をふるって、私のこちらがわにいた藤野伊兵衛殿と闘っているのを、たしかに見た」

「まことか、それは……」

「絵師の眼は常人とちがいます。一度、見たものは決して忘れませぬ」

「では、この男がここにいることを、どうして知った?」

「私も、ここへたずねてまいる途中にて出会いました。さいわい、こやつは私の顔を見おぼえておらぬ様子なので、わざとやりすごし、そっと後からつけてまいったのです」

「ふうむ……」

山中鹿之介は、くず折れるようにすわりこみ、

「まことか。まこととはおもえぬが……」

うめくようにいって、重蔵坊からの手紙を、弥十郎へわたしてよこした。

廊下に寺僧の足音がきこえた。

灯をはこんで来たらしい。

鹿之介が、それと気づき、こちらから廊下へ出て行き、燭台を受け取った。

寺僧は、室内の惨劇を知らぬままに去った。

手紙を読み終えた清松弥十郎が、

「これは鹿之介殿。容易ならぬことでござる」

「では、重蔵坊もか?」

「私は、そうおもいます」

「む……」

鹿之介は、為(な)すところを知らぬ。

もしも、弥十郎のいうとおりなら、

(おれは、なんというばかものなのか！)

であった。

だが……。

一つ、わからぬことがある。

重蔵坊が毛利の間者なら、あの大和の亀左を立原久綱につきそわせ、わざわざ毛利方の領国へさそいこみながら、

(叔父上(おじうえ)を、ぶじにもどしてよこしたのが、ふしぎだ)

ということになる。

そのことを弥十郎にいうや、

「ふ、ふふ……」

弥十郎が低く笑った。

「なにが可笑(おか)しいのだ」

「それほどのことなれば、毛利元就がしてのけそうなことです」

「なに……」

「立原様へ、わざとすべてを見てとらせ、尼子再興のことがむだなことを知らしめようとした、それにちがいありませぬよ」

「そ、そうか……」

「鹿之介殿。これからの世は、なまなかのことでは、生きて行けませぬ。槍や刀のほかに、もっと、あたまをはたらかせねば……」

いいかけて語尾をにごし、清松弥十郎は、

「さらば」

茫然（ぼうぜん）たる鹿之介へ声を投げ、雨がたたきつけている内庭の闇へ溶けてしまった。

織田信長

1

「ふうむ……」

と、叔父の立原久綱が、先ほどからしきりに嘆息している態を、山中鹿之介は気づかぬわけではない。

それでいて、ことばが出なかった。

鹿之介も、ためいきをもらしつづけていたのである。

この広間へ通され、二人して、来るべきものを待っているのだが、ただ茫然とあたりを見まわすのみであった。

（このような居館（やかた）が、この世にあったとは……）

なのである。

鹿之介と久綱は、この居館の主・織田信長に会おうとしている。

二人が、京都の東福寺を通じて、

「われらは、尼子家の旧臣でありますが、お目通りをおゆるし下されるならば、まことにしあわせなことであります」

というような書状を送ったところ、

「いつにてもまいられい」

呆気ないほどの簡単さで、織田信長からの返事が、京の鹿之介のもとへとどけられたのである。

東福寺からの紹介があったにせよ、いまや天下の覇権をつかもうとしている織田信長のこだわりなさに、二人はおどろきもしたし、よろこびもした。

そして……。

年が明けた永禄十一年の正月。

鹿之介と久綱は京を発ち、信長の本城である岐阜へ来た。

岐阜は、濃尾平野の北端にあって、信長の本城は稲葉山にかまえられていた。

この山は海抜三百三十八メートルで、北側の山すそを長良川がながれ、東西南の三方は絶壁と急坂によって他の山なみへむすばれている。

同じ山城でも、富田城のそれにくらべると、

(層倍の堅城だ)

先ず、鹿之介はそれに瞠目をした。

山容も大きいが、城のスケールが、くらべものにならぬ。

信長の居館は、稲葉山城のふもとにかまえられていた。

これを見たときのおどろきを、

「まるで、唐か天竺へ来たようなおもいがした」

と、鹿之介が、のちに妻の千明に語っているほどだ。

なにしろ、四階建の御殿なのである。

当時、四層の建物といえば、大寺院の塔ぐらいなものといってよろしい。

岐阜の城と居館を、織田信長が再建したとき、ポルトガルから来日した宣教師のルイス・フロイスが、次のようにいっている。

「高い石垣が、延々としてどこまでもつらなり、その上に建てられた宮殿の第一階には二十余の部屋があって、これらは巧妙な迷宮構造によってむすばれている。

第二階には王妃（信長夫人）の休み所や侍女の部屋があって、その部屋部屋は金襴の布が張りつめられ、それぞれに望台がつくりつけられてある。

第三階には、閑寂なおもむきのある茶室などがもうけられてい、第四階へのぼると、ここは展望台になっていて、山裾から稲葉山の山腹にかけ、さまざまな館舎がたちならんでいる」

鹿之介や久綱の感覚からいえば、武将の住む居館は石と木と土とで建てられた素朴剛健なものでなくてはならなかった。

事実、富田城内の尼子居館もそうしたものであったのである。

武士は、

「敵と戦って城を、国をまもるが、そのつとめである」

がゆえに、金銀をちりばめた四階建の居館なぞというものは、おもいもおよばぬことであった。

さらに……。

岐阜城下へ下った山中鹿之介は、城下町の繁盛ぶりのすさまじさにも圧倒された。馬が、牛が、人が、町の中に渦を巻いている。

町のどこでも工事がおこなわれていた。

荷車をひいた牛馬が数えきれぬほどに往来し、商家が、侍屋敷が、続々と建てられつつある。

「あれほどの戦さをしつづけながら……」

と、立原久綱が驚愕(きょうがく)の目をみはって、

「この町づくりの大がかりなことはどうじゃ」

うめくようにいったものだ。

あらためて、織田信長という大名の底知れぬちからを、二人は認識したことになる。

「鹿之介。やはり、われらは間ちごうていなかった」

「はい、叔父上(おじうえ)」

東福寺にいた尼子孫四郎を奉じて、尼子家再興のための方法をいろいろと考えつくした結果、

「やはり、これからの天下は、織田信長公を軸にしてうごいて行くにちがいない」

と、いうことになった。

その信長が天下統一を目ざして戦いつづける以上、中国一帯を制圧し終った毛利元就と、どうしても対決せざるを得なくなる。

織田と毛利の決戦。

それこそ、鹿之介が、

「のぞむところ」

のものであった。

「織田信長の旗の下に加わり、毛利と戦い、そのかわりに富田の城を安堵してもらおう」

というのが、鹿之介と久綱が到達した結論であった。

そこで、尼子孫四郎が身を寄せていた東福寺を通じ、織田信長に会見を請うたのである。

「なれど、織田信長公は、われらのねがいをうけ入れてくれるであろうか？」

立原久綱が、ようやく、鹿之介へささやいてきた。

「さて……？」

鹿之介も、この居館へ入ってからは、尚更に気おくれがしている。

このような城と宮殿の主である織田信長にとって、あの、はるばると遠い山の中の富田城なぞ、

(虫けらほどにも、おもうてはおられまい)

それほどにおもえる。

いままでは、

(富田の城こそは天下一の堅城である!!)

と信じてうたがわなかった山中鹿之介の自信は、岐阜城下へ入ってから、にわかに劣等の感に変りつつあった、といってもよかろう。

2

やがて……。

正面の金箔(きんぱく)にぬりこめられた襖(ふすま)が颯(さつ)とひらいた。

侍臣をしたがえた織田信長が、広間へあらわれたのであった。

鹿之介と久綱は、平伏をした。

「よう、まいった」

信長の癇高(かんだか)い声が、

「おもてをあげられよ」

と、いった。

「はっ」

鹿之介は顔をあげたが、その顔を得体の知れぬちからでなぐりつけられたようなおもいがした。

鹿之介が見た織田信長の風貌というものは、これもまた、かつて見たこともない〔人種〕にさえおもえたのである。

鹿之介たちのイメージにある大名や武将とは、まったく桁がはずれているのだ。骨張った、背丈の高い体躯が金襴の衣服につつまれてい、気味のわるいほどに白い織田信長の顔から切長の両眼がするどい光りを放って、ひたと鹿之介へ向けられていた。

その信長の眼の光りは、これまでに鹿之介が闘った敵の槍や刀の光りよりも烈しく、恐ろしかった。

鼻が尖って隆い。まさに異相だ、といえよう。

「おことが、山中鹿之介か」

「はっ」

「なるほど、聞きしにまさる美丈夫じゃ」

と信長がいった。

すると、信長は鹿之介のことを、かねてから知っていたことになる。

「おことの武勇については、信長かねてから、ききおよんでおる」

「ははっ」

うれしかった。

立原久綱も泪(なみだ)ぐんでいる。

「きこう」

と、信長がいう。

すべてが率直明快である。

鹿之介と久綱が、富田落城のことからこれまでにいたる経過を、あますことなく信長へ語った。

「うむ!!」

聞き終えるや、すぐさま、

「おことたちが信長のちからになってくれると申すならば、信長も、尼子再興のちからになろう」

はね返って来るようなこたえであった。

「かたじけなく……」

と、立原久綱がひれ伏した。

「天下は、いずれ、わがものとなろう」

信長の声は、自信そのものである。

「そのときこそ、富田の城は、その尼子孫四郎殿へまかせようではないか」

「おそれいりたてまつる」

「なれど鹿之介」

「は……？」

「毛利と戦うまでには、いささか、間がある」

「はい」

「われら、先ず京へのぼり、天皇(みかど)の御(み)こころを安んじたてまつらねばならぬ。それまでには、伊勢をおさめ、近江の国をわがものとせねばならぬ」

それは、鹿之介にもよくわかる。

織田信長は、去年の伊勢攻略に引きつづいて、

「今年こそは……」

伊勢を、平定するつもりである。

そして、南近江を支配する六角義賢と対決するつもりらしい。

六角義賢を打ちやぶれば、岐阜と京都が、ほとんど直結することになる。

「間もなく、伊勢に出陣をする」

と、信長はいった。

「尼子の残党は、どれほどあつまるか⁉」

「まず……百名ほどは……」

鹿之介は口ごもった。

あまりにも微弱な兵力であったからだ。

「よし‼」

だが信長は、軽蔑の表情もうかべず、

「伊勢攻めには間に合うまい。近江へ出陣の折までに、おことたちが、この岐阜へまいってくれい」

つまり、近江の六角と戦うときに、鹿之介をはじめとする尼子残党の活躍ぶりを、

「見よう」

と、いうのであった。

「心得申した」

鹿之介より先に、立原久綱がこたえた。

久綱の老顔へ、昂奮の血の色がのぼっていた。

「いずれ、尼子孫四郎殿にも会いたいものじゃ」

信長がそういって、座を立った。

用談がすむと、くつろいで語り合うこともせぬ。信長は多忙らしかった。

目前にせまっている伊勢出陣の準備で、信長は忙殺されている。

広間を出て、三階の居室へもどった織田信長は、侍臣にこういった。

「あの山中鹿之介というやつ、いまどき、めずらしき男じゃ」

信長の顔に、苦笑がうかんでいる。

「うまく尻をたたいてやれば、よろこび勇んではたらくことであろう」

信長の声には、あきらかに（人のよい田舎ものめ）という軽侮のひびきがあった。

「うまく、あやつっておけい。われらの役に立たぬこともあるまい」

いっぽう、居館を退出して行く山中鹿之介と立原久綱は、それぞれ歓喜のおもいに全身の血がわきたっていた。

いよいよ、織田信長のちからを借りて、尼子家の再興が、第一歩をふみ出したことになる。

「叔父上。なんと、よき日でありましたろう」

と、鹿之介がいえば、

「早く、京へもどり、孫四郎様に、このことをお知らせ申したい」

「いかにも」

「一時も早く、尼子の旧臣たちをあつめねばならぬ」

「いそがしゅうなりますな」

「信長公は、近江攻めは秋になるとおおせられていたが……」

「それまでには、じゅうぶんに間に合いまする」

いま、尼子孫四郎は妙心寺の塔頭（退蔵院）に、山中鹿之介と暮していた。

かつて、尼子の旧臣だった秋上伊織介や、横道兵庫介、真木宗右衛門、吉田八郎左衛門などの勇士たちも、京都へあつまりつつある。

「鹿之介、わしにかもうな」

と、京へもどる道々で、立原久綱が微笑して、

「久しぶりに、妻や子と会うてまいれ」

二人は、近江の国へ入っていた。

「かまいませぬか、叔父上」

「これからは当分、妻子にも会えぬぞ」

「はい」

「行け。千明をよろこばせてやれい」

鹿之介は、もう一年近くも妻や子に会っていなかった。

近江の、小さな寺にかくれている妻子に会うため、鹿之介は久綱と別れた。

3

近江の国・神崎郡に、八日市という町がある。

むかしから、この町の市場は、

「……近江第一の繁昌の市なり」

と、物の本にも記されているように、このあたりの物資の集散地として知られたところだ。

この町の東、鈴鹿山脈の山すそに沿って、愛知川のながれが山地へ入りこもうとするあたりに、

〔長昌寺〕

という小さな寺がある。

臨済派・禅宗のこの寺の由来は、承応年間に、妙心寺派の僧・桂香山禅師がひらいたものだそうだが、山中家とはふかい縁がある。

はじめに、尼子家が山陰の地から追いはらわれたとき、鹿之介の祖父・山中満盛は、この長昌寺にひそみかくれ、尼子経久をたすけ、富田城奪回の計画を推しすすめた。

そして、尼子一党がみごとに富田城をうばい返し、主家の京極家から独立し、山陰・山陽の国々を切りしたがえ、栄華の頂点に立っていたときも、

「あのときの恩義を忘れてはならぬ」

と、山中満盛からのいいつたえによって、山中家は交誼を絶やさなかった。

また、尼子家からも長昌寺に対して、年々、相当な寄進もあった。

それがいま、ふたたび尼子家は離散してしまい、山中鹿之介たちが、

「主家を再興させ、富田の城を、わが手に取りもどそう」

と、している。

鹿之介が、妻子を長昌寺へあずけたとき、

「できるかぎりのお世話をいたそう」

長昌寺の和尚は、たのもしくうけ合ってくれたものだ。

鬱蒼たる山林にかこまれた長昌寺の山門を入ると、右がわに、方丈、庫裡、本堂などをふくんだ寺域があり、左側は竹藪になってい、畑もある。

山中鹿之介の妻・千明と、むすめの八重が、二人の家来にまもられて暮しているのは、この竹藪を背にしたわら屋根の家においてであった。

この家も、小さいながら、長昌寺の和尚が新たに建ててくれたものなのである。

夜になってあらわれた鹿之介を見て、千明が狂喜した。

「ま、おもいもかけぬこと……」

「久しかったな」

今年、四歳になった八重が、奥の間で熟睡しているのをながめ、

「いや、大きゅうなったものだ」

「あなたさまに似て、大きな子」

「苦労をかける」

「あなたさまのお顔が……」

「どうした？」

「照りかがやいて見えまする」

「そうか」

「なにやら、よき知らせでも？」

「うむ、うむ」

「まあ……おきかせ下さいませ」

「ゆるりと、きかせよう」

「あい」

二人の家来は、新藤五郎左衛門と松尾所兵衛といい、二人とも五十前後の、山中家にとっては譜代の家来たちである。彼らの祖父たちも、鹿之介の祖父・満盛と共に、この長昌寺にかくれ住んでいたことがある。

鹿之介が、立原久綱と共に織田信長へ目通りをしたことや、尼子孫四郎を見つけ出したことなどを語るや、新藤も、松尾も感激のあまり、声をはなって泣き出したものだ。

「ぜひにも御供をつかまつる」

と、二人ともいい張ってやまない。

鹿之介は、それをなだめるのに骨を折った。

骨を折りながらも、うれしくてたまらぬ。

「いずれ近いうちには、お前たちも、それから千明も八重も手もとへよび寄せることができよう。いますこしの辛抱である」

織田信長の麾下へ入って戦うのである。

これほどに、

(こころづよいことはない!!)

と、鹿之介は信じきっていた。

げんに信長は鹿之介と立原久綱へ、

「役立ててもらいたい」

といい、革袋にぎっしりとつまった金銀をあたえてくれたのである。

「いつまで、ここに？」

夜がふけて、八重のまくらもとに二人きりとなったとき、千明がきいた。

「ゆるりとはできぬ。一夜かぎりだ」

「まあ、そのように……」

「仕方もないことではないか。一日も早く、信長公のもとへ馳せ参じなくてはなるまい。わかってくれ、わかっていよう」

「あい」

千明も二十二歳になっている。

わびしい暮しをしているというのに、彼女は、富田にいるころより肉置きがゆたかになり、抱きしめた鹿之介の両腕へかかる重みに、

「久しかったな……」

鹿之介も夢中となった。

「あれ……八重が、目をさましまする」

「か、かまわぬ」

「ここでは……」

あえぎつつ、千明が炉の切ってある板敷きの間に逃げるようにして出て行った。

先刻まで、鹿之介が家来たちと酒もりをしていたところであった。

家来二人は、いま、別棟の小屋へ引きとっている。

鹿之介が千明を追って出て、炉端へ押し倒した。

「ま、らんぼうな……」

「よいではないか」

「つめたい……」

「かまわぬ」

鹿之介が腕をのばし、粗朶(そだ)を炉の中へ投げ入れた。

千明の豊満な乳房が、燃えあがる炎の色を紅く映し、鹿之介の眼の下でゆれうごいている。

「むかしを……おもい出す……」

「なにを、でございます?」

「おぬしの寝所へ、毎晩、忍んで行ったところを……」

「あれ、そのようなことを……」

「にくいやつじゃ」

「な、なにが、で、ございます?」

「おぬしがだ」

「ま、なんで……?」

「このように、肥えふとって……にくいやつだ」

戸外(そと)は、いつの間にか雪になっている。

その雪ふる戸外の闇に、一個の人影がたたずみ、板戸の隙間から中の様子をうかがっていた。

千太櫃(せんだびつ)を背負った旅商人らしい、この男の顔が闇の中でにたりと笑った。

その顔は、まさに、あの山伏・重蔵坊のものであった。

旅商人に化けた重蔵坊が、京都から岐阜へ、そして岐阜から、この長昌寺まで、絶えず自分の後をつけまわしていたことを、山中鹿之介はまったく気づいていない。

立原久綱も同様であった。

と……。

重蔵坊の顔から笑いが消えた。

彼は、にわかにきびしい顔つきになり、家からはなれ、長昌寺の山門をくぐり、八日市へ通ずる道を歩みはじめた。

重蔵坊のひげに埋まったくちびるから、

「これは……ゆだんのならぬことになったわい」

つぶやきがもれた。

4

この年の二月。

岐阜を進発した織田信長は、去年にひきつづいて北伊勢を攻略した。

この結果。

信長は北伊勢八郡を手中におさめ、ここへ兵力を置き、南伊勢の北畠氏へ備えしめた。

こうしておいて、いよいよ信長は近江の国へ進出することになった。

その軍備には、半年を要する。

信長が、岐阜へ凱旋して三月ほどすぎた初夏のころとなると、尼子孫四郎を奉じた山中鹿之介と立原久綱が、秋上・横道・真木・吉田などの尼子旧臣と共に、岐阜へ馳せつけて来た。

百名ほどはあつまろうと考えていたのだが、どこかへ姿をかくして連絡がつかなくなってしまったものも多く、将兵合せて六十名に足らなかった。

「旧恩を忘れたるものども、まことにもって口惜しく……」

と、怒る鹿之介へ、

「人の世は、そうしたものじゃ」

事もなげに織田信長が、

「いまに、おことらが、この信長と共に毛利軍と戦うようになって見よ。姿をかくしていたものどもが、先をあらそって駈けつけてまいるであろう」

「いえ、ゆるしませぬ。そのような、わがまま勝手なふるまいを、ゆるしはいたしませぬ!!」

すると、信長があわれむがごとく鹿之介を見やって、

「いまの世に、勝目も見えぬ旗の下へ、だれがあつまろうか」

と、いった。

鹿之介は、信長のそのことばを解(げ)しかねていると、

「はっはは……」

信長が、さも愉快げに哄笑(こうしょう)し、

「いや、ともあれ、めでたい。尼子孫四郎殿」

と、孫四郎に、

「当年、何歳になられた?」

「十六歳にござる」

尼子孫四郎勝久(かつひさ)は、信長に対して、気おくれした様子がいささかもなく、鹿之介や久綱から見ても、

(さすがは、御血すじだ)

堂々として、それがすこしも不自然でない態(さま)に瞠目(どうもく)し、

(これならば……)

孫四郎を奉じての御家再興が、

（かならず成しとげられよう）

若い主のたのもしさに、五体がふるえ出してきた、という。

織田信長も、孫四郎を一目見て、孫四郎が武将としての素質をじゅうぶんにそなえていることを、看破したらしい。

信長は、居館に近い場所へ、孫四郎の館をあたえた。

この館は、信長の三男である信孝のために建てさせたものだが、信孝はいま、北伊勢の神戸(かんべ)具盛(とももり)の跡をおそい、神戸信孝となり、伊勢・神戸の城主となってい、岐阜にはいない。

さらに信長は、百名ほどの兵を尼子部隊として編成してくれた。

こんな、はなしも残っている。

間もなく……。

前将軍・足利義輝の弟、義昭を岐阜へ迎えた織田信長は、これを城下の立政寺(りゅうしょうじ)という寺へ住まわせた。

このときまで足利義昭は、越前・一乗谷(いちじょうがたに)の城主・朝倉義景の庇護(ひご)をうけていたのだ。

義昭は、諸方の大名をうまくあやつり、これらの勢力を利用し、自分がなんとしても足利将軍位をつぎたいと考えている。

だが、織田信長は、

「おたすけいたしましょう」

と、表向きは神妙な態度をしめしているけれども、肚の中では、実力のない足利将軍などは歯牙にもかけていない。

そもそも、将軍などという名称にもこだわっていない。

天皇と自分の実力が直結してしまえば、足利将軍の座などは、宙に浮いてしまうのである。

（なれど、そのときが来るまでは……）

足利義昭を将軍位につけるため、わがちからを貸す、という立派な名目を利用することもわるくない、と考えている。

怒ったのは越前の朝倉義景であった。

「義昭公は、わしを見かぎって信長をおたよりなされた。けしからぬことじゃ。もはや足利将軍などは、こちらから見かぎってくれる」

このため、朝倉義景は織田信長へもふくむところが深刻化し、のちに信長と戦ってほろぼされることになる。

それはさておき……。

岐阜へ迎えられた足利義昭は、

「うわさにきけば、尼子孫四郎には立派な館をあたえたそうな。われを、このような寺に住まわせておくことは、まことにけしからぬことじゃ」

と怒り出し、

「われは、間もなく将軍の位につくものである。立派な館を建ててもらいたい」

とか、

「このような食膳をようも出せたものじゃ。まずうて口に入らぬ」

などと、信長へいろいろと愚痴をこぼしたり、すねて見たりしたが、

「すておけい」

信長は笑って、とり合おうともしなかったのである。

足利義昭も、鹿之介たちと同様に、岐阜へ来てみて、はじめて織田信長の偉大なちからを見た。

これまでに、義昭がたよったどの大名も、この信長のちからの前にはひれ伏さねばなるまい。

「けしからぬ!!」

と怒ってみても、信長のもとを去ることの不利さをさとらぬわけにはゆかなかった。

また、義昭につきそって来た明智光秀（あけちみつひで）や細川藤孝（ふじたか）などの侍臣からもいさめられ、

(信長をたよるほかに道はなし)

と、おもいきわめたようだ。

後年、明智も細川も義昭のもとをはなれ、信長の家臣となったわけだが……。

この明智光秀の奇襲をうけ、天下統一を目前にひかえた自分が殺害される宿命にあろうとは、さすがの織田信長も、おもいおよばぬことであったし、光秀も同然であっ

た。

5

夏が終ろうとするころになって……。

織田信長は、近江の観音寺城にある六角義賢・義治（よしはる）父子に向い、

「われは、足利義昭公を奉じ、上洛（じょうらく）をいたす。ぜひとも道案内をたのみたし」

と、申し送った。

岐阜から京都へ行くのに、なんで道案内を必要としようか……。

「降伏せよ」

といったのでは角が立つので、婉曲（えんきょく）に、

「われに従うべし」

との意味をふくめたのだ。

六角父子は、

「そのような申し出は、ことわり申す!!」

はねつけてきた。

ちなみにいうと……。

この年の二月。六角父子は、足利十二代将軍の孫・義栄（よしひで）を奉じ、これを、ついに十四代将軍の座へ押しあげている。

〔三好(みよし)三人衆〕とよばれる武将たちが、六角父子と同盟をむすび、京都へ新将軍をうつし、織田信長にいわせると、

「あれで、天下をとったつもりでおるのか、笑止のことよ」

なのだそうだ。

三好三人衆とは、三好長縁(ながやす)・岩成友通(いわなりともみち)・三好政生(まさいく)の三人をさす。

この三人は、足利幕府の実権をつかみ、京都を一手に牛耳っていたこともある三好長慶(ながよし)の部将であったが、長慶亡きのち、その後つぎの義継(よしつぐ)が幼少のところから、ほとんど三人で三好家を切りまわしている。

前の十三代将軍・足利義輝を襲撃し、これを殺害したのも、この三人と、これも三好家の部将だった松永久秀なのである。

日本の首都である京において、家臣が主人を殺し、平然と実権をつかむ。

とにかく武力と財力のあるものが、すべてを制してしまう。

三好三人衆が、勝手につれて来た足利義栄を、

「なにとぞ将軍に……」

といえば、天皇も朝廷も、これを承知するよりほかに道はないのだ。

天皇にも朝廷にも〔武力〕はない。むろん〔財力〕もない。

で……。

いまの京都は、この三好三人衆と松永弾正によって治められている。しかも、今度

は三人衆と松永が権力を争い、去年の十月には両者の間に戦闘が起り、このため、奈良の東大寺大仏殿が焼け落ちてしまった。

天皇としては、一時も早く、織田信長が京都へあらわれ、都に平穏をまねいてくれることを、ねがっておられるようだ。

そこで……。

織田信長は、秋に入るや、またも観音寺城の六角父子へ、

「……三好党や松永弾正なぞの傀儡(かいらい)になっている新将軍は、まことにお気の毒ではあるが、将来(ゆくすえ)の見こみはござらぬ。それよりも、われらに味方をして、共に、上洛なされよ」

そういってやった。

「おことわり申す」

六角父子の返事は、前とすこしも変らぬ。

むかしからの名家で、代々、南近江の国を支配してきているだけに、六角父子としては、新興勢力の織田信長なぞへ、

「どうして、あたまが下げられようか」

というのだ。

「よし、これまでじゃ!!」

信長は、すぐさま、尾張と美濃両国の諸将へ、

「上洛の仕度をいたすべし!!」

と、動員令を下した。

そして、織田信長の上洛軍三万余が、岐阜へ集結を終えた。

この中には、尼子党の部隊もふくまれている。

「いよいよじゃな、鹿之介」

と、立原久綱が、

「久しぶりじゃ、血がおどるわい」

「なれど近江で、戦さになりましょうか!?」

「観音寺の六角父子のことか」

「はい」

「だれが見ても、勝てぬことはわかっておるゆえ、な」

「そのとおりでござる」

「どちらにせよ、近江では戦さも長引くまい。それだけに、われらの武勇をしかと、信長公へ見せておかねばならぬ」

「心得てござる」

戦場へ出たとき、尼子党が先鋒(せんぽう)として真先に敵と戦うことになるのは、当然であった。

いわば、尼子党は織田信長の、

う。

「尼子党の戦力は、たのみになる」

と、信長がおもえば、これからの尼子党への援助はさらに大きなものとなるであろう。


それだけに、山中鹿之介は必死であった。

近江を制し、信長が京都へ入れば、先ず信長の〈天下統一〉は第一歩をふみ出したことになるのだ。

京都における織田信長の権勢が、しっかりとかたまったとき、信長は必然、中国の毛利家へ、

「われに従え」

と、申し送るであろう。

毛利が、これを素直に承知するわけがない。

そこで、織田と毛利の対決となる。

両者が戦いはじめる。

そのときこそ、尼子党は織田軍と共に、宿敵・毛利と戦えるのだ。

「殿には、初陣でござりますな」

鹿之介がいうと、尼子孫四郎は、

「待ちのぞんでいたことじゃ」

いささかも動じてはいない。

岐阜へ来てからの孫四郎勝久は、たちまちに馬術をおぼえ、長足の進歩をしめしたし、刀槍のつかい方も堂に入ってきた。

この十六歳の若殿は、鹿之介と組み合って相撲をとって、技では負けても、ちからでは決して退(ひ)けをとらなかった、といわれている。

天性の〔ちからもち〕といってよかろう。

孫四郎は重い鎧(よろい)や兜(かぶと)を、紙のように着こなした。

6

岐阜を発した織田軍は、約十七里を一気に進み、近江の国の観音寺城へ押しつめて行った。

愛知川(えちがわ)をわたると、前方に二つの山が見える。

琵琶湖(びわこ)にのぞむ山城が、六角父子の居城である観音寺城だ。

その左手に、街道をはさんで、こんもりとした山が見える。

これを箕作山(みつくりやま)の城といい、ここには六角家の家臣・吉川出雲守が城将となって待機している。

六角方も戦備をととのえ、織田軍の来攻に立ち向うつもりらしい。

この箕作山の南のすそが、あの八日市の町なのだから、山中鹿之介の妻子がかくれすむ長昌寺からも遠くはないことになる。

いまひとつ。

箕作山城の北東、愛知川沿いの丘の上に、これも六角方の〔和田山の城〕があって、ここは田中治部太夫という部将がまもっていた。

織田軍の進軍を、先ず食いとめようとするのは、この和田山城だといえよう。

「よし、よし。先ず和田山をかこめ」

信長は悠然と令を下した。

三万余の大軍に包囲されたのでは、和田山城の六角勢も打って出ることができぬ。

夜が来た。

観音寺城の六角父子は、すでに、京都にいる三好三人衆へ、

「早く援軍を……」

と、急使をさし向けていたが、その援軍は、まだあらわれない。

翌日となった。

織田の大軍は、和田山の小さな城を包囲したまま、粛然として身じろぎもせぬ。

晴れわたった秋空の下、いちめんに織田軍の戦旗が展開し、その威容を見ると、観音寺城の六角義賢も、何か胸苦しくなってくるほどであった。

まして、和田山の小城は、蛇ににらみつけられた蛙のようなものだ。

この日。

織田軍は、ほとんどうごかぬ。

うごかぬままに夜に入るか、と見えた。

と……。

夕暮れも間近になって、突如、織田軍が移動を開始したものである。

（な、なんのためか……？）

六角方にとっては、想像もつかない。

戦闘を仕かけるのなら、時がおそすぎる。

夕暮れからの戦闘が夜に入る、などということは、

（考えられぬ）

ことであった。

移動をはじめたのは、和田山を囲んでいる織田軍の最後尾についていた浅井長政の部隊である。

浅井長政は、近江・小谷（おだに）城主で、織田信長の妹・お市を妻にしているから、信長とは義兄弟の間柄にある。

ところで……。

尼子一党は、この浅井部隊の先鋒に加わっていた。

（いったい、なにをはじめようというのか？）

観音寺と箕作両城の六角勢は、狐につままれたようなおもいがしている。

城攻めをするのに、この時刻からというのは、まったくおかしい。

織田軍の諸方で、ほら貝の音が鳴りひびいた。

あきらかに、これは、

「戦闘開始」

を告げるものであった。

織田信長をたすけて参陣していた三河の徳川家康が千五百の部隊をひきい、愛知川をわたりはじめた。

このまま、城へ攻めかかるつもりなのか……。

「そのつもりなら、びくともせぬわい」

と、六角義賢はおもった。

けわしい山城へ、夜討ちをかけて来たところで、こちらは万全の備えをしているのだ。

織田軍の最後尾にいた浅井・徳川の両部隊が合流し、五千余の軍勢となって、

「おう、や!!」

「えい、おう!!」

進撃の声を合せ、まっしぐらに観音寺城と箕作山城の間の街道へ猛進して来た。

両城の街道には、いうまでもなく六角軍が陣地を構築している。

織田軍は、ここを目がけて押しかけて来るのだ。
「あぁっ……」
と、六角軍は虚をつかれた。
織田軍は、城を攻めようとしているのではない。
城と城にはさまれた街道を占領しようとしていることが、はじめてわかったのである。
この街道を占領されてしまっては、二つの城のつながりが絶たれることになる。
「それっ……」
あわてて、救兵が城を下ろうとしたが、すでにおそい。
織田の本軍の中から、百五十ほどの騎馬隊が、夕闇を切って駈けあらわれた。
これが、鉄砲隊であった。
馬から飛び下りた織田の鉄砲隊は、浅井軍の前へ出て、街道口をまもる六角勢に向け、
――だ、だあん……。
一斉射撃をおこなったものだ。
「うわあ……」
これには、六角勢も肝をつぶした。
このような戦法を見たこともきいたこともない。

そもそも、これほどに大量の鉄砲という新兵器を、織田軍が所有していたことさえ、六角勢は知らなかった。

「すすめ!!」

鉄砲の弾丸けむりの下から、山中鹿之介が馬を煽って駈けあらわれ、長槍をかざして突進をした。

つづいて、立原久綱が尼子孫四郎と馬首をならべ、これを包みこむようにして秋上・横道などが槍をつらね、

「うわあ!!」

鬼神のごとく猛進する。

こうなれば、毛利の強兵を相手に苦戦をくり返した実力が物をいう。

尼子党六十余名は、信長が貸してくれた百余の兵にすこしもかまわず、まっしぐらに敵陣へ突入した。

山中鹿之介が馬上に槍をあやつり、

「鋭!!」

たちまちに敵兵三名を突き倒すや、それが突破口となって、尼子一党の馬と槍が、敵陣の柵を押し倒し、錐をもみこむように敵中へ分け入った。

鹿之介の槍が、敵を突き、なぐり飛ばした。

彼の鹿角の兜は、馬上に在ってくずれず、常に先頭を切って闘いすすむ。

「なるほどのう……」

彼方の本陣で、これを望見しつつ、織田信長が、

「これは、ひろいものじゃ」

と、つぶやいた。

街道口をまもっていた六角勢が、観音寺と箕作の両城へ逃げのぼりはじめたのは、それから間もなくのことであった。

夜が来る前に……。

織田信長は、余勢を駆って、

「箕作山を取れ!!」

と、命じた。

比良山脈へ沈みかけている夕陽と速度を争うかのように、織田軍が箕作山城へ攻めのぼりはじめた。

挙兵の炎

1

こうして……。

織田信長は、観音寺城と、その支城である箕作山の城を、またたく間に攻め落してしまった。

観音寺城主・六角義賢父子は、落城の寸前に脱出し、麾下の甲賀武士の一団に護られ、

「蒲生の山々をぬけ、どうやら甲賀の望月屋敷へ逃げこんだらしい」

とのことである。

これは、事実であることが後にわかった。

六角父子をかくまった望月吉棟は、甲賀の豪族で、かねてから六角家の庇護をうけていた。

織田信長は、

「六角父子など、追うているひまはない」

と、いい、岐阜から足利義昭を迎え、琵琶湖をわたって、三井寺の光浄院へ（本

陣〕をかまえた。

　こうなると……。

　それまでに長年にわたって南近江に君臨していた六角家の威望へ、

（もしや……）

と、期待をかけていた南近江の豪族や武士たちが、ぞくぞくと、信長の〔本陣〕へあらわれ、臣従の誓いをおこなった。

　いうまでもなく、南近江は、信長の本拠たる岐阜と京都をつなぐ重要な〔関門〕である。

　世の人びとも、その関門が、これほどに呆気もなく織田信長の手に落ちようとは、

（おもってもみなかった……）

　と、いうわけだ。

「こたびは、尼子一党の武勇を目のあたりに、しかと見とどけ申した」

　織田信長は、本陣に、尼子孫四郎勝久と、山中鹿之介らの家臣をまねき、

「信長、こころ強うおもい申す」

　惜しみなく賞讃のことばをあたえ、

「もはや、上洛のことは成ったも同様。これよりは、中国の毛利家と戦陣にまみえることになろう。そのときこそ、おことらを助け、かならずや、富田の城を安堵いたそう」

と、いった。

尼子勝久や山中鹿之介たちにしても、織田信長という戦国大名の〔偉力〕を、今度の戦陣において、

(まざまざと、見せつけられた)

おもいがしている。

これほどの信長から、

「かならず、富田城を……」

と、いってもらったわけだから、こころ強さは非常のものとなった。

よろこび勇んで、尼子一党が本陣を引きあげて行った後に、織田信長は、麾下の宿将・柴田勝家へ盃(さかずき)をあたえつつ、

「田舎ものめが、大よろこびをした」

事もなげに、いいはなった。

柴田勝家は、黙然としている。

勝家の家は、古くから織田家につかえ、いまは信長の重臣筆頭の地位にある。いかにも戦国の武将らしい率直さと勇武をそなえている柴田勝家だけに、主人・信長の、こうした言動を愉快とは感じていない。

だが……。

織田信長は、単に尼子一党の戦力を利用し、その後は捨て去ってしまおうという考

えではない。

（彼らが、自分の助力をうけ、みごとに富田城をうばい返したなら、旧領をあたえてもよい）

と、割り切っている。

ただ、天下の大勢が大きく転換しようとしているのに、ひたすら宿敵の毛利元就をうらみ、烈しい闘志を燃やし、

（われらが富田城を!!）

と、眼の色を変えている山中鹿之介たちを、

（天下の大勢をわきまえぬ田舎者）

と、見ているまでのことであった。

それだけに、いざ毛利軍と戦うときの、

（彼らの奮戦を期待しよう）

それだけの成果を彼らがもたらしてくれるなら、

（それにむくゆるだけのことをするのは、何でもないことだ）

なのである。

この年の九月二十六日。

織田信長は、全軍をひきい、ついに京都へ入った。

本陣は〔東寺（とうじ）〕にきめられた。

足利義昭は、清水寺へ入る。

織田軍の入京を迎えたとき、京都の人びとは、その掠奪や暴行を恐れ、

「逃げたがよいぞ」

「織田の軍兵は、物すさまじいそうな」

と、さわぎたて、荷を担いで町から逃げ出すものが多かった。

織田軍の〔軍律〕のきびしさを、京の人びとは、このときまでまったく知っていない。

長年にわたって戦火に悩まされ苦しみつづけてきた京都人だけに、これはむりもないことであったといえよう。

また、織田軍の中に、そうした将兵がないでもなかった。

けれども、町の人びとに、いささかでも被害をあたえた将兵は、たちまちに捕えられ、その場において死罪をあたえられ、町人の見ている前で処刑されてしまった。

三日もたつと、このような犯罪は完全に消えた。

「これは大したものじゃ」

「いままでに、京の町へ入って来た大名の中に、これほどの大将は一人もおわさなかったぞ」

「くらべものにならぬわい」

「信長公が上洛なされてからは、かえって町中が落ちついてきたようじゃ」

恐怖が賞讃に変った。

尼子一党も、信長にしたがい、京都へ入っている。

そのうわさをきいて、

（これなら大丈夫だ）

と、前には尻ごみをしていた尼子の旧家来が京へ駈けつけて来て、尼子勝久に目通りをねがい出た。

山中鹿之介は、

「かくれひそんでおりましたので、いささかも存じませなんだ」

などと〔いいわけ〕をする彼らのことばを信じきってしまい、

「よう馳せ参じた」

と、よろこんで迎えた。

こういうところに、鹿之介の素直な性格がよく出ている。

一か月ほどの間に、百五十余名の尼子の旧臣が京へあつまって来たのである。

織田信長が、岐阜へ凱旋して行ったのも、そのころであった。

この間に……。

あの〔三好三人衆〕の抵抗も熄んでいる。

彼らが押したてた〔新将軍〕の足利義栄も急死してしまった。死因は不明である。

摂津の富田城で病死をしたともいうし、阿波の国まで逃げて行き、そこで死んだという説も残っている。

こうなれば、織田信長が、

「足利義昭公を十五代将軍に……」

と、いい出してもおかしいことはない。

義昭は、ようやく将軍の座についた。

それもこれも、信長のおかげであるというので、

「織田殿が管領に任じていただきたい」

と、義昭がいうや、信長はいともあっさりと、これを辞退してしまった。

織田信長にとって、

(名のみの将軍)

である足利義昭から、管領職に任じられたからとて、なんのこともない。自分がなりたければ、

(何にでもなれる)

のであったから……。

2

年が明けて、永禄十二年となった。

一度は、織田信長に追いはらわれた〔三好三人衆〕の残党が、兵をあつめて京都へ

攻めかけて来た。

岐阜で、この知らせをうけた信長は、まる一日のうちに京都へ馳せつけて来た。

南近江は、いまや完全に、信長のいう、

「わが庭となった」

のである。

「いや、これはまことに、たのもしい御大将じゃ」

「ほとんど、戦さにならぬうちに、相手は追いはらわれてしもうたものな」

「これなら大丈夫。京の町も信長公のおらるるかぎり、おだやかになるぞよ」

またも、京都人は信長をほめたたえる。

新将軍・足利義昭など、居ても居なくてもよいのである。

義昭、こうなると、

（どうも、おもしろうない）

と、おもいはじめた。

金もなく兵力もない〔征夷大将軍〕に、いったい何ができたろう。

義昭の胸に、すこしずつ、信長への〔叛意〕が芽生えはじめてきた。

信長は、義昭のために将軍邸を建て、戦火に荒廃した町々を復旧する工事を、どしどしやりはじめ、岐阜から強力な部隊をよびよせ、京都のまもりを固めた。

「これで、信長公も七分通り、天下をつかんだといえような」

立原久綱が、山中鹿之介にいった。

「いかにも……あとは、甲斐の武田、越後の上杉が、うしろから押してまいりましょうし、前には毛利元就めが……」

「そのことよ」

「いよいよ、われらの戦うときが迫りまいたな」

「うむ、うむ」

ところで、その毛利元就だが……。

毛利方も当時、なかなかにいそがしかった。

尼子家をほろぼして、中国一帯を制圧したのはよいが、九州や四国の大名たちの戦乱が、いつ自分のところへ波及して来るか、

(知れたものではない)

からである。

前々から毛利家は、豊後の国(大分県)臼杵城主である大友義鎮(宗麟)と争いをくり返していた。

なにしろ大友義鎮は、毛利の本拠である長門や周防へも近い北九州にまで勢力をひろげようとしているのだ。

そこで、他の九州の大名や豪族たちを援助して、毛利元就が大友義鎮を制圧しようとする。大友も勇猛果敢に対抗して来る。

やむなく……。

この年になると、毛利元就は、大友義鎮と戦うため、兵力を九州へさし向けることにした。

この情報は、すぐに織田信長の耳へとどいた。

信長は、尼子勝久や山中鹿之介たちをまねき、

「いよいよ、機会がまいったようじゃ」

と、いった。

毛利が九州へ戦力をさいている隙に、尼子一党を山陰の地へ突入せしめようというのである。

「いかがじゃ。おもいきって攻めかけては……」

もとより、それは、

「のぞむところ」

のものであった。

あれから、尼子の残党もぞくぞくとあつまり、兵力は三百をこえている。

「隠岐の島の主・隠岐為清は、もともと、尼子一族の血をひく豪族じゃそうな」

と信長は、尼子勝久へ、

「自分が、隠岐為清へも朱印状をつかわそう」

「かたじけのうござる」

それは、織田信長が尼子勝久を援助していることを証明するものといってよい。

信長は、

「先ず、隠岐の島へわたり、隠岐為清と協力して、山陰へ攻めこむがよい」

と、いう。

山中鹿之介から見ても、これは、

（まことに、当を得たることだ）

と、おもわざるを得ない。

岐阜などにいて、信長が、そうした事情に精通しているのを、

「まことに、おどろき入ったことじゃ」

立原久綱が感嘆したものだ。

信長は、二百ほどの部隊を貸してくれた。

「武運をいのる!!」

織田信長の、この一言に勇躍して、約五百の尼子軍は、いよいよ故国へ向って出陣することになった。

総大将は尼子勝久だが、参謀総長は山中鹿之介幸盛である。

尼子軍は、先ず但馬の国へ入って行った。

但馬の豪族である垣屋播磨守は尼子家恩顧の人物である。

播磨守は、尼子家ほろびてのちも、その再興運動に、懸命に助力をつくしてくれて

きていた。

そして、播磨守は尼子残党の連絡所の役目をもつとめてきてくれた。

ために、尼子一党が垣屋播磨守のところへ集結したときいて、さらに二百余の尼子残党が馳せあつまって来たのである。

これで、総勢七百余の兵力となったわけだ。

すると、裏日本の海から、シナ・朝鮮にかけてあばれまわっていた奈佐日本之助という豪快な海賊が、

「ぜひとも、御味方つかまつる!!」

と、使いの者をさしむけてよこしたものである。

3

隠岐の国は、大小四つの島をもって成る。

そのうち、もっとも大きな島を〔島後〕といい、他の三小島を〔島前〕と称している。

島根県・島根半島の海上を北へ十余里のところに浮かぶ隠岐の島々は、往古から我が国の歴史に関係のふかい〔伝説〕をもっているし、古事記にも、その名がのっている。

隠岐の国をおさめている〔隠岐氏〕は、佐佐木定綱の弟・義清を家祖とする、とい

う。

むかしから、牛馬の牧養がさかんであって、島民は半農半漁であり、むろん、その海産物は豊富であった。

海賊・奈佐日本之助の船に乗った尼子一党が、この隠岐の島へわたったのは、この年の五月中旬であった。

隠岐の国の守護代・隠岐為清の城と居館は、いわゆる〔島後〕の国府址にある。

すなわち、現・西郷町だ。

甲の尾の山を背負い、前に西郷の港をひかえた地形であって、さすがの毛利軍も、ここまではなかなか攻め寄せて来られなかったものだ。

というのも、隠岐氏はむかし、島内を平定するため、尼子氏（経久のころ）の応援を乞い、島内をおさめてからは尼子の麾下に属した。

富田城が落ち、尼子家がほろびてしまったので、その後の隠岐為清は仕方なく毛利元就にしたがった。毛利元就は、為清に、

「出雲の国の本荘をあたえよう」

といった。

だが、隠岐為清は、

「尼子孫四郎勝久を奉じ、尼子の旧臣たちが、織田信長の援を得て挙兵をする」

との報をきくや、

「このときを、わしは待ちかねていたのじゃ」

大よろこびで、尼子一党を迎えてくれたものだ。

一党が島へ着き、尼子勝久を見るや、

「おう、おう……まさに、これは、亡き新宮の大殿（勝久の祖父・国久）に生きうつしでおられる」

老顔を紅潮させ、

「それがし、あらむかぎりのちからをつくし、御味方つかまつる」

きっぱりと誓ってくれた。

そのころになると、尼子の旧領の諸方へかくれひそんでいた旧臣や兵士たちが、

「いよいよ旗上げじゃ」

「すぐに馳せ参じよう」

というので、そこは旧領国だけに、ぞくぞくとあつまり、隠岐氏の将兵を合せると二千をこえる兵力となったので、

「これならば、もはや大丈夫!!」

と、山中鹿之介は意気軒昂(けんこう)となり、

「叔父上(おじうえ)。すぐさま、富田へ攻めかけましょう」

と、いいはなったが、それはあまりにも無謀というものだ。

立原久綱になだめられたけれども、鹿之介は不満の様子である。

尼子勝久も総大将として、はずかしからぬ風格をそなえてきはじめているが、山中鹿之介の、

〔美丈夫ぶり〕

には、とてもおよばぬ。

天性の堂々たる体軀に加えて、いかにも男らしい、しかも秀麗の美貌であって、これが黒の鎧と白地に金箔で波と三日月をあらわした陣羽織を身につけ、自慢の鹿角の兜をかぶったところを見ると、立原久綱ですら、

（わが甥なれども、まことに見事な！……）

見とれざるを得ない。

海賊の奈佐日本之助などは、

「山中殿になら、このいのちをあずけて悔むところはないわ」

尼子勝久よりも、鹿之介のために、

「はたらこう!!」

としているように、見えぬこともないほどなのである。

自信にみちあふれた鹿之介の言動は、そうした彼の風貌によって、さらに現実味をおびてくることになるのであった。

鹿之介の人気は、すばらしいものとなった。

こうした鹿之介は、尼子党の期待と信頼を一身にうけるかたちとなったわけだが、

（どうも、おもしろうない）

と、おもうものもないではない。

秋上伊織介が、それだ。

富田落城の前に、富田川の中洲において鹿之介が毛利方の品川三郎右衛門と、一騎打ちをし、苦戦におちいったとき、これを助けたのが秋上伊織介である、などといわれているように、当時は尼子の家中でも鹿之介とならび称された勇士であった。

秋上氏は、もともと出雲の大庭神宮の社家であって、尼子につかえてからは、森山城をあずけられたほどの重臣でもある。

伊織介は、ときに三十七歳。

尼子家に対する年功といい、戦歴といい、二十五歳の山中鹿之介とくらべたなら、

（鹿之介、なにするものぞ）

の自負がある。

それなのに、隠岐の島へわたってからの秋上伊織介の存在というものは、鹿之介にくらべて、あまりにも小さくなってしまった。

それればかりではない。

鹿之介自身が、以前のように伊織介への尊敬を見せなくなってきた。

「伊織介どの」

と、よびかける口調にも、なにやら傲然たるものがあった。

尼子勝久にしても、なにかにつけて、

「鹿之介、鹿之介」

であって、なじみのうすい秋上伊織介へは、あまり口もきかぬ。悪意でそうしているのではないが、伊織介にしてみれば、新しい〔殿様〕から、

（無視されている）

ような感じをうける。

海賊の日本之助などは、まるで同輩あつかいの口調で語りかけてくるのだ。

どうも、おもしろくない。

（鹿之介め。増長しすぎているわい）

であった。

（これでは、尼子家の再興が成ったとしても……わしは、以前のわしの地位を取りもどすことができるか、どうか……？）

伊織介は、不安になってきたようである。

4

尼子党二千が、隠岐の島から海をわたり、出雲の中山（ちゅうざん）に上陸したのは、六月二十三日の夜ふけであった。

中山の城は、島根半島の現・八束郡（やつかぐん）美保関町（みほのせきまち）にある標高三百メートルほどの丘にか

まえられていた。

この城をまもっていた毛利方の部隊は、たちまちに追いはらわれてしまった。

いよいよ、尼子党は、故国の地をふみしめたことになる。

そうなると、またも諸方から旧尼子の人びとがあつまって来て、兵力は三千をこえた。

「よし!!」

山中鹿之介も調子づき、

「かくなれば、すぐさま、新山(しんやま)の城を攻め落せ」

と、いった。

これなら、立原久綱も賛成であった。

新山城は、現・松江市の法吉町(ほっきちょう)と持田町の境にそびえる海抜二百五十メートルの新山にあった。

かつて、白鹿城(しらがじょう)が毛利軍に攻め落されたときから、峰つづきの新山城も毛利方のものとなり、いまは毛利の宿将・多賀元信(たがもとのぶ)が、これをまもっている。

しかし、兵力からいっても、このときは尼子軍のほうが多い。

その上、新山城はかつて尼子の城の一つであったのだから、地形も城がまえも、鹿之介たちは知りつくしていた。

鹿之介は、みずから七百の兵をひきい、夜襲をかけた。

一夜で、新山城は落ちてしまった。

これによって、尼子党は、近くの末次(すえつぐ)へ出城をもうけることができたのである。

前には、あれほどに尼子と毛利が死闘をくり返した白鹿城は、富田の城が落ちてのち、もはや必要なし、と毛利元就が断定し、これを廃棄してしまっている。

末次城は、のちの松江城となる。

地図をひろげて見れば、わかることだが、尼子党は、富田城をうばい返すための基地を、こうして確保したかたちになったのである。

このことは、毛利元就のもとへ急報された。

元就は、これをきいて、

「山中鹿之介のみへは、なさけをかけるのではなかった……」

しみじみと、いったとか……。

元就から見て、鹿之介なぞは、

(取るに足らぬ若者)

であったのだろうが、こうなると、やはり、富田開城の折に、鹿之介だけは死罪にしておくべきであった、といったのである。

元就は、すぐさま、九州へ出陣していた吉川元春・小早川隆景の両将をよびもどした。

元春も隆景も、毛利元就の子だが、早くから吉川・小早川の両家をつぎ、父をたすけて中国制覇を成しとげた。

毛利一族の結束は、むかしから堅い。

吉川元春も小早川隆景も、兄の子の毛利輝元をたすけ、毛利家の繁栄のためには、すこしもちからを惜しまぬ。

毛利元就は、

「すぐさま出雲へ……」

と命を下した。

そこで、吉川元春は毛利輝元をたすけ、一万三千の大軍をひきいて出雲へ向うことになったのである。

そうなるであろうことは、山中鹿之介も考えぬことではない。

だからこそ……。

「一日も早く、富田の城を攻め取ってしまいたい」

のである。

富田城へ入ってしまえば、

（もう、こちらのものだ）

と、これは鹿之介のみでなく、立原久綱も尼子一党も、みな、そうおもっている。

かつては、富田城へたてこもり、あれだけの長期間を毛利の大軍相手にもちこたえたのだ。

あのときの経験は、現在の自信に転化している。

富田をうばい返し、籠城をしているうちには、織田信長が毛利をおびやかしてくれるであろう。

九州の大友だとて、

（だまってはいまい）

なのである。

大友義鎮と織田信長とは、このころ、親しく文書をかわし、毛利元就を苦境におとしいれようとしている。

そのくせ、織田信長は毛利元就へも友好関係をむすぶための外交を、積極的におこなっているのだ。

そのようなことを、山中鹿之介は知っていない。

自分たちが、山陰であばれまわっていれば、かならずや、

（信長公が手をさしのべてくれよう）

信じきっていた。

「よろしい。そろそろ、富田へ攻めかけようではないか」

と、立原久綱が鹿之介にいった。

毛利方のうごきが活潑にならぬうちに、である。

富田城は、毛利の宿将・天野隆重が五百ほどの兵でまもっている。兵力からいって

も、いまのところはこちらが優勢なのだ。

天野隆重も気が気ではない。

「一日も早く……」

来援を乞う、という使者を、毛利元就のもとへ送りつづけていた。

だが、間に合いそうもない。

山中鹿之介は、秋上伊織介と共に、約千五百の兵をひきい、富田城へ向って進軍を開始した。

天野隆重から、山中鹿之介のもとへ密使があらわれたのは、このときである。

5

天野隆重は、こういってきている。

「……わが本領に五千貫を相加えて下さるなら、御味方いたそう。すみやかに富田の城を開けわたし、さらに国中御退治の先がけをつかまつる」

とてもかなわぬから、というのであろうか。

「これはおかしい」

山中鹿之介は、これまで、さんざんに毛利方の謀略にあい、苦い汁をのまされつづけてきた。

「毛利方の忠臣として世に知られる天野隆重が、一戦にもおよばず、われらに降参することは心得がたい」

休戦の交渉によって日数をかせぎ、その間に、毛利軍の応援を待とうというのではないか、と、鹿之介はいった。立原久綱も同意見である。

総大将の尼子勝久は、こうした作戦会議に口をさしはさまぬのが常であった。

鹿之介や久綱など、経験も豊富で、山陰の地理にも毛利方の動静にも通じている人びとの意見にまかせようという……若いにしては、しっかりと度量のすわった孫四郎勝久だといえよう。

そのかわり、いざ、戦場へ立つとき、尼子勝久はだれにも退けをとらぬ勇敢な突撃をするのである。

さて……。

そのときの作戦会議の席上で、秋上伊織介が、

「どちらにせよ、富田の城にこもる天野勢は五百に足らぬのでござるから、いささかも恐るることはござらぬ。天野隆重の申し入れを、うけ入れてもかまわぬと存ずるが……」

と、いい出した。

「いや、それは……」

山中鹿之介は、反対である。

敵の和平交渉なぞを無視し、かまわず城へ、

「攻めかけよう!!」

と、いうのだ。

いま、鹿之介は、以前よりも烈しく、強く、毛利元就を憎み、怒っていた。

それは……。

新山城を攻め落したとき、降伏した毛利方の将・多賀元信を取りしらべ、毛利方の情勢をさぐったとき、元信がつぎのようなことを、鹿之介へ申したてた。

富田の城が落ちて間もなくのことであったが、毛利元就は多賀元信に、

「山中鹿之介ごとき子どもに、なにができようか」

事もなげに、いい捨てたそうな。

(このおれを、子どもだと……)

鹿之介は、逆上した。

(いまに見ておれ!!)

と、毛利元就へ対する闘志は、さらに熱し、

「子どもを死罪にしたところで……ばかばかしいことよ、と、世の人びとの笑いを買うだけのことじゃ」

ともいった元就のことばを、忘れきることができない。

(悪がしこい元就には、どのような正義も通ぜぬ)

と、鹿之介はおもいきわめていた。

だから、毛利方の和平申し込みなどは、このさいはねつけてしまい、一挙に攻めかけよう、と主張するのだ。

すると、秋上伊織介が憤然として、同じことではないかと、いい出した。

富田城へ押し寄せ、敵が素直に降伏すればよし、もしも何やらたくらむことでもあれば、

「即座に攻めかけて、城を落してしまえばよい」

と、いい張る。

「そのように、めんどうをかけずともよいと、それがしはおもう」

「なれど鹿之介殿。敵将が降参すると申し出ているのにかまわず攻めたてては、のちのち、われら尼子党が天下の笑いものになろう」

「かまい申さぬ。相手が相手なのだ。おもうても見られよ、伊織介殿。これまでにわれらは、毛利の狡智によって、どれほどにもてあそばれたか……」

二人は、大激論をかわしはじめた。

そこで、立原久綱が間に入った。

どうも近ごろは鹿之介と伊織介の間がうまく行かぬことを、老熟の久綱は看てとっていたようである。

「ここは、秋上伊織介殿の申すことに、理があるようじゃな」

と、立原久綱がいい出て、鹿之介を説きふせにかかった。

鹿之介は、それでも頑強に反対をとなえたが、余人ではなく、敬愛する叔父・久綱のことばを、はねつけるわけにもゆかぬ。

ついに……鹿之介も同意することになった。

6

尼子勢千五百余が、なつかしい富田の城を包囲した。

いまこそ、この城を取りもどすことができる。

敵将・天野隆重は、みずから大手口へあらわれ、武装を解いた使者を、こちらの陣地へさし向けてよこした。

いかにも、神妙の体に見える。

(ふむ、これなら……)

と、鹿之介も自分の不明をひそかにみとめたが、口に出しはせぬ。

秋上伊織介は
(それ見よ)

と、いわんばかりに鹿之介を見やってから、

「それがし、城を受け取りにまいりまする」

と、尼子勝久へねがい出た。

「うむ」

勝久が、これをゆるした。

勝久の若々しい顔貌が、感動をかくしきれていない。

この富田城下に生まれた孫四郎勝久ながら、あの新宮党絶滅の折、ものごころもつかぬうちに、猛火の中を乳母に抱かれて逃げたのだから、まったく、城や町の姿をおぼえてはいない。

(これが、わが父祖の国か……城か……)

そして尼子勝久は、その国と城の主たらむとしているのであった。

夏の青空を背景に、月山の濃緑がくっきりと浮きあがっている。

富田城には、毛利方の戦旗もなく、大手口にそろった天野の将兵は武装を解き、しずかにこちらを見まもっている。

「では……」

と、秋上伊織介が尼子勝久へ一礼をのこし、八百の兵をひきい、富田城・大手口へ向った。

山中鹿之介も、立原久綱もさすがに感無量であった。

三年前の富田開城の折には、いま、自分たちが陣をかまえているところに、毛利の大軍がつめかけていたものだ。

そして、鹿之介たちは、旧主・尼子義久のうしろにしたがい、いま、天野隆重が降伏の意をあらわしている城の大手口から、こちらへ向って敗残の姿を歩ませて来たのである。

天野隆重は、秋上伊織介が指揮する部隊がすすみはじめたのを見て、わが子・三郎太郎隆康に家臣五名をそえ、尼子の陣へさし向けてよこした。

人質である。

今度の場合は、城を開けわたして罪に伏す、というのではない。

天野隆重は、開城の後に、尼子の家臣となるというのが、降伏の条件なのである。

だから城主みずからが敵陣へあらわれなくとも、しかるべき〔人質〕をさし向けてよこしたのである。

これも、かねてからの取りきめによるものであった。

大手口にいた、天野勢三百余が、尼子勢三百に取り巻かれ、いっさいの武器を取りあげられ、こちらへやって来る。

天野隆重は、わずかな家来と共に先へ立ち、秋上伊織介ひきいる五百の部隊を城内へ案内して行くのが見えた。

このとき、富田城にいる天野勢は二百に足らぬ。

城内の木立に、蟬が鳴きこめていた。

馬上にあって秋上伊織介は、得意であった。

すぐ前に、天野隆重がくびうなだれて、しょんぼりと馬にゆられている。

（なつかしいのう）

伊織介は、城内の木戸や山道をながめまわし、嘆息をもらした。

尼子時代に、城内の諸曲輪（くるわ）へ建てこまれてあった館や建物は、その後、毛利方の手により、焼きはらわれてしまったらしく、伊織介は妙にさびしいおもいがした。

（この城を、毛利元就は……）

あまり重要視していないのではないか、とさえおもえる。

夏の、真昼の陽光がふりそそぐ道に、馬蹄（ばてい）の音が整然たる響（とよ）みをおこし、

「変ったのう」

「なれど、木も草も、むかしのままじゃ」

尼子の将兵の声が、其処此処（そこここ）できこえた。

異変は、このときに起った。

左に、旧御殿、右に七曲りと称する本丸への山道をのぞみ、隊列が曲りくねったとき、天野隆重が秋上伊織介へ振り向き、

「先ず、本丸へ向われまするや？」

と、問うた。

「いかにも……」

うなずいたとき、伊織介は一種の予感をおぼえ、戦慄（せんりつ）した。

（城内に残っているはずの天野勢三百は、どこにいるのか……？）

であった。

城内へ入ってからの伊織介は、懐旧の情にとらわれ、うっかりと、そのことを忘れていたのである。

天野隆重が、突然馬腹を蹴った。

いや、隆重のみではなかった。

隆重の家来五名も、同時に馬腹を蹴って、七曲りへの道を駈け出したのである。

とても、尼子勢を案内しようという様子ではない。

「あっ……」

秋上伊織介が叫んだときには、すでにおそかった。

山道をかこむ樹林が、いっせいに、異様な物音を発した。

無数の矢が、その樹林の中から疾り出て、尼子勢へ射込まれたのであった。

「わあ……」

尼子勢の絶叫があがった。

矢に突き立てられた馬が狂奔し、せまい山道が名状しがたい混乱におちいった。

尚も、矢が殺到して来る。

伊織介の肩口にも、一条の矢が突き刺さった。

「おのれ……」

「おのれ、天野……」

その天野隆重は、早くも七曲り道の彼方へ見えなくなってしまっていた。

「退けい、ひ、退けい!!」

伊織介は、わめいた。

押し合って足をすべらせ、谷へ転落して行く軍馬の悲鳴が物凄くきこえた。

「し、しまった……」

秋上伊織介も、天野隆重がここまで決意をしていようとは、おもいおよばなかった。

天野は、わが子の三郎太郎と三百の兵力を犠牲にし、残る二百の手勢のみで、この反撃をこころみたことになる。

とても考えられぬことではある。

七曲りの道の木蔭から、武装をした天野勢が槍の穂先をそろえ、押し出して来た。

弓鳴りの音は、まだ熄むことを知らぬ。

「わあ……」

尼子勢が乱れ立ち、ひしめき合って退却を開始した。こうなっては伊織介も、

「戦え!!」

とはいいきれぬ。

彼も必死で馬の手綱をさばき、逃げにかかった。

敵の大軍

1

この異変を、なんと解したらよかろう。

毛利元就の謀略のすさまじさには、何度も苦杯をなめてきた尼子軍だが、その毛利方の一部将にすぎぬ天野隆重の計略を、だれひとり、見やぶれなかったのである。

このとき、富田城をうばい取るべく押し寄せた尼子軍は、千五百余であった。

富田城へこもる天野勢は五百。

そのうちの三百とわが子の三郎太郎を〔人質〕として尼子軍の陣営へ引きわたした天野隆重は、のこる二百を城内へおき、城を接収すべくあらわれた尼子の将・秋上伊織介を迎えた。

伊織介は五百の兵をひきい、なつかしい富田城内へ入ったところで、天野勢二百の逆襲をうけた。

まさに、捨身の逆襲である。

「あれは、なんの物音か……?」

尼子軍の本陣でも、彼方の富田城内からきこえはじめた弓鳴りの音、人馬の叫喚が、

「ただごとではないぞ」

と、気づいた。その瞬間。

武器を取りあげられ、尼子軍に監視されていた三百の天野勢が、

「うおっ……!!」

猛然として雄叫びを発し、起ちあがった。

彼らは、武器も持たぬまま、いっせいに富田城へ向けて逃走しはじめたのだ。

「おのれ!!」

こうなると、さすがに山中鹿之介もすべてを察知し、

「討て、討て!!」

みずから馬を煽って駈けつけざま、槍をふるって天野の兵たちを突き倒した。

「うわあ……」

それでも、天野勢はひるまぬ。

一団となり、素手で尼子軍の包囲を突きやぶろうとする気迫の凄さに、不意をつかれた尼子軍が、

「逃がすな!!」

「射よ!!」

あわてふためきながらも、矢を切って放つ。

槍で突きまくる。

とにかく武器を持っていないのだから天野勢はたまったものではない。

ばたばたと倒れて行く。

それでも尚、必死で逃げる。

ついに……。

三百のうち百余が包囲を突破し、まっしぐらに富田城内へ駈け込んでしまった。

「おのれ、天野め!!」

鹿之介は、歯を嚙み鳴らした。

あまりの激怒のため、鹿之介の顔は鉛色に変じ、

「天野の小せがれめの首を切り飛ばしてくれる!!」

と、馬を返した。

天野三郎太郎は、ときに十六歳。

よほどに覚悟をきめたらしく、本陣の尼子勝久の傍へ引きすえられていたが、泰然として身じろぎもせず、夏空を仰いでいる。

馬から飛び降りた山中鹿之介が、

「小せがれめ、ようも、たばかったな」

太刀を引きぬいて迫るのへ、

「待て」

と、尼子勝久が、

「討つには、まだ早い」

「なんと、おおせられます」

「それよりも、秋上伊織介を、早う救い出さねばならぬ」

もとより、立原久綱が五百余をひきい、まっしぐらに富田城の大手門へ押し寄せて行くのが望見された。

城内へ逃げこんだ天野勢は、早くも門を閉じ、かくしてあった鉄砲や弓矢を取り出し、すばやく防戦にかかった。

そこへ、城内での奇襲にあって逃げもどった秋上伊織介の尼子勢が、いのちからがらといった態で大手門まで逃げて来た。

すでに、城内の尼子勢は二百ほどに減じている。

「それ、来たぞ!!」

と、これも予期していたことだから、大手門をまもる天野勢百余が、門の内へ逃げて来る秋上勢へ、

だ、だあん……。

と、鉄砲を撃ちかける。

十か二十の鉄砲なのだが、馬は狂奔するし、うしろからは天野勢が矢を射かけてくるしで、

「早く、門を……」

秋上伊織介も、必死であった。

そして、ようやくに大手門内の天野勢を蹴散らし、門外へ逃げ出たとき、立原久綱のひきいる五百余が大手門前へ迫って来た。

「ああ」

立原久綱は、門を打ちやぶろうとしたところへ、門が内がわからひらき、味方の秋上伊織介たちが逃げ出て来たので、

「敵ではないぞ!!」

叫んだが、すでにおそい。

伊織介たちを〔敵〕だとおもいこんだ尼子勢が、すぐさま矢を射た。

「あっ、ちがう!!」

「味方じゃ」

わめきながらも、味方の矢を受けて倒れるものもすくなくはない。

そのうちにも……。

伊織介たちを追って来た天野勢が、大手門の味方と一丸になり、ぐいぐいと尼子の将兵を門外へ追い出し、またも大手門を閉じ、今度は万全の備えをかためてしまったものである。

味方の陣へもどって来たとき、秋上伊織介には百余の兵しか残っていなかった、といわれる。

五百の兵をひきいて城を受け取りに行き、そのうちの四百を、敵の奇襲によってうしなったことになった。

「それ、見よ!!」

山中鹿之介は、いきりたち、

「なればこそ、あれほどに申したではないか。毛利のすることに、ゆだんはならぬのだ。毛すじほどのゆだんもならぬのだ」

面罵されて、伊織介も返すことばがない。

「敵将が降伏するというのに、かまわず攻めたてては、のちのち、尼子党が天下の笑いものになろう」

などといっていただけに、伊織介も立原久綱も、

「あれほどまでに毛利方から苦い汁をのまされてきたことをお忘れか。叔父上も伊織介殿も、あまい、あまい」

鹿之介が夢中となってののしるのへ、くびうなだれるのみであった。

「ああ……おのれ……」

鹿之介は、足をふみならし、噛みしめたくちびるから血がふき出すのもかまわず、
二人をののしりつづけた。

いまの鹿之介は、先刻まで天野隆重の神妙な仕方を見て、

(ふむ。これならば……)

自分の不明を恥じたことなど、すっかり忘れてしまっている。

それほどに毛利方が……、いや、天野隆重が信用できなかったのなら、鹿之介自身が五百ほどをひきい、せめて、大手門のすぐ前へ押しつめていればよかったではないか。

そのことへの反省が、鹿之介の胸へこみあげてきたのは、その夜になってからのことだ。

（ああ、それだけの備えをしておけば、たとえ伊織介が、城内であのような目にあっても、しゃにむに大手門へ押しこみ、一気に城をうばい取れたものを……）

くやしがったが、もう、どうにもならぬ。

石見の銀山に駐屯していた毛利軍二千余が、富田城救援のため、

「出雲境（いずもざかい）へ向けて進軍」

の報が、尼子の本陣へもたらされたのは、この夜のことであった。

こうなっては、富田攻めどころではない。

うっかりしていると、こちらが敵にはさみこまれてしまう。

鹿之介は、怒りと後悔を〔闘志〕に転化し、石見から攻めて来る毛利軍を迎え撃たねばならなかった。

天野隆重の子、三郎太郎は、翌朝早く、城内の天野勢が粛然と見まもる前で、首を打ち落された。

2

尼子軍は、眼前に富田城をのぞみながらも、むなしく引き返し、石見からこちらへ進軍中の毛利軍と戦わねばならなかった。

敵は、約二倍である。

山中鹿之介は、出雲境の原手に毛利軍を迎え撃った。

この戦闘は、成功した。

石見の兵をひきいていたのは、毛利の宿将・小田助右衛門であったが、よほどに兵を指揮する器量のなかった人物らしい。

おもしろいように、鹿之介の作戦が的中し、先ず、鹿之介が小田を討ち取ってしまったので、敵は大いに乱れたち、

「尼子勢は一万をこえる」

などとおもいこみ、たちまちに乱れ、五百の戦死者を残して退却してしまった。

鹿之介は、

「いま一度、富田を囲んで見よう」

ともおもったが、どうも、天野隆重に妙な劣等感を抱いてしまった。

(うかつに包囲して、なにをされるか知れたものではない)

このことである。

鹿之介の、毛利軍へ対する疑惑は、そのまま〈慎重〉の用兵となってあらわれる。
これが、今後の鹿之介の戦闘と、彼の運命にまで作用してくることになるのだ。
毛利元就の謀略のおそろしさを、鹿之介は骨身にこたえて知っている。
立原久綱も、このところ、さっぱり意気があがらぬ。
「ともあれ、新山の城へ兵をおさめましては」
と、鹿之介が尼子勝久にいった。
「よろしい」
尼子勝久は、鹿之介を信頼している。
富田城奪回の失敗を予言したのは、鹿之介であったからだ。
それに引きかえ、秋上伊織介は一度に、勝久の信頼をうしなってしまったようである。
伊織介は、おもしろくない。
(このまま、尼子のためにはたらいたとて、わしはもう、浮かびあがれぬやも知れぬ)
そのようなおもいが、伊織介の胸の中のどこかに芽生えはじめてきている。
いっぽう……。
美保関にいる隠岐為清は、富田城での失敗をきくや、
(どうも、尼子のすることなすことが、あぶない)

と、おもいはじめた。

かつては、尼子党の挙兵を待ちかねていたほどの隠岐為清なのだが、

（それにしても……？）

くびをかしげざるを得ない。

為清自身は、富田攻めに参加していなかったから、実情を自分の眼でたしかめられたわけではないのだけれども、

（どうも、な……？）

尼子勝久も山中鹿之介も、秋上伊織介も、わずかな城兵をひきいて富田城にたてこもる天野隆重から手玉にとられたような気がする。

（大丈夫なのだろうか……？）

であった。

（尼子に味方して、よいのだろうか？）

なのである。

不安になってきた、隠岐為清は……。

尼子軍が、石見からの毛利軍と戦ったり、兵を新山城へおさめたりしているうちに、富田城をまもる天野隆重のもとへ約千二百の毛利方の将兵が救援に馳せつけて来た。

これは、富田城に比較的近い毛利方の属城や砦から、急をきいて駈けあつまった兵力であった。

毛利元就が、

「われらが大軍をひきいて出雲へ馳せつけるまで、なんとしても富田の城を、敵の手にわたしてはならぬ!!」

と、急使を派して来たからだ。

こうして、富田城の兵力は千五百となった。

以前の富田城よりも大きな兵力になったわけである。

こうなると、いよいよ富田城をうばい返すことがむずかしくなった。

(ぜがひにも、あの折に攻めぬくべきではなかったか……?)

山中鹿之介も、なんとなく臍(ほぞ)を嚙むおもいがせぬでもない。

しかし、もうおそい。

こうなれば、味方の兵力を増大させてゆくよりほかに道はない。

富田城奪回に失敗はしたけれども、出雲境での勝利といい、美保関の中山城も、新山の城も尼子方がうばい返している。

「これは、おもしろくなってきた」

「尼子へ味方しよう」

という武士たちもいたし、それよりも尚(なお)、旧尼子の麾下(きか)にいた武将たちや、富田落城の折、諸方へ散ってしまっていた旧家来たちが、ぞくぞくとあつまって来た。

これらの兵力をあつめると、尼子軍も一万に近い実力を有するにいたったようである。

そうなると、山中鹿之介も、

（戦さは、これからだ!!）

新しい勇気がわいてきた。立原久綱も気をとり直したようだ。

尼子勝久は、富田城での失敗のときも落胆の色を見せなかったし、

（まことに、この殿は御若年にしては、肝がふとくおわす）

鹿之介も、つくづく感心したものであった。

勝久は、これまでに何度も戦陣を経験したわけでもないし、幼年のころから仏門に入っていたというのに、いざとなればちからも強く、いかにも悠揚として、小事にこだわらず、鹿之介や久綱に、すべてをまかせきっている態度が、

（まことに、たのもしい）

と、鹿之介は、

「この殿が、出雲の国をおさめなさるときのことを想うと、胸が、とどろきます」

叔父の久綱へいった。

鹿之介と久綱は、またも富田城を攻める作戦をねりはじめた。

急がねばならない。

なにしろ富田城は、あれだけの堅城なのだ。

かつては尼子軍がたてこもり、いかな毛利軍の攻撃にも堪えぬいたものだし、今度

は、毛利方の天野隆重が小さな兵力で、こちらを手玉にとって見せたではないか……。

それだけに毛利元就も、

「なんとしても富田をまもりぬけ!!」

と、命じている。

毛利の大軍が、本拠の安芸の国を発し、こちらへあらわれるためには、九州の大友軍の進攻を喰いとめておかねばならぬ。

そのためには、まだ日数を必要とする。

すでに、秋が来ていた。

鹿之介も立原久綱も、

(毛利の大軍が、こちらへ向って進みはじめるのは、おそらく、来年の正月をすぎてのことになるだろう)

と、見ていた。

それまでには、なんとしても、

(富田をうばい返さねばならぬ)

のであった。

3

どうしても、

〔美女〕

とはいえぬ。

髪のいろも赤茶けているし、張り出した額の下に、細い両眼が埋めこまれているようだ。鼻すじがくぼんでいるのに鼻のあたまが隆起している。

やせこけていて胴長の肉体にも、格別、女の魅力がひそんでいるとはおもえない。

これが、海賊・奈佐日本之助のむすめ於鶴であった。

日本之助が、山中鹿之介の将来性を買い、尼子再興に協力するようになってから、

「鹿之介殿のお身まわりの、お世話をせいよ」

といい、絶えず於鶴を、鹿之介の傍へさし向けてよこすのである。

はじめのうちは、

(このような汐くさき女……)

などと顔をしかめていた鹿之介であったが、そこは、長らく女体にふれていないだけに、ついつい、手をつけてしまった。

そして、

(しまった……)

ともおもい、また、

(これは……)

と、瞠目したことも事実なのだ。

ひとたび鹿之介へ抱かれてしまうと、於鶴は、有頂天となり、昼も夜も傍からはなれようともせぬ。

出陣のときはさておいても、鹿之介が新山城へもどって来ると、まとわりつくようにはなれない。

尼子勝久や立原久綱のてまえもあるし、他の将兵の前でも、於鶴は平気で鹿之介へ寄りそい、世話をやくのであった。

「ま、よいではないか」

と、立原久綱は、

「これも、奈佐日本之助を味方にひきつけておくため、と、おもうてくれい」

苦笑をもらしながらも鹿之介へ、

「日本之助が持っている船があればこそ、海上からの毛利軍にそなえることもできるし……それに兵糧を運ぶためにも、日本之助のちからはたいせつなものゆえ、な」

なだめ顔に、いう。

日本之助は、行末、於鶴を鹿之介の側妾（そばめ）にしてもらうつもりらしい。もっとも、すでにそうなっているわけだが、将来に尼子勝久が山陰地方を制圧したとき、山中鹿之介が最大の功労者として、尼子筆頭の重臣になることを予想し、むすめの於鶴が鹿之介の子を生みでもしたら、日本之助自身の出世も非常なものとなる。

そのことを、日本之助が期待していることは、だれの目にもあきらかであった。

それにしても、於鶴の愛慾のすさまじさには、さすがの鹿之介も瞠目し、あきれはてたほどだ。

際限もない執拗さで、於鶴は鹿之介をもとめてやまない。まるで、鹿之介の巨体に押しひしがれそうにおもえる骨張った細い躰を蛇のようにくねらせ、全身を汗みどろにしながら、

「鹿さま、鹿さま……」

と連呼しつつ、飽くことなくもだえつづける。

そのたびに鹿之介は辟易し、躰中の血液がすべて流出しきってしまったような疲労をおぼえる。

けれども……。

夜の闇の中で、於鶴のあえぎが昂まり、潮風に洗われたあさぐろい於鶴の肌からただよう濃い体臭を嗅ぐとき、われ知らず、於鶴を抱き寄せずにはいられなくなるのだ。

その夜も……。

新山城内の、わが館の内で、山中鹿之介は於鶴を抱いた。

館といっても、四間ほどの小さな家である。

同じ城内にある尼子勝久や立原久綱の館も同じようなものであった。

秋上伊織介は、新山城に近い末次の出城をまもっている。

このごろの伊織介は、めったに新山城へあらわれぬ。

富田での失敗以来、伊織介の声望はおとろえるばかりだし、たまさかに尼子勝久や鹿之介と会うことがあっても、凝と顔をうつ向けたまま、あまり口をきこうともしない。

夕暮れからの長い愛撫が熄み、鹿之介が、ぐったりと於鶴からはなれて横たわったとき、

「あれ、いつの間にか……」

と、於鶴がいった。

いつの間にか夜がふけて、きた、といっているのだ。

いつでもそうなのである。

そのとき鹿之介は、夜の静寂のどこからか、城内へ駈けこんで来る馬蹄の音をきいたような気がした。

(只事ではないな)

と、しばらく耳をすませていた鹿之介は直感した。

「いかが、なされました?」

「於鶴。ここにおれ」

「なんぞ?」

「うるさい」

寝所から出た鹿之介は、館の外のあわただしい気配を知った。

人の叫び声がする。

「何事だ!!」

鹿之介が、わめいた。

「はっ」

廊下の闇に、家来の声が走り寄って来て、

「隠岐為清殿、裏切りでございます。隠岐が……為清が裏切りまいた」

大声にこたえた。

「なに……」

鹿之介は、愕然(がくぜん)とした。

4

これまで、隠岐為清は中山の城をまもっていたものである。

尼子党が、再興への旗上げをするについては、先ず、隠岐の島の主・隠岐為清をたよったことは、すでにのべたが、中山城はそのときの尼子党の根拠地となった。

以来、為清が中山の〔城将〕となっていたわけだが、

「わしを富田攻めにもつれて行かぬし……たいせつな軍議の席上へもまねこうとはせぬ。尼子勝久も山中鹿之介も、この隠岐為清をあなどり、軽んじているようじゃ」

かねてから為清は、そうした不満を抱いていたとか……。

尼子勝久も鹿之介も、故意にそうしたわけではない。

なにしろ中山城は、いまのところ尼子軍にとってたいせつな基地であるし、むしろ隠岐為清を信頼すればこそ、中山を守備してもらっていたのだ。

毛利軍も、いずれは水軍をくり出し、石見・出雲の外海から尼子軍の背後をおびやかすにちがいない。

そうなれば、中山城が果す任務が、非常に重要なものとなるにきまっている。

為清を信じきって、中山をまかせ放しにしていたのが、かえって為清の不満をまねいたことになるわけだが、それればかりではなかった。

なんと……。

富田城をまもる天野隆重は、尼子軍が包囲を解き、引きあげて行ったのち、山野田玄蕃という密使を、ひそかに中山城へ送りこんだのである。

「こういうわけで、われわれは数倍の尼子勢を追いはらってしまったし、間もなく毛利元就公が大軍をひきいてこちらへあらわれる。とてもとても尼子の再興などはおもいもおよばぬことである。

為清殿も、このあたりが思案のしどころと申すものではあるまいか。

実は、われらが大殿（元就）も、かねてより為清殿のことをこころにかけられ、なんとしても隠岐の島はたいせつにあつかわねばならぬ。為清殿とは末長くちからを合せて行きたいもの、と、かようにおおせられているのでござる。

なるほど尼子勢は勇猛の士がそろっておるなれど、主といただく孫四郎勝久は若年の上に、大将としての経歴もなく、山中鹿之介は豪勇の者なれども、人心をあつめることのできぬ猪武者でござる。このような尼子勢が、ふたたび山陰の国々を我が手におさめようというのは、だれの目から見ても無謀というよりほかに、いいようがないとおもわれる。いかが⁉」

およそ、こうした天野隆重の密書を読みすすむうちに、

(ふむ、ふむ……、なるほど。いかにも……)

自分を重く見ていないという不平不満があっただけに、隠岐為清は、

(これはひとつ、考えて見なくてはなるまい)

こころが動揺してきた。

為清は、

(このわしがおらなんだら、尼子の旗上げなど、到底できるはずがなかったではないか。いわば、わしは尼子の恩人である)

という自負をもっていた。

それだけに、作戦の枢機をも知らしてよこさぬ勝久や鹿之介へ、怒りをおぼえていたのであった。

為清は、富田城の天野と、ひそかに連絡をとり合うようになった。

そしてこの夜。

決意をかためた為清が、中山城にいた尼子党の士、十余名を殺害し、俄然、毛利方へ寝返ったのだ。

この知らせを新山城へもたらしたのは、浅山新助という尼子の士で、中山へ派遣されていたものである。

浅山は、辛うじて殺害をまぬがれ、島根半島南岸の道に馬を走らせ、新山城へ急を知らせた。

「新助。そりゃ、まことか?」

山中鹿之介は、手傷を負って顔半面に血がこびりついている浅山新助の報告をきいても、尚、信ぜられぬという面もちであった。

しかし、事実だ。

事実であることを、いや、いやでも鹿之介は認識せざるを得ない。

「よし!!」

と、このときは鹿之介も、中山城がたいせつな基地だけに、すぐさま決断を下し、

「出陣!!」

と叫んだ。

5

隠岐為清は、浅山新助が逃亡したことを知り、

「尼子勢が押して来よう。すぐさま支度を……」

あわただしく、城の防備をかためると共に、富田城へ向けて、

「なにともして尼子勢のうしろをおびやかしていただきたい」

と、申し送った。

ところで為清は、よほどにあわてていたものと見え、尼子軍が島根半島を陸行して攻めかけて来るにちがいない、と、判断をしてしまった。

それにひきかえ、このときの山中鹿之介の作戦は、

「中海を船で押しわたり、美保関へこぎつけよう」

というもので、まさに隠岐為清の裏をかいたことになる。

中山城にいる隠岐勢は約七百。

これに対し、山中鹿之介は立原久綱と共に二百の兵をひきいて先発し、つづいて横道源介が二百八十余をひきつれ、共に奈佐日本之助の船へ乗って、出発した。

鹿之介の船が、美保関へ着いたとき、空は白みかけていた。

船を岸へ着け、二百の尼子勢が、美保神社の真下へ散開をした。

中山城は、美保の社(やしろ)の背後にある標高三百メートルほどの独立丘にかまえられている。

「まだ、気(け)どられてはおりませぬな、叔父上(おじうえ)」

「いかにも」

城の西方は、尼子勢が陸行して来ると見て三段に陣がまえをしている隠岐為清であったが、海岸は、まったく無防備といってよい。

「叔父上。中山へ攻め入りましょう」

「まだ早い。横道の勢が着いてからにした方がよい」

「空は白んでおります、あかるくなれば、われらに気づきましょう」

「なれど、この小勢では……」

いいかける立原久綱にかまわず、

「つづけ!!」

鹿之介は槍をつかみ、猛然として、起ちあがった。

一気に走る。

立原久綱も、こうなっては仕方がない。

二百の尼子勢が、美保神社から中山城の南・木戸口へ襲いかかった。

隠岐為清も、これにはおどろいたらしい。

「そ、そうか……南に海があったか……」

と叫んだというのだが、これは、のちにつくられた冗談であろう。

すでに尼子勢は城内へ押し入って来ている。

大混戦となった。

為清も大薙刀をつかみ、みずから血戦の渦の中へ飛びこんで来た。

隠岐勢の中には、中畠藤左衛門・同忠兵衛などという勇士もいたし、なかなかに、その戦闘力は統一がとれている。

山中鹿之介の太刀が石段に当って二つに折れ、あやうく、中畠忠兵衛の槍に突き倒されそうになったのも、このときであった。

しばらくすると……。

尼子勢が苦戦となった。

どうにもならぬ。

敵に、びっしりとはさみつけられ、死傷者が増えるのみとなった。

こういうと鹿之介の戦法が失敗に終ったようにおもえるが、実はそうでない結果となった。

つまり、隠岐為清は攻めかけて来た尼子勢が、

(これだけだな)

と、おもいこんでしまった。

そこへ……。

横道源介の第二隊が上陸して来たのだ。

横道隊は鉄砲を撃ちかけ、

「うわあ……」

二百八十余の兵力が数倍におもえるほどの鯨波(とき)の声をあげ、錐(きり)をもみこむように乱

戦の中へ突き入って来た。

これで、一度に隠岐勢がみだれはじめたのである。

もっとも、そこまで鹿之介が見通した上での突進であったものか、どうか……？

隠岐勢が、同士討ちをはじめた。

芋を洗うような大混戦になった。

ついに……。

隠岐為清は、小舟に乗って海上へ逃げ、そのまま隠岐の島へ帰ってしまったのである。

中山城は、こうして尼子軍に確保された。

6

年が明け、元亀(げんき)元年となった。

山中鹿之介、二十六歳である。

その正月六日。

早くも毛利軍は、尼子討伐の大軍を編成し、大雪を侵して出雲へ進発した。

その一は、毛利元就の次男・吉川元春で、これは石見の国へ入り、ここから水軍を指揮し、日本海を押えて、尼子軍の補給を絶つことにあった。

その二は、尼子攻略の本軍である。

総大将は、元就の孫・毛利輝元で、このとき十七歳。

いずれは祖父の跡をつぎ、毛利家の当主となることが約束されている。

この若き大将をたすけ、元就の三男・小早川隆景が譜代の将兵をひきいて参加した。

本軍は、約一万三千といわれる。

「毛利軍来る」

の報は、つぎつぎに、間者たちによって尼子軍へもたらされた。

「早い……」

尼子軍は、おどろいた。

大雪の山中を突破し、富田城を目ざして、もっとも近く、もっとも苦難の多いコースを、このような迅速さをもって毛利の大軍が進みつつあるとは……。

山中鹿之介の〔予定〕にはなかったことと、いってよい。

「来た、いよいよ……」

である。

このような大軍が富田城を中心に展開したら、尼子家再興のことも水の泡となりかねないではないか……。

そうかといって、敵の大軍が到着する前に、富田城をうばい返すことは不可能である。

いな、うばい返せるものなら、すでにそうなっているはずだ。

となれば……。

こちらから富田城の先へ出て行き、山脈をこえて進軍して来る敵を、先ず打ち破らなくてはいけない、というのが、尼子の作戦会議の結論であった。

このとき……。

尼子軍が毛利軍を喰いとめるためにあつめた兵力は約七千といわれる。

一万三千対七千。

敵は、約二倍の兵力である。

もっとも、この七千が尼子の総兵力ではない。

奈佐日本之助の水軍は、日本海から進んで来る毛利の水軍を警戒せねばならぬ。

中山や新山、末次の城へも守備兵をのこしておかねばならぬ。

そして……。

富田城を監視する兵力も、二千ほどは必要だ。

そうした手配をおこなったのち、尼子の本軍七千は、うらめしげに富田城を横眼に見やりつつ、南下し、布部山へ陣をかまえた。

布部山の砦は、前から森脇東市正が三百の兵をひきいて守備していた。

ここへ、尼子軍が本陣をもうけたのだ。

このころになると、九州の大友家から、

「毛利軍を討ってもらいたい」

というので、新兵器の鉄砲二百挺（ちょう）が海上を運ばれ、尼子軍へとどけられている。

こころづよいことだ。

しかも……。

うわさによれば、毛利元就は老齢の上に発病し、安芸・吉田の本城から、

「うごけぬらしい」

とのことである。

「さいさきのよいことだ」

と、鹿之介は闘志にみちあふれていた。

元就さえ死んでしまえば、毛利軍も大いに混乱するであろう。

その鹿之介の考えにも、むりからぬところがある。

戦国の世も末期に入った当時ではあったけれども、なんといっても一国一城の主の力量によって、政治も軍事もすすめられていたのだ。

ちからのすぐれた当主が死ぬと、かならず、その家はみだれる。

毛利元就という大名が、とりわけてすぐれた人物であっただけに、元就がこのさい、戦場へあらわれないことは、尼子軍にとって非常な安心感をおぼえた、といってよいであろう。

二月十四日の未明。

ついに、毛利の大軍が布部へあらわれた。

山峡（やまかい）に敵味方の銃撃の響（とよ）みがひとしきりつづくと、双方とも必死の戦闘に突入した。

物の本には、

「布部の戦闘こそ、尼子・毛利の関ヶ原であった」

などという。

そうだ、といえよう。

なぜなら、この戦闘の後に、尼子軍は二度と富田城をわがものとする機会をうしなってしまったのだから……。

戦闘は、激烈をきわめた。

はじめは尼子軍の猛戦に、毛利軍もたじろいだようだが、なんといっても二倍の兵力をもっている。

これが、富田城のような堅城にたてこもっているのなら別だが、布部の砦は、山の上にかまえられた監視所のようなものだ。

いきおい、後半の戦闘は野戦となる。

野戦となっては、どうしても兵力が物をいう。

ついに敗（ま）けた。

尼子軍は退却した。

そして毛利軍は、富田城へ入った。

この勝利をきいた毛利元就が、

「このような勝利は、古今まれに見るところのものじゃ。実に冥加（みょうが）のいたりである」

と、孫の毛利輝元へ書き送っている。

敵も味方も、いかに富田城をわがものにしたかったかが知れよう。

尼子軍は逃げた。

毛利軍は追撃した。

この結果、末次の城まで毛利軍の手に落ちてしまった。

山中鹿之介は、尼子勝久と共に新山城へもどり、強いていえば、この城ひとつにたてこもり、毛利軍の包囲をうけるという逆境へ落しこまれたのであった。

脱出の夜

1

牢格子から見える空に、赤い月が浮かんでいる。

風が絶え、真夏の夜の闇がおもくたれこめていた。

いま、山中鹿之介は牢の中へ押しこめられていた。

躰をいましめられてこそいないが、丘の斜面を掘りぬき、石をたたんでつくられた牢内からぬけ出すことは、いかに勇猛果敢な鹿之介でも不可能である。

鹿之介が、この尾高城内の牢へ押しこめられてから、七日がすぎていた。

（いったい、毛利はおれをどうするつもりなのか……？）

どうもわからぬ。

毛利方の捕虜となったとき敵将・吉川元春は、

「毛利家につかえぬか。周防・伯耆にて二千貫をあたえよう」

と、鹿之介をさそった。

これは、元春の侍臣・宍戸安芸守が、

「鹿之介ほどの勇士をおめし抱えあれば、のちのち、かならずや御家のためとなりましょう」

と、進言をしたことによる。

そのとき鹿之介は、

「もはや、これまででござる」

わざと観念の態を見せ、

「それがしも、ちからというちからを出しつくしましてござる。この上は、なにごともおまかせいたす」

いさぎよく、あたまを下げたものだ。

もとより、尼子家を裏切り、毛利家へしたがうつもりはなかった。

いったんは降伏をしておいて、

(逃げる!!)

つもりであった。

または、もっと手ひどい報復を毛利方へ、

(あたえてくれよう!!)

と、考えていた。

そのときの吉川元春は、鹿之介の胸底にひそむものを見やぶった様子はなかった、ようにおもえる。

「さようか。よくぞ、いさぎよく決心をなされたな。ま、元春にまかせておかれよ。

悪しゅうは計らわぬ」

そういっておきながら、翌朝となるや、突然に、鹿之介を末石城から尾高城へ護送し、牢へたたきこんでしまったのである。

（見やぶられた、とはおもえぬが……）

不安であった。

ところで……。

去年の布部（ふべ）の決戦において、尼子軍が毛利軍に敗れ、それからは山陰にようやく確保した尼子の基地がつぎつぎにうばいとられていった。

胸苦しい敗戦につぐ敗戦に、

「もう、いかぬ」

兵たちは、尼子再興へかけた期待も希望も消え、いつともなく脱走して行き、兵力はおとろえるばかりとなった。

今年になってからの尼子党（もはや一個の軍団ともいえぬ）は、わずかに守りぬいてきた新山城（現松江市）ひとつにたてこもる始末となったのである。

毛利元就は、依然、本拠の安芸・吉田からうごかぬ。

これは、去年からおもわしくなかった健康をさらに害していたからだが、そのことは味方の将兵の耳へもきこえぬほどに秘密がたもたれていた。

父・元就にかわり、尼子党掃討軍（そうとうぐん）の総指揮にあたっているのは、元就の次男・吉川元春であった。

元春は、息をつく間もない攻撃に加えて、父・元就同様の謀略を巧妙につかい、降伏した尼子の兵たちはすべて自軍に収容し、ねんごろにいたわってやり、毛利軍の余裕と力量をしめした。

こうした兵たちから、

「とても、くらべものにならぬ。勝てるはずのないことが、はっきりとわかった」

と、さそいこまれ、さらにまた、尼子の将兵が降伏して行くことになる。

そして吉川元春は……。

麾下（きか）の将・野村信濃守（しなののかみ）を通じて、森山の城を守っていた尼子方の秋上伊織介へ、

「いかがじゃ。かくなって尚（なお）、尼子に与（くみ）していることは、まことにつまらぬことではないか。秋上殿ほどの武将ならば、いつにても毛利家でお身柄をおひきうけいたそう」

と、はたらきかけた。

すでに元春は、秋上伊織介が、尼子勝久や山中鹿之介に強い不満を抱いていることを、降伏した尼子党の口からききとっていたにちがいない。

伊織介がまもっていた森山城は、島根半島の南面にあり、中海と日本海をむすぶ〔中江ノ瀬戸〕をへだてて夜見ヶ浜半島をのぞむ要衝であった。

それはつまり、勝久も鹿之介も、秋上伊織介をあくまでも信頼しきっていたからこ

そ、森山城をまかせていたことになる。

だから、伊織介が手兵二百余をひきつれ、ひそかに毛利軍へ降り、同時に森山城を敵の手へゆだねたことを知ったときの、山中鹿之介の怒りとおどろきは非常なものであったといえよう。

「殺してもあきたらぬ!!」

鹿之介は身をわななかせ、地を蹴りつけ、

「いまに見よ。伊織介めを捕え、釜ゆでにしてくれる」

と、わめいたそうである。

秋上伊織介は尼子家にとって譜代の重臣であった。その伊織介の不平不満に気づかなかった尼子勝久の若さは別としても、鹿之介や立原久綱までが、単純に、

(譜代の伊織介ゆえ……)

安心をして、森山城をまかせておいたのは、なんとしても、

(人がよすぎる)

のである。

森山城を敵にうばわれてからの尼子党は、海上からの輸送も絶え、押しつめられるままに新山城へたてこもったわけだが……。

六月十四日。

毛利元就が、吉田の郡山城で、ついに七十五歳の生涯を終えた。

この知らせはたちまちに諸方へもたらされた。

元就の死を、毛利家はかくそうとしなかった。

元就の孫・毛利輝元は十八歳に成長してい、しかも英明のきこえが高い。

この輝元が祖父の跡をつぎ、毛利家の当主となって、吉川元春・小早川隆景の二人が、甥にあたる輝元を補佐してゆけば、

(わが毛利家は、小ゆるぎもせぬ!!)

との自信があったからであろう。

だが……。

元就の死をきいた山中鹿之介は、

「天、いまだ、われを見捨てたまわず!!」

躍りあがってよろこんだものである。

このときの鹿之介の心境は、昭和の大戦中にアメリカ大統領・ルーズベルトが死んだので、アメリカの攻撃がにぶるにちがいないとおもいこみ、

「万歳!!」

を叫んだという日本軍将官の——それもシナ大陸の奥地あたりに押しこまれていた一部の将官の心境に似ているようだ。

鹿之介はこうおもった。

(父の元就が死んだからには、吉川元春も、いったんは兵をおさめ安芸へ帰るにちが

いない。よし、この隙に打って出よう!!)

兵力はすくないが、勇気がみちみちてきて、すぐさま新山城を出ると、みずから五百の兵をひきい、鹿之介は末石の城へ入った。

日本海をのぞむ末石の城は現・米子市の東方六里のところにあり、伯耆大山（ほうきだいせん）のふもとにかまえられた砦である。

ここは、新山城からもはなれていたし、毛利軍の手もとどいていず、少数の尼子党が入っていたものである。

鹿之介は伯耆大山の僧兵をうごかし、ちからを合せ、ふたたび進出をはかろうとしたのであったが、またも計算が狂った。

2

吉川元春は、父の葬式へ帰ろうとしなかった。

「父上の霊をなぐさむるには、なによりも尼子党をほろぼして、しまわねばならぬ」

というのである。元春は、

「尼子党が大山の坊主どもをうごかしているのなら、よろしい。先ず大山の坊主を攻めつけてくれよう」

こう宣言をした。

大きな声をもって、である。

さらに元春は、この宣言をスパイによって、わざと尼子党の耳へとどくように、したものだ。

「これはうまい」

鹿之介は、よろこび勇んだ。

「よし!! 毛利が大山を攻めると申すなら、そのうしろから……」

うしろから奇襲し、一挙に毛利軍を粉砕してくれようとおもった。

こうして、また鹿之介は毛利方の謀略へ引きこまれたのだ。

よくも、飽きもせずに、である。

鹿之介が、吉田八郎左衛門という武将に兵力の大半をあたえ、

「大山を攻むる毛利勢のうしろを突け」

ひそかに末石城を出発せしめたのはよいが、吉川元春は大山の僧兵などへは見向きもせず、まっしぐらに、末石城めがけて進軍を開始した。

「しまった」

鹿之介はあわてたが、もはや、どうにもならぬ。

兵力の大半を出してしまったのだから、末石城にたてこもっていても、戦えば討死をするばかりなのである。

鹿之介は、

(ここで死んではたまらぬ)

と、おもった。

殿さまの尼子勝久や、叔父(おじ)の立原久綱は、まだ新山城に健在なのだ。

(なんとしてもあきらめきれぬ)

であった。

いつもいつも、毛利方の謀略にさそいこまれては、失敗ばかりしているだけに、

(よし、いまこそ、おれも毛利方をあざむいてくれる)

こう考えた。

敵の軍門に、いさぎよく兜(かぶと)をぬいだと見せかけ、たとえば隙を見て、吉川元春を殺し、逃走してもよいではないか……。

そこで、鹿之介は降伏をした。

吉川元春のさそいにも、

「おまかせいたす」

と、こたえた。

このときの、元春との対面の席では、鹿之介の刀はめしあげられていたし、元春の周囲はびっしりと毛利の将兵がかためているので、手も足も出ない。

(いったんは毛利方へ与しておき、隙を見て元春を刺し殺してしまおう)

と、鹿之介はおもった。

おもったのはよいが、そのとたんに末石城から尾高城へうつされてしまった。しか

も牢の内に、である。

尾高城は、米子市から〔新大山道路〕をすすみ、尾高町をぬけたところに、いまも地形は残っている。

ここも伯耆大山のふもとで、南方から西の夜見ヶ浜半島にかけ、米子平野がひろびろと展開している。

尼子家が山陰に威風をほこっていたころは、いうまでもなく尼子の属城だったのである。

その後は、毛利家の城となり、尼子党が新山城へ退却するにあたり、尾高城を手に入れておきたかったのだが、なんとしても落ちなかった。

もっとも吉川元春の急進撃があったので、城を落すひまがなかったといえよう。

鹿之介が押しこめられた牢屋は、城内・二の丸にもうけられてあった。この牢屋も、むかしは尼子家のものだったわけなのだ。

(元春めは、おれをどうするつもりなのか?……)

牢に押しこめられたからには、鹿之介の陰謀を元春が見やぶったことになるのではないか。

味方につけるつもりなら、このようなあつかいはしない。

おもいなやむ山中鹿之介の五体は、あぶら汗にぬれつくしていた。

この日の夕暮れから、なんとなく体がだるく、吐気もする。

「これよ……」

急に、牢格子の外から男の声がきこえた。

(……?)

あたまをかかえて寝ころんでいた鹿之介が、

「だれだ?」

「わしよ」

その声におぼえがあった。鹿之介が憤然としてはね起きた。

「おのれ、重蔵坊だな」

「いかにも」

まさに、山伏の重蔵坊であった。

今夜の重蔵坊は、山伏の姿をしていなかった。

彼は立派な武士の旅姿であった。毛利家の臣・清水茂兵衛義種として、鹿之介の前へあらわれたのである。

「おのれ、おのれ!!」

牢格子の間から両手を突き出し、こちらをのぞきこんだ重蔵坊のくびをしめようとした鹿之介に、

「むだじゃよ」

ひょいと飛び退き、重蔵坊こと清水茂兵衛が、

「いよいよ、最後じゃな」

「くそ!!」

「わめいてもいかぬ。あは、は、は……」

「来い。ここへ来い!!」

「おぬしが肚の内なぞは、わしが見通しておるわえ」

「なに……」

「御大将・吉川元春様へ、鹿之介にこころをゆるされてはなりませぬ、と、かように申しあげたのは、このわしじゃよ」

「ひ、ひきょうな!!」

「なにがひきょうじゃ。御大将を騙さんとしたのはおぬしではないか。なるほどちからも強く、出雲・伯耆にはかくれもなき豪傑にはちがいないが……鹿どのよ。おぬしは田舎武士じゃ。天下のうつり変りも知らず、織田信長などに使いまわされ、よい気になって富田の城をうばい返そうなどと……は、はは。いまの世はな、それどころではないのだぞよ」

「だまれ!!」

「死にたいか」

「殺せ!!」

「いやいや、まだまだ、おぬしはこの世にみれんがあるようじゃ。な、鹿どのよ。おぬしがまことにその両眼をひらき、こころから毛利軍に従うというのなら、また考え直さぬでもないぞ」

「うるさい、去(い)ね!!」

「ま、ゆるりと考えておけ。近江へのこして来た妻や子に会いたいとおもうなら……」

いいすてて、重蔵坊は去った。

鹿之介は牢の石畳を両手に叩(たた)き、声をしのんで泣いた。

彼が、これほどの屈辱をうけたのは、このときがはじめてである。

「おのれ、おのれ……」

うめきながら石畳を叩き、かきむしる鹿之介の両手から血がふき出してきた。

3

山中鹿之介が烈(はげ)しい下痢をおこしたのは、翌未明のことであった。

番兵をよび、便所(かわや)へ行きたいと申し出たが、警戒してうけつけない。

たまりかね、鹿之介は牢内へ汚物を排泄(はいせつ)してしまった。

食事をはこんで来た番兵が、これを見て、鹿之介の下痢がうそでないことを知った。

そこで牢内から出され、便所へ通うことをゆるされたのである。

苦痛に堪えて便所に通いながら、鹿之介は憎い重蔵坊の顔をおもいうかべた。

おもいうかべているうちに、昂奮してきた。

たとえ、死んでもいい。

重蔵坊の鼻をあかしてやるために、

(いのちをかけよう!!)

この決意は、日暮れまでにしっかりとかためられた。まことに、いのちがけのことだ。

もしも下痢がおこらなかったら、鹿之介は〔このこと〕をおもいつかなかったにちがいない。

夜がきた。

夜がふけた。

昨夜とおなじように、たまらなく蒸し暑く、どんよりとたれこめた闇の幕が躰中にねばりつくようであった。

吉川元春は本軍をひきい、新山城へこもる尼子勝久を攻略に向っている。

だから、この尾高城は味方の後尾に在る兵站基地ともいうべきことになり、したがって、どうしても前線の緊張感に欠けていたのは仕方がない。

「た、たのむ……」

鹿之介が、番兵に声をかけたのは子の後刻(午前一時)をすぎていたろう。

「またでござるか」

番兵たちは、これまでに何度となく、鹿之介の便所通いにつきそっていたので、顔をしかめはしたが、うたがいは抱いてはいない。

「す、すまぬ。苦しゅうて……苦しゅうて……」

「では、のちに薬湯などをさしあげよう」

と、毛利方の番兵も、鹿之介が世にかくれもない武将であることをわきまえているから、疎略にはあつかわぬ。

「は、早く、かわやへ……」

「心得た」

鹿之介が下痢に苦しむ姿には、うそいつわりはない。本当に病気なのだから……。

槍を持った武装の番兵三人に見張られながら、鹿之介は、二の丸の北側の端にある便所へ入った。

石垣の櫓の下にある便所は、かなり大きい。便壺が石造りで、汚物がなみなみとたたえられている。

しゃがみこんだ鹿之介は、必死の気力をふるいおこした。

昼間の酷暑に疲れていながら、夜のむし暑さにねむれなかった城兵たちも、この時刻になると、ようやくねむりにつくことができる。

それを、鹿之介は待っていたのだ。

おもいきって、鹿之介が便壺の中へ足を、胴を、躰を落しこんだ。

「む……」

汚物の臭気のすさまじさに、気が遠くなるようであった。

「あ……、う、う、……」

微かにうめきつつ、胸のあたりまでつかった汚物をかきわけ、鹿之介は前方に見える汚物をくみとるための切口へ向ってすすもうとするのだが、汚物の重量感というものは意外なもので、糊の海の中を歩むようなものだ。体力がおとろえているだけに、

（これは、……このまま、汚物の中で死ぬのではないか……）

とさえ、おもった。

足が汚物にからみとられ、ともすれば、もぐりこみそうになる。

臭気の異常な迫力が、鹿之介の思考のいっさいをうばいとってしまいそうになる。

さいわいに、番兵たちは怪しまぬ。

日中から鹿之介が、長い時間をかけて排泄することを知っていたし、なんとしても病気なのだから、時間のかかるのをとがめることもならない。

ついに……。

鹿之介は、くみとりの切口の前にたどりついた。

切口のふたも石で出来ている。

渾身の力をこめ、この石ぶたを内側から押し倒した。

それから、切口のふちへ両手をかけ、わが躰を切口の外へ出すまでが、また大変で

あった。

何度も、鹿之介はしびれてくる両手をはなし、汚物の中へ逆もどりをし、ようやくに切口の外へころげ出た。

汚物まみれの鹿之介は、いまや、その臭気をも感じなくなっている。

さすがに、時間が長すぎるとおもってか、

「これ、いかがなされた？」

「大丈夫か？」

番兵たちが、便所の戸口の向うから声をかけてきた。

山中鹿之介がぬけ出した〔くみとりの切口〕の外は、二の丸・北側の櫓外で、そこは崖の上になっていた。

鹿之介は、身を投げこむようにして、われから崖下へころげ落ちた。

そこは、精進川の川岸であった。

岸辺の諸方に番所がもうけられてい、対岸には篝火も燃えている。

一刻の猶予もならなかった。

草むらの中を這って、鹿之介はすすみはじめた。

（ついに、やった……）

これから先のことは知れぬが、ともあれ、いまの鹿之介は自由の身となっている。

（見よ、吉川元春。見よ、重蔵坊!!）

であった。

脱出成功の歓喜が、鹿之介を夢中にさせていた。病苦など、いつの間にか忘れてしまい、得体の知れぬエネルギイが鹿之介の五体へ充満しつつあった。

「や……?」

草むらの向うで声がした。

「なにやら、妙なにおいがするのう」

どきりと身を伏せた鹿之介が、おそるおそる眼をあげて見ると、四間ほど彼方の草の上へ筵(むしろ)をしき、毛利方の部将が一人、寝そべって酒をのんでいるではないか。

鹿之介に、見おぼえがあった。

この部将は、大沢七郎兵衛成正(おおさわしちろうびょうえなりまさ)といい当年五十一歳。全身の骨組みはがっしりとしていて、いかにも戦国の将官らしい風貌(ふうぼう)をそなえている。しかも人柄がおだやかで、家来たちのめんどうをよく見る。

「七郎兵衛は、まことに毛利の家風に似合(にお)うた男でござる」

と、吉川元春が父・元就へいったこともあったそうな。

山中鹿之介が尾高城へ送りこまれてからも、七郎兵衛成正は何かと気をつかい、親切にあつかってくれた。

下痢を起したというので、今日の午後は、みずから薬湯を持って牢(ろう)へあらわれ、

「たいせつになされ」

ねんごろに、見舞いのことばをかけてくれた。

このとき大沢七郎兵衛は、あまりに寝苦しかったので、川べりへ出て肌着一枚となり、三人の足軽に給仕をさせたり、大団扇で風を送らせたりしながら、酒をのみはじめたのだ。

「ま、お前たちものめ」

七郎兵衛が、足軽たちへ声をかけたときであった。

城内から、急を知らせる太鼓の音が鳴りはじめた。

番兵たちが、鹿之介の脱走に気づいたのだ。

鹿之介も一瞬はためらったが、七郎兵衛のいるせまい草地を突きぬけなくては、脱出できない。

(大沢殿。ゆるされい)

「なにごとであろう?」

太鼓の音をきいて、むっくりと半身を起した大沢七郎兵衛へ、鹿之介が猛然と襲いかかった。

七郎兵衛の絶叫があがった。

七郎兵衛の脳天から血が疾った。

鹿之介が手につかんだ石塊が、七郎兵衛のあたまを西瓜のように叩き割っていたのである。

大沢七郎兵衛は即死した。

「ああっ……」

「くせ者!!」

狼狽してわめき声を発した三人の足軽へ、七郎兵衛の太刀をうばった山中鹿之介が、魔神のごとく躍りかかった。

4

尾高城を脱走した鹿之介は、新山城へもどろうとしたらしいが、すでに、その周辺一帯には毛利軍が押しつめていたから、どうにもならなかったものとおもわれる。

鹿之介の消息は、このときから、しばらくの間、絶えてしまった。

夏から秋にかけて……。

新山城へたてこもる尼子党へ、毛利軍の攻撃がたゆむことなく加えられた。

城が孤立してしまっては、

(籠城の意味がない)

のである。

他方からの救援があればこその籠城なのだ。

水も食物も絶ち切られてしまっては、餓死をするよりほかに道はない。

だが、吉川元春は、尼子党の降伏を待っていなかった。

間断なく、攻撃を仕かけて来る。

尼子勝久も、これに対して……元春のことばによれば、

「強情きわまる」

抵抗をしめしたようである。

しかし八月下旬になると、どうにも支えきれなくなってきた。

「いま、腹切って死んでもよいのだが……」

と、尼子勝久が立原久綱に、

「なれど、いささか早いようにもおもう」

「そのとおりでござる。ここは何ともして城をぬけ出し、ふたたび旗上げを……」

「うむ」

にこにこと笑っている勝久の豪胆さには、いまさらながら立原久綱も瞠目(どうもく)したようだ。

「天下のあらそいは、いずれ、織田と毛利の戦さに移って行こう。そうなれば、まだまだ、われらものぞみを捨ててはなるまい」

勝久のことばは道理であった。

天下統一を目ざす織田信長としては、いずれ正面から毛利軍と対決をせまられるはずだ。

そうなれば、勇敢な尼子党の戦闘力を、

（見捨てておくはずはない）

のである。

八月二十一日の夜ふけに……。

尼子勝久以下の尼子党の大半が新山城を脱出した。

毛利軍の包囲の隙間をたくみにぬけ、一同は、桂島へわたった。

この島は、島根半島の北面、日本海にうかぶ多数の小島の中の一つである。

もちろん、ここへも毛利軍の攻撃はせまった。

毛利軍は、二百艘の水軍を動員し、桂島へ攻めかけて来た。

またも脱出である。

尼子勝久は、立原久綱ほか二十余名と共に、舟で海上へのがれた。

どうにか逃げきって、勝久たちが京都へもどれたのは、奇蹟というよりほかはない。

こうして、尼子再興への挙兵は、ことごとく失敗に終った。

初陣の尼子勝久はさておき、山中鹿之介も立原久綱も、富田落城の折からくらべ、毛利軍の兵力と結束が何倍にも強化されてきていることを、いやでもおもい知ったことになる。

出雲と伯耆の二国は、むしろ、今度の尼子党と戦うことにより、却って完全に毛利氏の領有するところとなった、といってよい。

諸方に潜伏していた尼子党を、今度の戦争で徹底的に掃討し、または自軍の兵力としてしまったからだ。

この戦争における吉川元春の功績は大きい。

尼子党の掃討には成功したが、これからの毛利家は、いよいよ重大な局面に立ち向わねばならなくなった。

そのときの毛利家は、現在の山口、島根、鳥取、広島の諸県を領有し、岡山県の一部をも切り従えている。

地図を見ればわかることだが、この毛利家の領有する中国一帯は、瀬戸内海をはさんで四国の諸大名と対立し、九州とも向い合っている。

当時、織田信長はどうしていたろうか。

信長は、依然として、天皇おわす京都の経営にちからを入れていた。

本城の岐阜と京都の間に横たわる近江の国を完全に〔わがもの〕とするため、越前の朝倉氏と近江の浅井氏の連合軍を姉川に打ち破ったばかりの織田信長であった。

こうして当面の敵と戦ういっぽう、信長は上杉謙信・武田信玄などとは〔外交上の交際〕により、つとめて、

〔彼らの憎しみをうけまい〕

としている。

毛利軍とも、おもて向きは交際をしているわけだが、裏へまわると尼子党を応援しているのだ。このころの織田信長の外交政策の多彩でいて繊細な感覚は、粗暴な英雄

と評されてもいる信長の、おどろくべき性格の一面をしめすものだといってよい。

元亀三年の正月から春にかけて、敗戦につぐ敗戦で散り散りになった尼子の残党が京都へあつまった。

京都は、織田信長のものといってよい。

信長は、皇居の修築をもすませたし、いまは、名のみの将軍・足利義昭の屋敷を建ててやってい、京都市中の治安は信長の軍隊によって、みごとにととのえられている。天皇の信頼はいうべくもないが、市民たちからうけている人望も大きくふくれあがるばかりであった。

将軍・義昭にとっては、これが、まことにおもしろくない。

まるで、信長が将軍のようなものなのである。

といって……。

わが住む屋敷を建てるのにも信長のちからを借りねばならぬ足利義昭としては、手も足も出ないのだ。

尼子党を迎えた織田信長は、こういった。

「よくぞ、戦いぬいてくれた。あっぱれである。信長も、いまはおもうままにちからを貸せぬ。ようやくに近江の国をわが手におさめたところで、これからも武田や上杉がうしろより追いせまってこようし、前には毛利がいる。なれど、そこもとたちが毛利と戦うていてくれたので、こころを安んじ、近江の平定にちからをつくすことができた。ま、ゆるりと休息をなされい。機会（とき）は何度でも来よう」

5

尼子党は、ふたたび、織田信長の城下・岐阜へ住み暮すことになった。

夏になると、山中鹿之介へも、立原久綱へも屋敷があたえられた。

鹿之介は、近江の長昌寺へあずけておいた妻・千明と、むすめの八重を岐阜の自宅へ引きとった。

千明は二十六歳。

八重は八歳になっている。

六年前に富田を去って以来、はじめて妻と子と共に暮すよろこびを、鹿之介は満喫した。

この年になると……。

甲斐の武田信玄が大軍をひきいて、いよいよ上洛（じょうらく）の足がためをすべく、中央へ進出の気配を見せはじめた。

信長と同盟をむすんでいる三河・遠江（とおとうみ）の大名・徳川家康は、この武田の進攻をさえぎる重大な任務を帯びていたわけだが、信長としては、

（いましばらく、武田軍の進攻がおくれてくれるとよいのだが……）

であった。

この春に、近江の小谷城を攻め、浅井長政にとどめを刺してから信長は、またも、京都経営に奔命している。

ために、いまのところ織田軍は戦火の中にはたらくこともない。

尼子党も長い戦旅の疲れをやすめることになった。

信長は、

「勝久殿に妻を迎えてはどうか……」

しきりにすすめてくれたが、尼子勝久はそのようなことに見向きもせぬ。

勝久も二十歳の青年武将に成長していた。妻を得て子をもうける年齢に達したといえる。

立原久綱なども、しきりに、結婚をすすめたが、

「あと、五年の後にてよい」

きっぱりと、勝久はいいきる。

なにか勝久は、期するところがあるらしい。

また、幼少のころから、仏門へ入り、きびしい修行をつんできているだけに女性への関心もないのである。

岐阜にいても飽かずに武術の修行にはげみ、軍略の研究をおこたらなかった。

もとは足利義昭の侍臣であったが、いまは織田信長の部将となっている明智光秀のもとへ、尼子勝久はよく出向いて行った。

明智光秀は、美濃の土岐氏の支族である。

若いころの明智光秀が、どこで何をしていたかは不明であったが、もとは、信長の岳父にあたる斎藤道三につかえた家柄だという。

斎藤家が内乱によってほろび、その居城・岐阜をわが手につかみとった信長のもとへ光秀は身を寄せた。

ともあれ、斎藤道三が息子の義竜に討たれたとき、道三に味方した明智勢は四散した。そのときから光秀の諸国遍歴がはじまったようだが、その間に光秀は当時の武士として超一流の教養を身につけた。

あたまの大きい、小柄な体軀のもちぬしで、風采はあがらぬが、張り出した額の下にくぼんで見える細い両眼は叡知にかがやいている。

学問はむろんのこと、和歌、茶道などにも深い造詣をもち、古来の礼典や儀式に通じている光秀は、これから天皇と朝廷との関係を深めて行かねばならぬ織田信長にとって、

（まことに重宝な男）

であったにちがいない。

この光秀の謀叛によって、十年後の天正十年、京の本能寺に泊っているところを急襲され、天下統一を目前にしながら世を去ろうとは、さすがの信長もおもいおよばなかったことだ。

光秀にしても同様である。

光秀は、逆境にある尼子党へ同情をよせ、勝久をなにかといたわってくれたし、その温厚な光秀の人柄を慕って、尼子勝久は機会さえあれば明智屋敷を訪問し、いろいろと教えをうけていたようである。

ごく短い間ではあったが、尼子党の人びとは、

（まるで、富田城下にいたときのような……）

落ちついた日々を送った。

苦しい戦旅の後だけに、その毎日のやすらぎは、ことばにもつくせぬものであった。

鹿之介も、妻や子にかこまれてすごす朝夕をたのしんだ。

富田を落ちて以来、千明とは両手の指を折って間に合うほどしか、夜をすごしていない。

岐阜へ来てからの千明は、いよいよ肥え、あごがくくれるほどの顔となってしまったけれど、八重は美男美女の両親の子だけに、

「鹿之介のむすめが大きゅうなったなら、わしが嫁にしよう。は、はは……それまでは、わしも妻をめとらぬぞ」

と、尼子勝久が冗談をもらすほどに、美しく可愛ゆい。

だが……。

八重の寝顔をながめつつ、千明に酌をさせて酒を口にふくみ、平和で、しずかな夜

をすごしているとき、ふっと鹿之介の脳裡にうかぶことがあった。

それは、大沢七郎兵衛のことなのである。

尾高城を脱出するとき、

(大沢殿を討たずに、逃れることはできなかったものか？……)

このことが、いまも鹿之介を苦しめる。

あのときは鹿之介も必死であった。無我夢中であった。城内の太鼓が鳴り出したので、引き返して別の脱出路をさぐる余裕がなくなってしまった。

そこで、大沢七郎兵衛へ襲いかかったのである。

あの場合、戦国の武士として当然のことをしたわけだが、それにしても七郎兵衛だけは、

(討ちたくなかった……)

鹿之介であった。

牢に押しこめられている鹿之介の身をあわれみ、大沢七郎兵衛はやさしくなぐさめてくれた。

「かくなれば、尼子も毛利もござるまい。天下は大きくゆれうごいておりますぞ。いかがじゃ、毛利家と共に、この天下の荒浪をくぐりぬけようではござらぬか。それがしはな、かようにおもい申す。いまに……いまにな、山の中の富田城なぞは、だれも見向きもせぬような世の中になろう、とな。いずれは、戦さも絶える。だれが天下人

となるにせよ、そのときは間近に見えるような心地さえする」

この七郎兵衛の声を、鹿之介はいまも忘れない。七郎兵衛のことばを肯定したわけではないが、やさしく、誠意をこめてじゅんじゅんと説いた七郎兵衛の温顔をおもいおこすとき、鹿之介の胸が妖しくさわぎはじめる。

なにか、

（七郎兵衛殿を討ったことが、取りかえしのつかぬ……）

ことをしてしまったように、おもわれてならないのだ。

あの日も、七郎兵衛はわざわざ薬湯をはこんで来てくれ、

「それがしが煎じた妙薬でござる。なに大丈夫。明日はかならずよくなりましょう」

そのときの笑顔が、こちらの胸へしみ透ってくるように美しかった。それは大沢七郎兵衛の心根が美しいからなのだ。

その七郎兵衛のあたまを石塊で叩き割ったとき、びしゃっと、自分の顔へかかった七郎兵衛の返り血の感触がいまもなまなましく記憶にある。

（ああ、たまらぬ……）

七郎兵衛のことをおもい出すときの鹿之介は、狂人のように酒をあおり、千明の白い躰へおぼれこむ。山中鹿之介ほどの男にしては、かつておぼえのないことだ。

これは、一つの予感が鹿之介に在ったにちがいない。

どういう予感か、というと、いまの鹿之介には、

（つかみどころのない……）

一種の恐怖のようなものであった。

しかし、この予感は、後年に〔かたち〕となってあらわれてくるのだ。

そうした意味で、鹿之介の尾高城・脱出の夜は、彼の一生を左右した重大な一夜であったといえるのである。

秋がふかまってくると……。

武田信玄のうごきが、まことにゆだんのならぬものを見せてきはじめ、岐阜城下に緊迫の色が濃くなった。

尼子党出撃

1

この年の晩秋……。

武田信玄は三万余の大軍をひきい、古府中(こふちゅう)（甲府）を進発した。

信玄は、いよいよ本格的に東海地方をわがものとするつもりであった。

関東の北条氏政(うじまさ)も、岳父にあたる信玄に協力し、兵員二千余をさし出した。

東海の地……三河（愛知県）・遠江を領国とする徳川家康はこのとき織田信長の、

〔防波堤〕

となり、武田軍の来攻をはばむことになった。

武田信玄としては、

「今度こそは……」

徹底的に徳川家康を打ちやぶり、東海地方へ根を下(おろ)し、上洛(じょうらく)のための軍事基地をととのえるつもりなのである。

これまでのように、いちいち甲斐の山国から進軍してくるのではなく、うばいとった城や町を、完全に、

（武田家のものとしてしまおう）

と、いうのだ。

信玄も五十二歳になっていた。

若くはない。

天下をわが手につかむためには、急がねばならぬ。

いままでは、越後の上杉謙信との戦いに精力の半分をとられてしまい、本国の甲斐を安全にまもらねばならぬ、というこころが強くはたらき、おもいきって京都をさして猛進することができなかった。

だが、もはや、

（そうしてはいられぬ）

ことになった。

自分より十三も若い織田信長は、すでに京都へ入り、京都市民をはじめ、天皇や朝廷からも大きな信頼をよせられているのである。

それでいて信長と信玄は、親しげに手紙のやりとりをしたり、たがいに贈物をとどけ合ったりしていた。

信玄が、東海地方への進軍へふみきったのは、関東の北条氏政へ、いいい
「日本六十余州をわがものとしたあかつきには、そこもととちからを合せ、天下に安らぎをもたらしたい。そのときこそ、六十余か国のうち四十か国を、諸国の大名にあ

たえ、のこる二十か国を、自分とそこもとのものにして、ふたたび戦乱の世を迎えることのない、立派な日本をつくりあげようではないか」

と、いい送り、氏政も感激して、

「これからは決して、武田家へそむきませぬ」

と、誓い、両者の同盟が成ったからであった。

織田信長は、このことをきいて、武田信玄へ、つぎのような手紙を送っている。

「まことにおめでたいことでござる。武田家と北条家とは、ことさらに、親族の縁がふかく、これまでのように、たびたびあらそいをくり返しておられたのでは……と、私もかねがね心配をしておりました。それだけに、私も大へんによろこばしくおもい、実は、わが家来どもにも、まことにけっこうなことじゃ、と、いいきかせております。お祝いのこころをこめ、いささか、贈物をさせていただきました。なにとぞ、おうけとり下さい」

そして、手紙と共に、近江絹三百端、縫箔の帷子生絹二百端を、家臣・織田掃部助を使者として古府中へ送りとどけさせた。

だが、信長の肚の中では、

（北条と和睦をしたからには、いよいよ、おれのうしろから攻めかかってくる……）

覚悟をきめなくてはならなかった。

（いますこし、時間がほしい）

と、信長は痛切にそうおもった。

近江から京都への線は、たしかに確保したけれども、まだまだ、隙あれば信長に叛旗をひるがえそうとねらっている大名や豪族がすくなくないのである。

将軍・足利義昭も、

（信長のいうままになっていてはたまらぬ。なにともして、他の大名と手をむすび、信長を京から追いはらってしまいたい）

のが、本心であった。

将軍であっても名のみのことだ。

将軍として、自分が何かすると、たちまちに信長が、

「そのようなことをしてはなりませぬ!!」

きびしく、叱りつけてくる。

義昭はいま、しきりに、中国の毛利家へはたらきかけているようだ。

それを信長は、見て見ぬふりをしている。

こうした状況だから、信長としても、まったくゆだんがならぬ。

せっかく、わが手につかんだ勢力範囲を、あくまでも実力をもって維持して行かねばならない。

武田の大軍が、伊那（いな）の高遠（たかとお）へ集結を終り、いよいよ、信濃と遠江の国境（くにざかい）・青崩（あおくずれ）の峠へ向けて進軍を開始したと聞き、織田信長は、遠江の浜松城にいる徳川家康へ、

「いまは、自分もつらいところである」

と、苦衷を述べ、少数の部隊を援兵として浜松へ送りとどけ、

「どうにかして、そちらへ大軍を送りたい。自分がこれをひきいて出陣したいのだが、そうもならぬ。自分がいま、京都をにらんでいないと、とりかえしのつかぬことになる。ともかく、必死に国々をまもっていただきたい。こちらも出来るかぎり速やかにそちらへ馳せ向うゆえ……たのむ。たのみ申す」

と、手紙をとどけてきた。

家康にしても、信長にとって、いまがもっとも大事のときだということをよくわきまえていた。いたけれども、自分の軍隊だけで信玄の大軍と戦うことに勝利の自信はなかった、といってよい。

ないけれども、戦わねばならぬ。

いざとなれば、浜松の城へたてこもり、籠城戦へもちこみ、信長の援軍を待たねばならぬ。

織田信長は、このとき、重臣たちから、

「尼子党を、徳川へさしむけまいては……?」

と、進言された。

戦場における尼子党の、ことに山中鹿之介の猛勇ぶりは、こういうときに、

「うってつけでござりましょう」

というのだ。

もともと自分のところの家臣ではないのだから、戦死してもかまわぬのである。

と……。

信長は、かぶりをふって、

「尼子党は、まだまだ」

と、いった。

「と、申されますのは？」

「尼子党は武田勢と戦わせるよりも、いまに毛利を討つときに、これへさしむけたほうがよい。ちからが二倍にも三倍にもなろうぞ。毛利と戦うときまであれどもは手にのこしておこう」

いずれは、信長自身が軍をひきい、毛利軍と戦う日が来る。

そのときこそ、毛利軍へ対する異常な闘志と復讐の一念に燃える山中鹿之介と尼子党を投入したい、と信長は考えている。

けれども、その日を迎えるためには、なんとしても武田軍に東海地方をゆだねてはならないのだ。

このときの信長が、徳川家康へかけた期待と信頼は、まことに大きなものといわねばならない。

もしも家康が武田信玄に屈服してしまえば、信長にとって、

「万事終る」

と、いってもよいほどなのである。

それほどに武田信玄の軍団の強さは、すばらしいものであったのだ。

2

武田の大軍が、遠江の平野へなだれこんで来た。

諸方にある徳川方の城や砦が相次いで落ちた。

武田信玄は、浜松の東方三里の地点まで押しよせて来た。

徳川家康は三千の兵をひきい、浜松城を出て、天竜川をわたり、陣をかまえる。

その豪胆な家康に、信玄も、いささかおどろいたようだ。

十倍の敵と闘おうという家康なのである。

戦闘が開始された。

この戦闘における徳川軍の奮戦ぶりは、のちのち語りつたえられるほどに見事なものであった。

しかし、なんといっても兵力がちがう。

ついに……。

徳川軍は、浜松城へ退却した。

家康は、

「自分が出陣し、先ず、ちからのかぎり戦って見よう。そうすれば、諸方の豪族や武士たちも、わしと共に戦うこころになってくれるやも知れぬ」

と、考えたのだ。

当時の家康は三十をこえたばかりの、血気さかんな大将である。後年の家康のイメージとはまったくちがう躍動感がみなぎってい、戦場へ出れば得意の槍をふるい、乗馬を駈けまわし、まっ先に敵と闘ったものだ。

浜松城へたてこもった家康を見て、武田信玄は、

「追うな」

と、命令した。

浜松を攻めるより先に、二俣城を落してしまいたかったのだ。

二俣城は、浜松の北方六里のところにあり、遠江の山々と浜松をつなぐ要衝で、この城を、徳川の部将・中根平左衛門がまもっていた。

中根は、主人の家康から、

「死守せよ!!」

との厳命をうけていた。

ために、平左衛門は死力をつくして、城をまもろうとした。

この城を落すのに、武田信玄は一か月余を要している。

そして、ついに二俣城は武田軍の手に落ちたのだけれども、城将・中根平左衛門の

奮戦は、大いにほめたたえられるべきだ。

攻めとった二俣城を、信玄は依田信守にまもらせた。

このとき、織田信長は三千の兵力を工面して、浜松城へ送りとどけた。

信長も必死なのだ。

だからといって、京や近江を守る兵力をこれ以上は割けない。

二俣城が武田信玄に攻め落されるのと前後して、美濃の岩村城も、武田方の部将・秋山信友（のぶとも）によって落城した。

美濃（岐阜県）といえば、いまや織田信長の本拠である。

その一角へ、武田軍の〔楔（くさび）〕が打ちこまれたことになる。

（これは、いかぬ）

と、さすがに織田信長もがまんしきれなくなり、美濃の国の諸方へ兵を送って警戒をきびしくしたけれども、だからといって浜松の城へたてこもった徳川家康をたすけるゆとりはない。

このような大事のときであればこそ、なおさらに、京と近江を動揺させてはならぬからであった。

だが、いざともなれば、信長独自の迅速さをもって全兵力を集結するだけの準備は、ととのえている。

これ以上に武田軍が美濃や近江へ肉薄して来るなら、信長としても全力をつくしてこれと戦わねばならぬ。

（なれど、信玄は年内に、いったんは兵をおさめるであろう）

と、信長は感じていた。

兵をおさめたからといって、そのまま甲斐の国へ帰るかどうかは知れぬが、ともかく、攻めとった東海の地の軍事基地を充実させてからでなくては、

（こちらへ攻めかけては来まい）

と、信長はおもっている。

それが武田信玄のやり方であったからである。

ゆえに、

「ともかくも、年内いっぱいは城にたてこもり、一歩も出ぬように……年があらたまれば、こちらからもかならず兵を出す」

と、浜松城へ申し送ってきた。

元亀三年十二月二十二日の朝。

武田信玄は、全軍をひきいて二俣城を発した。

寒気のきびしい冬の朝である。

武田軍は、まっすぐに浜松をさしてすすんで来る。

「いよいよ、攻めかけて来るぞ!!」

浜松城の徳川軍は、いろめきたった。

浜松城は、家康が充分に防備をほどこしてあるから、籠城戦へもちこんでも三か月は保つ自信がある。その間に、織田信長も何とか手を打ってくれよう。

（来るなら来い!!）

であった。

むしろ、籠城へもちこんだほうがよいともいえる。

城をかこんだ武田軍のうしろから、織田信長が攻めかけてくれれば、はさみ打つこともできる。

ところが、巳の下刻（午前十一時）ごろになって……。

浜松へ一里半ほどの地点まで押しすすんで来た武田軍が、突如、西へ向きを変えた。

そして、浜松を眼前にのぞみつつ、三方ヶ原の高地へのぼりはじめたのである。

武田信玄は、浜松城にとらわれることなく、三方ヶ原をぬけて三河の国へ入ろうというのか……。

さすが信玄は、浜松を包囲することのむだを知っているにちがいない。

浜松の家康なぞに、すこしもかまわず、遠江・三河の両国をおもうままに侵略し、徳川軍を孤立させてしまうつもりらしい。

しかし、徳川家康にとっては、

（遠江・三河の国は、われらが国である!!）

なのである。

この二つの国をまもりおさめている自分が、武田軍に手も足も出ず、城の中へ逃げこもっていて、

(よいものか、どうか……？)

と、家康は考えた。

(それでは、あまりにも腑甲斐ないことだ)

遠江・三河の武将や豪族は、そのように腑甲斐のない自分を、見捨ててしまうであろう、と、おもった。

しかも敵は、わが城の目の前を悠々と通過しているではないか……。

(おれの国は、おれが守らねばならぬ!!)

三十一歳の徳川家康の血気は、後年の彼にないものであった。

(よし!!)

奮然として、家康は起った。

(このまま、だまって通しはせぬ!!)

この家康の心理を、武田信玄は予測していたものかどうか……。

信玄は全軍を三方ヶ原にとどめ、家康が出撃して来るのを待っていたのである。

ときに武田信玄は五十二歳。

三方ヶ原へあらわれた徳川軍は約一万。

これに対して、武田軍は三万の大軍であった。

戦闘は、三方ヶ原の北端、祝田（ほうだ）の坂において火ぶたが切られた。

すでに夕暮れであった。

両軍の戦闘は短かったが、激烈をきわめた。

野戦を得意とする徳川軍だが、精強な三倍の兵力を相手にしての戦闘では、やはり分がなかったといえよう。

寒風が吹きすさぶ夕焼けの中で、徳川家康は返り血を全身にあび、魔神のように乗馬をあやつりつつ、槍（やり）をふるって奮戦した。

「これまでじゃ」

混戦の中に、家康は、

「引けい!!」

と命令を下し、みずから後づめとなって武田軍の追撃をふせいだ。

一時は、只（ただ）一騎になってしまった家康は、武田軍の包囲を突破し、三方ヶ原の野を走りつづけ、ようやくに浜松城へ逃げこむことができた。

このときの徳川軍の戦死千三百余といわれる。

勝利をのぞまぬ家康の一戦は、むだでなかった。

諸国大名たちも、遠江・三河の武人たちも、家康の家来たちまでも、

「信ずるに足る大将である」

との認識を、新たにしたからである。

これこそ、家康の意気地であった。

大軍の強敵に一戦をいどみ、退却の折には我身を捨てて家来たちを逃がしたのである。

家康の器量は、この敗戦によって、さらに大きなものとなったわけだ。

3

いっぽう……。

三方ヶ原に勝利をおさめた武田信玄は、果して三河の国へ入り、井平から陣座峠をこえ、野田城を包囲した。

ここは、遠江の二俣と三河をむすぶ徳川方の重要拠点であった。

「野田を敵にとられては、手も足も出なくなろうぞ」

と、浜松城にこもった徳川勢は気が気ではなかった。

だからといって打って出るわけにも行かぬ。

それは、三方ヶ原の敗戦をくり返すだけのことであったからだ。

徳川家康は、

「何としても援軍を……」

と、織田信長へたのみこんだ。

たのむことはつらい。

信長の立場もわかっているだけにつらい。

だが、野田をとられると、完全に浜松は孤立してしまう。

信長もこんどは、だまっていられなくなった。

約四千の部隊を、信長が浜松へ送ってよこした。

家康は奮然として、

「よし。野田へ出陣する」

といい出したが、このとき、早くも野田は落城してしまったのである。

すでに、年が明けて天正元年となっている。

その二月十五日に、野田城は武田信玄の手に落ちた。

信玄が、甲州からつれて来た金掘人夫をつかって穴を掘りすすめ、城の用水を断ち切ってしまったため、野田城をまもる徳川方の将・菅沼定盈は、やむなく降伏せざるを得なかったという。

武田信玄は、山県昌景をもって野田城をまもらせ、

「鳳来寺へ……」

と、いった。

三河の鳳来寺は、利修仙人のひらくところとつたえ、いまは天台・真言の両宗として古い由緒をほこっている。

切りたった火山岩の山峰の上に、本堂があり、千数百段の石段の両側に、十二の坊

がたちならんでいる。

信玄は、ここへ本陣をかまえたきり、何故か、うごこうともしなくなった。

浜松にいる家康も、

「信玄め、なにをたくらむか……？」

というので、間者をはなち、武田軍の動静をつかもうとするのだが、さっぱり要領を得ない。

春も、たけなわとなった。

武田軍は、尚もうごかぬ。

去年、攻めとった徳川方の城々は、そのままにきびしくまもりかためているが、信玄の本軍は依然、鳳来寺にとどまっている。

四月に入ると、信長はさらに三千の援兵を浜松へさし向けてよこした。

それから間もなく、鳳来寺の武田軍が、いっせいに陣をはらってうごき出した。

間者の報告では、

「伊那街道を北へ……」

すすみはじめたというではないか。

「では、甲斐へ帰国するのか……」

「そうらしい」

「先ず、よかった」

徳川の部将たちは、ほっとした。

しかし、家康には信玄の意図がわかりかねた。

夏から秋へ……これは武田軍にとって、

〔戦争の季節〕

であるはずだ。

しかも、連戦連勝の成果をあげ、家康の領国の大半をうばい取っているのである。

信玄は、はっきりと上洛(じょうらく)への第一歩をふみ出し、織田信長との決戦にそなえるための準備を完了したといえた。

それなのに、本軍をひきいて甲斐の国へ帰るというのは、まことにわからぬはなしだ。

「尚もさぐれ」

と、家康は間者網をゆるめることなく、武田軍のうごきを見張りつづけた。

武田軍は田口を経て、信州の駒場(こまんば)へ入った。

四月十日である。

そして武田信玄は、この駒場の宿営地において死んだ。

急死である。

つい二か月前の野田攻めのときには、陣頭に立って指揮にあたった信玄なのである。

武田信玄の死は、肺患によるものだ、といわれている。

長い間の病気が、にわかに悪化したわけだが、信玄は自分の死を予期し、五十枚にもおよぶ白紙へ、みずから署名を書きしたため判を据えてあったともいわれている。

これは、自分の死後も、重要な書類や手紙に、自筆の署名があれば、信玄が生きている証拠になるからであった。

信玄の死をできるかぎりかくしておき、その間に、武田家は信玄の子の勝頼を中心に万全のそなえをかためておかねばならぬ。

そのことを信玄は、死を前にして考えていたことになる。

だが……。

信玄の死は、夏がすぎるころに、徳川家康の耳へ入った。

徳川の間者の活動がもたらしたものであった。

家康は、真実、

（助かった……）

と、おもったろう。

また、織田信長にしても、おもいは同じであった。

五十三歳で死んだ武田信玄に、あと五年の寿命があたえられていたなら、信長や秀吉や家康の、そして山中鹿之介や尼子党の運命までも、おそらく変っていたにちがいない。

信長は、もっとも恐れていた信玄の死によって、こころおきなく、

〔天下人への道〕へ、突きすすむことを得たのである。

将軍・足利義昭は、武田信玄ともひそかにむすび、

「一日も早く、信長を討って、京都へまいられたい」

と、すすめている。

自分のおもうようにならぬ信長を、義昭は、いまや憎悪していた。

信玄が死ぬすこし前に、義昭は信長がつくってくれた二条の館の防備をかため、兵士をあつめたりしている。

同時に、諸国の大名、武将たちへも密使を派して、信長へ反抗の気配を見せはじめた。

信長は、これを知って、さらに近江から京都にかけての制圧を完璧なものとし、みずから軍団をひきいて京都へ入り、足利義昭がたてこもっている二条の城を包囲した。

足利義昭は、たちまちに戦意をうしない、信長に無条件降伏をした。

それなのに七月になると、またも義昭は宇治の槇島へ城をかまえ、信長に叛旗をかかげた。

「なんという、ばかな男だ」

信長もあきれはてた。

そして、すぐさま出兵し、槇島城を攻め落した。

義昭は、またも降伏した。

そして、ついに信長によって京都から追放されてしまう。

こうなると、足利義昭がたよるものは、中国の毛利家よりほかにない。

義昭は、紀伊の国の由良にある興国寺へ入り、ここから、しきりに毛利家へはたらきかけた。

いっぽう、織田信長としても、武田信玄が急死したからといって、背後の敵が完全に消滅したわけではなかった。

信玄の子の武田勝頼は勇猛な武将であり、これにしたがう精強の武田軍団はそのまま温存されている。

また、越後の上杉謙信も、信玄の死によって、

「いよいよ、わしも織田信長と戦うときが来た」

と、考えているであろう。

武田軍よりも遠い国にいる上杉謙信であるが、その軍団の強さは武田軍にすこしもおとらぬ。

そのころ山中鹿之介が、たまりかねて、

「もはや待てませぬ」

と、信長に申し出た。

「兵をお貸し下されたい。われらは一時も早く、富田の城をわが手に取りもどしたく

「……」

　すると信長は、

「待てぬことがあろうか!!」

　叱りつけるようにいい、じろりと鹿之介を見て、

「わがままもほどほどにするがよい」

「は……？」

「さほどに、あのような小さな山城がほしければ、いつにでも行け。ただし、尼子党のみで行け」

　三百ほどの尼子党のみでは、とても毛利軍と戦うことはできない。

　鹿之介は沈黙した。

　すると、織田信長は冷笑をうかべて、

「天下をとるものは、この信長じゃ」

　と、いいはなった。

「どちらにせよ、尼子党はわしが旗の下ではたらかねばならぬ」

「それは……」

「わかっておられるのか？」

「は……」

「なれば、わしの下知（げじ）を待て。いまに、飽きるほど毛利勢と戦うてもらわねばなるま

い」

4

そのころの織田信長の、

〔運のよさ〕

というものについては、

「つくづくと、ねたましいほどにおもえる」

と、山中鹿之介がためいきまじりにもらしている。

越前の朝倉と北近江の浅井、この両家を討滅したのち、朝倉家の領国だった越前は、重臣・柴田勝家にあたえて、信長は北陸の押えとした。

北近江は、そのころ羽柴筑前守と名のっていた後の豊臣秀吉にあたえ、秀吉は琵琶湖をのぞむ長浜へ城下町を建設しはじめる。

羽柴秀吉は、若いころから信長につかえ、身分の低い足軽から一国をまかされるほどの部将になった男だが、のちに、信長のあとをつぎ、天下統一を成しとげるほどの人物だけに、信長の信頼はまことに深く、厚い。

当時の秀吉は、織田軍の中で、もっとも機能的な部隊を指揮し、主人・信長のために骨身を惜しまず諸国へ出兵し、転戦に次ぐ転戦をつづけていた。

長浜の城主となってからの羽柴秀吉は、いよいよ本格的に、西国方面（中国・四国・九州）前線指揮官の地位につくこととなった。

「おれが出て行けるときが来るまで、きさまが手をつくしておけ」

と、信長は秀吉に命じた。

中国の毛利家との対決を、信長は秀吉にまかせたことになる。

ために……。

尼子党と羽柴秀吉との関係も密接なものとなってきた。

秀吉は、長浜に在城しているとき、

「あそびにまいられたい」

と、尼子勝久をはじめ、山中鹿之介、立原久綱などを招き、手あつくもてなしてくれながら、

「毛利軍のことについて……」

いろいろと問いかけ、来るべき中国出陣の参考にしているようであった。

「ま、こころ丈夫におられたがよろしゅうござる」

秀吉は、小さな顔と躰にもちまえの愛嬌をあふれさせつつ、なんのこだわりもなく親身になって、

「御大将（信長のこと）は、あのような御人柄でござるが、われらが骨惜しみなく奉公につとめるときかならずそれを忘れぬお人じゃ。これまでの尼子党のはたらきぶりもよく御承知でおわすことでもあるし、これからも、精いっぱいにおはたらきなされ

ば、なんの、富田の城はおろか、伯耆・出雲の国々を尼子党へおまかせあるは必定でござるよ」

などと、はげましてくれる。

すこし、口から出まかせに大仰なことをいいすぎる羽柴秀吉ではあるが、親情がこもっていた。

「われらも中国征伐のことについては、なによりも尼子の方々をたのみにしておるのでござる。ま、共にはたらこうではござらぬか。共に戦おうではござらぬか」

快活に語りすすめる秀吉の声をきいていると、鹿之介も五体がうずくほどに興奮し、闘志が燃えあがってくるのだ。

また、秀吉はこうもいった。

「ともあれ、御大将の旗のもとについておれば安心でござる。天下人となられる御方は信長公をおいてほかにはない。これは方々の目にもはっきりと映っているはず。な、そうでござろうが……なれど、先ず御大将は、甲斐の武田と越後の上杉、この両家を切りしたがえてしまわねばならぬので、これは難事でござる。ことに上杉の出様がな……武田のほうは、もはや信玄も世におらぬことではあるし……それにな、御大将はいま、武田勢を打ち破るための仕度をじゅうぶんにととのえておわす。この仕度がな、そりゃもう大変なもので……方々もいまに、びっくりなされよう」

その仕度とは……。

すなわち、南蛮渡来の新兵器〈鉄砲〉であった。

鉄砲という恐るべき兵器が、ポルトガル船によって日本の種ヶ島へもたらされたのは天文十二年のことである。

このときから、鉄砲の輸入と製造が急速にひろまっていった。

当時、摂津・河内・和泉の三か国の国境にひらけた日本屈指の貿易港である堺が、この新兵器の輸入と製造のメッカになったことはいうまでもない。

戦乱の世がつづくうちに、〈納屋衆〉とよばれる堺の町人たちは、堺の町を自分たちのちからによって運営しはじめた。

彼らが町を防備し、武士をやとい、市民自治体制をかためて戦国時代をのりきって、行こうというのである。

だから、織田信長が堺を手に入れようとしたとき、むろん、彼らは反抗をした。

したけれども、奔流のような信長の圧力には到底かなわなかった。

永禄十二年になって……。

ついに、堺は信長の直轄領となったのである。

堺を、わが手につかみとったとき、信長の同じ手は〈鉄砲〉もつかみとった。

そしてまた、北近江の浅井長政を討ったのち、長政の小谷城のすぐ近くにある国友村で製造される鉄砲をも、わがものとしたのであった。

そのころの鉄砲は、いうまでもなく連発銃ではない。

火縄銃の単発で、一つの弾丸をこめてから撃ったのち、さらに新しい弾丸をこめてから撃つ。

操作も、いまからくらべるとばかばかしいほどにめんどうなものだし、命中率もひどいものであったのだが、しかし、当時にあっては現代のジェット機に劣らぬ貴重な兵器であったといえよう。

5

天正三年の春。

織田信長は、徳川家康と共に三河へ出陣した。

これまで押えに押えてきた武田軍との決戦に、ふみきったのだ。

信玄亡きのちも、武田勝頼は遠江や三河の侵略をやめようとはせぬ。

信長としては、いますこし時をかせぎたかったのであろうが、

「もはや、ほうり捨ててはおけぬ」

家康と共に四万の兵をひきいて、三河の設楽原へ進軍した。

これに対して、武田勝頼は一万五千の軍を指揮し、武田の重臣たちが、その無謀をいさめるのをきこうともせず、これも設楽原へ出陣したのである。

勝頼は、勇猛な武田軍に絶対の自信をもっていた。

このさい、いっきょに織田・徳川の連合軍を痛打し、父・信玄亡きのちの武田軍の

威風を、

「天下にしめしてくれよう!!」

と、いうのである。

偉大な父のあとをついだだけに、勝頼は何事につけても、

(父上に負けてなろうか!!)

と気負い、むりをかさねてきていたのだ。

五月二十一日。

設楽原に両軍が激突した。

というよりも、武田軍が十三段の隊形をもって、織田・徳川軍の陣地めがけて突進した。

織田信長は、陣地の前と周囲に木の柵(さく)を立てまわし、鉄砲隊を配置し、攻めかけて来る武田軍を引きつけざま、射撃を開始した。

信長が、この戦闘に用意した鉄砲は三千余もあった。

これに対し、武田軍のそれは五百にも足らぬ。

六倍の数量をほこる織田軍の鉄砲が、勝利をおさめた。

信長の鉄砲隊は三列横隊にならび、一列が敵を撃って後尾につくや、すぐに二列、三列が撃ち、その間に一列目が弾丸をこめ、火薬に点火しているという戦法をとったから、やすむ間もなく発砲がくり返されたのである。これも数量が多かったからこそ

出来たのだ。

武田軍は木柵をのりこえる前に鉄砲で撃たれ、ばたばたと死んだ。

一万五千のうちの一万が戦死してしまい、この中には、武田家にとってかけがえのない重臣や武将が何人もふくまれている。

武田軍は、決定的な打撃をうけ、敗北した。

この〔長篠(ながしの)の戦(いくさ)〕とよばれる戦闘の以後において、武田軍は大きく後退する。

信長と家康は、

「あとは、最後のとどめを刺せばよい」

との自信をもつにいたった。

その〔とどめ〕は、七年後に実現された。

織田・徳川連合軍の甲州攻略軍によって、武田家の息の根は完全に絶たれることになる。

さて……。

長篠の戦いに、尼子党も山中鹿之介も参加をしてはいなかったから、織田軍の鉄砲隊のすさまじい威力を、わが目にたしかめてはいない。

のちになって、その戦場の模様をきいたとき、

「ふうむ……」

山中鹿之介は瞠目(どうもく)したけれども、実感がわいてこなかった。

むしろ、

(信玄公亡きのちの武田勢は、弱くなったのではないか……？)

と、おもった。

いかに鉄砲の数が多くとも、精強の軍隊ならば、そのような大敗をこうむるはずはない。

それが鹿之介の信念なのである。

(鉄砲は恐ろしいが、めったに当るものではない)

それが、鹿之介の体験なのである。

鉄砲の性能がめざましい発達をとげていることと、多量の使用がどのようにすばらしいものであることかを、鹿之介はわきまえていなかった。

ところで長篠の戦いがあったとき、尼子党は因幡（いなば）へ侵入していた。

信長は武田軍との対決を予想し、尼子党を中国から山陰へ侵入させ、毛利軍の目をそちらへそらせておこうと考え、

「おもうままにやって見よ」

兵員と武器、兵糧をあたえ、尼子党を進発せしめたのであった。

前回にくらべ、このときの信長の援助は相当に大きい。

尼子党も鹿之介も勇躍したものだ。

尼子党が、依然、信長の援助をうけているときいて、尼子の旧臣たちも、また駈け

あつまって来た。

尼子党は、先ず因幡の国へ攻めこみ、毛利方の城を十五も陥しいれた。

こうして天正三年いっぱいは、力戦奮闘してもちこたえたが、天正四年になると、毛利家の吉川元春と小早川隆景が四万余の大軍をひきいて山陰にあらわれた。

これに対し尼子党は一万に足らぬ。

鹿之介も、ここを先途と戦いぬいたけれども、やはりいけなかった。

尼子勝久をまもり、鹿之介は、またも故国から逃げ出さねばならなかったのである。

そのころ。

織田信長は、近江の安土(あづち)へ、新しい本城をきずいていた。

琵琶湖(びわこ)南岸の、三つの峰から成る安土山へ居城をかまえたのである。

安土へ引きあげて来た尼子党の人びとと山中鹿之介は、安土山頂にそびえる七層の天守閣をはじめて見たとき、

(夢ではないのか……)

しばらくは、茫然(ぼうぜん)として声もなかった。

これまでに見たこともない城であった。

城の屋根屋根は金色に照りかがやき、それが琵琶の湖の水に映っている。青い屋根瓦(がわら)のところどころに金をかぶせてあるからだ。

これまでの城や御殿のいかなる建築も、この信長がきずいた安土城の華麗・豪壮さ

にはおよばない。

安土へ来たキリスト教の宣教師・ガスパル・クエリョという西洋人が、

「この城は、ヨーロッパのどんな大きい城とくらべて見ても、見おとりはしないだろう」

といっている。

安土城の天守に、尼子勝久と山中鹿之介を迎えた織田信長は、

「ようもしてのけた。あれほどの兵力で二年をもちこたえたは、さすがにおことたちである」

ほめてくれた。

鹿之介は不満であった。

このようにすばらしい城をきずくちからをもっている信長なら、なぜ、いま一息の援助をしてくれなかったのか……であった。

鹿之介の不満の色を、信長は見のがさなかった。

「あせるな、鹿之介。この二年のはたらきは決してむだにはならぬ。近きうちに、また、かならず……」

いいさした織田信長は微笑を消し、鷹のようにするどい双眸を空間の一点に向けた。

信長の決意が、そこに凝固していた。

播州・上月城

1

「さて……いよいよ、腰を入れて毛利勢と戦うときが来ましたぞ」

と、羽柴秀吉(はしばひでよし)が、尼子勝久、山中鹿之介、立原久綱を自邸にまねいて告げた。

この自邸は、近江・長浜にある秀吉の居城内のものではない。

このとき秀吉は、主人・織田信長が新しく築いた安土の城郭内にもうけられた自分の屋敷へ、三人をまねいたのであった。

「すりゃ、まことでござるか?」

鹿之介は、昂奮(こうふん)を押えきれない。

「こたびは尼子党のみではない。かく申す筑前(ちくぜん)が、信長公の先鋒(せんぽう)として、先ず播州(ばんしゅう)を平定いたす」

秀吉は、にんまりとして、

「いまや甲斐の武田信玄も世に亡く、越前の朝倉、近江の浅井もほろび申した。残るは石山の本願寺と、中国の毛利のみ、といってもよろしかろう」

秀吉のことばは、決して、

（いいすぎではない）

と、勝久も、鹿之介も思った。

信玄亡きのち、一子勝頼（かつより）を奉ずる武田軍は、先年の長篠の決戦で、ほとんど戦闘力をうしなってしまった、と、信長は見ている。

あとは、とどめを刺すだけのことなのだ。

越後には、まだ上杉謙信が健在だけれども、これは、あまりにも上杉の本国が遠い。遠すぎる。火急に始末をつけることもない。

石山の本願寺というのは……。

現・大阪市にあった浄土真宗の総本山である。寺域内を一種の商工業都市とし、宗教のちからでこれを統一し、精強の軍隊をも抱えているのだ。

五年前に、織田信長が比叡山（ひえいざん）・延暦寺（天台宗・総本山）を焼き打ちにしたことがある。

このように、戦国時代の大きな寺は、いずれも兵力と宗教的団結をたのみとして、戦国大名たちのいいなりにはならなかった。

ことに……。

石山・本願寺は、ことごとに織田信長に反抗しつづけてきた。

〔一向一揆（いっこういっき）〕といって、全国の宗徒を動員し、諸方で抗戦の戦旗をかかげ、信長を苦しめてきている。

この総本山である石山・本願寺を、一日も早く、

「討ちほろぼしてしまいたい」

のが、いまの信長の、もっとも熱望するところのものであった。

体裁と名目をかざる上から、庇護(ひご)していた〔馬鹿ものの将軍〕足利義昭も京都から追放してしまったし、

「いま一息で……天下は信長公の御手に、しっかりとつかみとられよう」

と、羽柴秀吉はいう。

さて……。

追放された足利義昭は、しきりに毛利家をたより、毛利のちからを借りて、

「ぜひとも、信長を討ちたい」

と、前から画策していた。

毛利家では、

「こちらへまいられては困る。われらは信長とあらそいたくはないゆえ……」

これを、ことわりつづけてきた。

毛利家は、元就が亡くなってより、孫の毛利輝元が当主となり、これを輝元の叔父(おじ)・吉川元春と小早川隆景がしっかりとまもり、

「われらは、天下をとろうなぞというつもりはない。われらはわれらの領国をまもりつづけて行けばよい」

との方針であった。

しかし、いまでは、そうもいっていられなくなってきている。

織田信長は、羽柴秀吉をもって、着々と毛利家の領国との国境へ兵を入れはじめてきたし、これまでの信長がおこなってきた謀略のすさまじさや、予断をゆるさぬ進攻作戦をおもい見ると、

「うっかりと気をゆるしてはおられぬ」

のである。

尼子党が、勇猛な山中鹿之介にひきいられ、二度も山陰地方へ侵略して来たことは、あきらかに信長の援助をうけているからだ。

そこで毛利家は、

「この上は石山・本願寺と手をむすび、信長と戦うよりほかに、わが身をまもる方法はない」

と、決断するにいたった。

尼子勢との戦いでも知られたように、毛利の海軍はすばらしい。

その海軍を瀬戸内海から大坂湾へくり出し、織田の海軍を手ひどく打ち破った。

ここに、織田と毛利は〔手切れ〕となり、国交断絶、開戦の火ぶたを切ったことになる。

織田信長は、天正五年の秋となって、ついに羽柴秀吉を、

〔中国遠征軍・総司令官〕に、任命した。

ときに、現代より約四百年むかしのことだ。

山中鹿之介は、三十三歳になっていた。

毛利軍に富田城を明けわたし、故国を後にしてから十一年の歳月がすぎ去っている。

羽柴秀吉は、先ず播磨（はりま）の国（兵庫県）を平定し、徐々に毛利軍を圧迫して行くつもりである。

当然の作戦計画といわねばなるまい。

「そこで先ず、播磨の上月城（こうづきじょう）を攻め落すつもりでござる」

と、秀吉は尼子勝久や山中鹿之介にいった。

「こたびは、共に戦えますな」

うれしげに、秀吉は笑った。

長い間、負けても負けても、歯を喰（く）いしばって故郷の富田城をうばい返したいと願い、闘いつづけてきた尼子党に、秀吉は好意を抱いていた。

だが主人の信長は、

「天下が、このように目まぐるしく変って行くのに、富田城ごとき小さな山城がなんじゃと申す。尼子の者どもの虚仮の一念にはあきれるばかりじゃ。田舎者の一念と申すものよ」

尼子党を蔭（かげ）では嘲笑（ちょうしょう）している。

そのくせ、尼子党をうごかして毛利軍と戦わせているのは、尼子党の闘志を利用しているだけにすぎない。

もっとも、自分が天下統一を成しとげたあかつきには、

「尼子党に富田城をあたえることなど、なんでもないことである」

と信長は常々いっている。

信長にとって、富田城なぞは問題にならぬのである。

晩秋……。

羽柴秀吉は、約五千の兵をひきいて安土を出陣した。

この中に、尼子党千余が参加している。

山中鹿之介は、出陣にさいし、安土城下へよびよせてあった妻の千明に、意気軒昂としてこういった。

「こたびは、もう帰らぬ」

「ま、不吉なことを……」

「そうではない。帰らずに、そなたとむすめを富田の城へよびよせると申したまでだ」

2

羽柴秀吉は、先ず、播州・姫路の城へ入った。

ここが、織田軍の中国征討のための最前線基地ということだ。

姫路城主の小寺官兵衛(こでらかんべえ)（のちの黒田孝高(よしたか)）は、早くから織田信長に通じていた。

地図を見てもわかるように、姫路は、織田と毛利の両軍が戦端をひらくにあたって、非常に重要な地点である。

小寺父子が、いち早く、

「これからの天下は、織田を中心にしてうごいて行くであろう」

見きわめをつけ、いささかもためらうことなく、

「御味方つかまつる」

と、いい出たのは、信長のかわりに中国攻めを担当する羽柴秀吉が、かねてから小寺父子の大きな信頼を得ていたから、ということになる。

やせこけている小柄な体軀(たいく)の、この武将が、信長ほどの英雄から厚い信頼をうけ、さらに多くの武将たちを傘下に引きつけつつある。秀吉の器量は、このころから急速にふくれあがり、信長亡きのちに天下統一を成しとげるための基盤をきずきつつあった。

だからといって、当時の秀吉が、

〔天下人(てんがびと)〕

を、のぞんでいたわけでは、もちろん無い。

秀吉は、あくまでも、

〔大英雄・織田信長の忠臣〕

として、はたらきぬくつもりでいたのである。

秀吉は、小寺官兵衛に迎えられて姫路城へ入るや、城の修築にかかり、防備をかためた。

その一方で、播磨の国の諸豪族へ使者を送り、

「織田家に味方すべし」

との盟約を差し出させた。

こうした外交のかけひきは、秀吉がもっとも得意とするところだ。

同時に、秀吉は突如、但馬（たじま）の国へ侵入し、山口・竹田などの諸城を攻め落した。

十一月下旬になると……。

秀吉は尼子党をふくめた部隊をひきい、播州・上月城の攻略に向った。

上月城は、宇喜多直家（うきたなおいえ）の属城である。

そして宇喜多直家は、毛利の宿将であった。

秀吉は、かねてから直家を味方に引き入れようとして、いろいろと交渉をつづけてきたが、直家は、これを承知せぬ。

そこで、意を決し、

「上月城を落さねばならぬ」

ことになったのだ。

上月城をまもっているのは、上月十郎という武将である。

城は、現・兵庫県佐用(さよ)郡上月郷にあった。

姫路から岡山県の山間の町・新見(にいみ)をむすぶ国鉄の〔姫新線〕に乗ると、約二時間で〔上月駅〕につく。

上月城は、現・上月駅の南方に見える標高・百四十メートルの高地にかまえられていた。

この地点は、秀吉の本拠である姫路から、いまは毛利家の領国となった伯耆や出雲の国々へ攻めこむための要衝といえる。

それは、とりも直さず、毛利軍が姫路へ攻め寄せて来るときの〔前線基地〕になることを意味する。

だから秀吉は、

「なんとしても、上月を押えておかねばならぬ」

と、考えたのであろう。

秀吉は、山中鹿之介にいった。

「上月攻めには、存分におはたらきなされ」

「心得ております」

「上月を攻め落したなら、これを尼子党の方にまもっていただくつもりでござる」

「それは、まことでござるか」

鹿之介は狂喜した。

鹿之介が見ても、上月城が敵味方にとって、どれほど大事な城かが、よくわかる。

上月城を落したのち、尼子党をもって、これをまもらせるというのは、秀吉が、

（尼子党の武名を、主・信長公の耳へ入れ、この後も、尼子党のためになるようにはかろうてやりたい）

との意図がはたらいている。

同時に、秀吉は、これからも毛利軍との戦闘が烈しくなり、信長自身が本軍をひきいて出馬するようなことになれば、

（尼子党をもって、まっ先に上月から伯耆・出雲へ攻めこませよう）

と考えていた。

信長は、尼子党のことを古くさいとか、田舎者だとかいうけれども、羽柴秀吉から見ると、尼子勝久や山中鹿之介が、故国をふたたび、

「わがものとしたい」

ことに、生涯をかけ、戦国武士の情熱を燃やし、負けても叩かれても、

「何としても、富田城を……」

と、ねがうこころを、

（りっぱなもの、尊いものではないか）

と、おもう。

信長のように、日本のすべてを、

「わがものに……」

と、ねがっている、そのスケールの大きさとはくらべものにならぬが、尼子党が伯耆や出雲の故国へもどりたいと祈るこころは、信長の野望とかたちこそ異なるにせよ、（おなじものではないか……人びとには、それぞれ、家があり、国がある。御屋形様（信長）が天下人になられたのちも、われらはそれぞれの国々をいただき、これを故国となして、まもりぬかねばならぬのではないか……）

であった。

秀吉自身は、一介の百姓の子に生まれ、信長につかえて立身出世をとげ、席のあたたまる間もなく諸方に転戦しつづけてきているので、一国の主としての故国という観念にはうすい。

それでも、自分が生まれた故郷の尾張の国・中村のことは絶えず気にかかっているのだ。

3

上月城は、要害であった。

山城のふもとには佐用川が迂回してながれ、まわりに、いくつもの沼沢がある。

東は、高倉山脈につづき、西北は太平山に、西南は狼山にむすびついているから、

「さて、いかがしたものであろうか⁉」

秀吉は、本陣に尼子勝久、山中鹿之介、立原久綱をまねいて、軍議をひらいた。

というのも……。

上月城は、かつて尼子家の属城だったからである。

つまり、尼子経久の時代には、このあたりまで尼子家の勢力が行きわたっていたのだ。

立原久綱は、上月城のことをよくわきまえてい、秀吉に具申するところが多かった。

「ふむ、ふむ」

いちいち、秀吉はうなずき、

「時間(とき)あらば、どのようにも攻め方はあるが……ともあれいまは、一時も早く攻め落したいゆえ……」

むずかしい顔つきになった。

現に、

「羽柴軍、来る」

ときいて、宇喜多直家は援軍を上月城へさし向けつつある。

さらに、毛利軍も、

「上月をとられては一大事」

というので、大軍を編成しつつあることが、間者の報告によってあきらかであった。

「ためろうていてはなりませぬ!!」

と、山中鹿之介が秀吉に、

「毛利の大軍があらわれたならば、上月を落すことは、いよいよむずかしくなりましょう」

といった。

何度も何度も、鹿之介は毛利の大編成軍団によって、苦汁をのまされている。

「いま、すぐにも城へ攻めかけねばなりますまい。いうなれば、われら先鋒となって、かならず上月を落し入れてごらんに入れましょう」

鹿之介の自信は、強固なものであった。

(いまならば、やれる!!)

のである。

「うむ」

秀吉が決意し、

「では、たのむ」

「はっ。われらは、まっしぐらに城へ取りつきます。そこで、筑前守殿は、あたりにむらがる宇喜多の援兵を蹴散らしていただきとうござる」

「よいとも、よいとも」

戦闘が開始された。

山中鹿之介は鹿角の兜をかぶり、槍をふるって先頭に立った。

尼子党千余の突撃ぶりを見て、

「さすがにのう」

羽柴秀吉も瞠目した。

秀吉の部隊が、城のふもとをかためる宇喜多の援兵と戦う中を、尼子党は錐をもみこむようにして上月城へ肉薄した。

馬上に、魔神のごとく槍をふるって戦う鹿之介を、秀吉は、はじめてわが目に見た。

（すさまじいものじゃ。あの姿を信長公にお見せしたい……）

先頭にすすむ鹿之介の鹿角の兜は、いささかもくずれない。

その鹿角の兜が、敵兵の渦の中を、まっしぐらに割って行き、突きすすむ。

鹿角の兜のまわりに、敵の血がけむり、敵の馬が乱れたち、悲鳴がふりまかれた。

そして……。

この日のうちに、尼子党は、上月城の直下にある〔腰曲輪〕を占領してしまった。

上月城が落ちたのは、七日後のことであった。

城兵は、

「とてもかなわぬ」

とおもい、城主の上月十郎の首を斬って、秀吉の本陣へとどけた。

十郎は家来たちに首を打たれ、家来たちは、この首を秀吉にさし出して降伏。ゆるしを乞うてきたのである。

秀吉は、いちおう降伏した城兵を収容し、

「いかが、いたしましょうか!?」

と、安土の織田信長へ、急ぎ指令を仰いだ。

信長は、

「おのれらの主人の首を斬って、ゆるしを乞うなどとは、もってのほかのやつどもである。一人も帰さず、磔にしてしまえ」

と、いってよこした。

いつもながら、こうしたときの信長はみじんの容赦もしない。

秀吉は、降伏して来たのだから、

（いのちだけは助けてやりたい）

と、考えていた。

また、まさかに信長が、磔の刑に処せ、とはいってよこさないとおもっていたのである。

だが、信長の命令にさからうことはできぬ。

秀吉は、信長のいうとおりにした。

上月と共に、播州・福原の城も、秀吉麾下の竹中重治と小寺官兵衛が攻め落としたので、ここに播州一国は、完全に織田信長の領有するところとなった。

「さて……」

と、羽柴秀吉が尼子勝久に、

「約定のごとく、この上月城をお引きわたしつかまつる。信長公にかわり、おまもり下されたい」

にっこりと笑いかけながらいうのをきいて、立原久綱が山中鹿之介をそっと別の場所へさそい出し、

「鹿殿よ。大丈夫であろうか？」

「何が、でござる」

「われら、これまでに二度も信長公の援けをうけて毛利勢と戦うたが……いざ、毛利の大軍に攻め囲まれたるときには、信長公は一度も援軍をさし向けては下さらぬ。こたびは三度目じゃ。もしも、この後、この上月城が毛利軍に囲まれるときは……」

「叔父上。前のときは、はるかに遠い伯耆・出雲の国でのことゆえ、信長公も手がのばしきれなかったのでござる。こたびはちがいます。姫路には羽柴筑前守殿がおられるし、それに筑前殿がわれらのことを、何かにつけて引き立ててくれていることは叔父上も御承知でござろう」

「それは、な……」

「いまの信長公には、武田も上杉も歯が立たぬ。いよいよ御みずから毛利勢に立ち向われようとしておられます。そのためにこそ、われらは筑前殿と共に先陣を相つとめ

ているのではござらぬか」

鹿之介のいうことは、

（もっともであるが……なれど……？）

と、立原久綱は、これまで織田信長が尼子党にしめした態度をふり返って見て、不吉な予感をぬぐい去ることができなかった。

4

尼子党は、天正六年の正月を上月城で迎えた。

尼子勝久は、二十六歳。

山中鹿之介は、三十四歳である。

いま、尼子勝久は織田信長の〔城代〕として、上月城をまもっている。

このことをききつたえて、諸方にかくれひそんでいた尼子の旧臣たちが、つぎつぎに上月城へあらわれた。

この中にはかつて、毛利軍に打ち破られ、降伏し、そのまま毛利軍に加わっていた者も少なくなかったけれども、

（彼らに気をゆるしてはならぬ）

と、山中鹿之介はおもった。

もとは尼子の家来であっても、その後は毛利家につかえていたものたちだ。

こちらの知らぬ間に、毛利家からの〔密命〕をうけ、

「御味方つかまつる」

などといいながら、ひそかに上月城の様子を毛利家へ知らせているものが、

(ないとはいえぬ)

というわけであった。

毛利家の、こうした謀略によって、尼子党は……いや、山中鹿之介は数えきれぬほど苦汁をなめさせられている。

鹿之介は、毛利方に加わっていた旧臣たちをすべて、追い返してしまった。

うわさによると、海賊の奈佐日本之助も、毛利方へ降伏をし、いまは毛利水軍の一部将となっているとか……。

その日本之助のむすめ・於鶴（おつる）が、上月城へ鹿之介をたずねて来たのは、二月の中ごろである。

鹿之介は、言下に、

「追い返せ」

と、いった。

九年前。

尼子党が、富田城の奪回を目ざし、山陰の地へ侵入して力戦奮闘をつづけていたとき、鹿之介は於鶴を側妾（そばめ）にしていた。

そのころの於鶴の、赤茶けて骨張った肉体からただよう潮の香や、くぼんだ鼻すじや、張り出した額の下に埋めこまれているような細い両眼をおもいうかべただけでも、鹿之介は身ぶるいが出た。

於鶴の愛欲のすさまじさも、いまは、うとましくおもい返されるのだ。

（いまのわしは、九年前の、わしではない）

のである。

織田信長の天下統一が成ったのちは、主・尼子勝久と共に富田へ入城することはもちろんであるが、羽柴秀吉は、

「鹿之介殿も一国一城の主となられよう。このことは筑前、身にかえても信長公へ申しあげよう。いまからしかと、お引きうけ申そう」

と、いってくれた。

あるいは……。

「この上月の城を、わしにおまかせあるやも知れぬ」

と、鹿之介は、おもいはじめている。

汐くさい、みにくい、海賊のむすめなどを身辺に置けるものではない。

「ともあれ、会うて見てはどうじゃな。遠く出雲の国から旅をつづけて来たらしく、見るかげもないと、番卒どもが申しておるそうじゃ」

と、叔父の立原久綱が於鶴をあわれにおもい、鹿之介へ、

「於鶴は、毛利方へ与した父の日本之助のもとから脱け出し、おぬしに一目だけでも……と、かように申しているとか……」

いいさしたとき、鹿之介は、

「なればこそ、会わぬのでござる」

「なんと？……」

「於鶴は、毛利方の間者やも知れませぬ」

「まさかに……あの女ごは、そのような女ごではない。見目かたちこそ美しゅうないが、ひたむきにおぬしをおもいつめておったではないか。無下に帰すこともなるまい、いかがじゃ？」

だが、鹿之介は断然、拒否した。

そこで立原久綱が、〔本丸〕から〔腰曲輪〕の番所まで下りて行き、於鶴と面会をした。

「さようでございますか……」

春とはいえ名のみの、まだ雪が残っている山々の道をこえて、ここまでたどりついた於鶴は、飢えきった鴉のように見る影もなかった。

「わたくしは、父のもとを逃げ、ここまでまいりました。それは、わたくしなりに鹿さまのおちからぞえをいたしたかったからでございます」

「すりゃ……どういうことか？」

「立原さま。もう何も、おきき下さいますな。わたくしは何も、このまま、鹿さまのおそばに居すわろうというつもりはございませなんだ。ただ……」

「ただ……？」

「申しあげたきことも、いささかは、ございまして……」

立原久綱は、はっとした。

（もしや……？）

於鶴は、毛利軍のうごきについて何やらさぐり出し、これを鹿之介につたえようとおもい、上月城へたずねて来てくれたのではないか、と、直感をしたからである。

「それは、どのようなことかな？」

立原久綱は緊張をつとめて押え、番卒に、あたたかい汁と食べものを命じておいてから、

「わしに、きかせてはもらえまいか？」

於鶴は、かぶりをふって笑った。

みにくく張り出した額の下で、彼女の両眼が針のように白く光っている。口もとだけが、ゆがんだ笑いをうかべているのであった。

「むかし……」

と、於鶴は喉にからんだつばをのみ、

「むかしは、何もかも忘れて、烈しゅうむつみ合うた男から、このようなあつかいを

うけましては、もはや何も、申すこともございませぬ」

うめくがごとくいい、

「では、これにて……」

「待て」

「なんぞ？」

「ま……あたたかいものでも口にしてからのことじゃ、わしも共に……」

「おかまい下されますな」

もとは海賊だといっても、奈佐日本之助ほどの男のむすめだけに、於鶴は、ひどく誇りを傷つけられたのであろう。

「もはや、何も申すこととてございませぬ」

もう一度、立原久綱がつけこむ隙をあたえぬきびしさでいい、於鶴は腰曲輪(こしぐるわ)の木戸を出て行ってしまった。

於鶴が立ち去るのを見送っていて、立原久綱は、

(何やら、取り返しのつかぬようなことを……)

してしまったおもいがしている。

老いた久綱の胸に、得体の知れぬ不安がつきあげてきた。

(鹿之介も、どうかしている……あの女ごに何故、会うてやらなんだのだ。もしやすると於鶴は、奈佐日本之助の秘命をおびて、ここへまいったのやも知れぬ)

しかし、この久綱の考えは的中していない。

於鶴は父のもとから、まさに脱出して来たのであった。

いまの奈佐日本之助は、毛利海軍の部将として、めぐまれた地位にある。日本之助は、日本海沿岸の警備と輸送のことをうけたまわってい、心底から毛利家の臣になりきってしまっていた。

於鶴が、尼子党の上月城攻略のことをきき、

「共に、上月へまいりましょう」

熱烈に説いたとき、

「なにをばかなことを……」

と、日本之助は、

「尼子と毛利とくらべてみて、まだ、わからぬのか。ちからの大小ではない、上に立つものの偉さじゃ。青くさい尼子勝久や、粗笨（そほん）な山中鹿之介に味方して何の益やある。それとも何か、お前はまだ、あの鹿之介がことを忘れきれぬというのか」

相手にならなかった。

そこで、於鶴は脱出をした。

於鶴は、毛利軍のうごきをさぐりつつ、上月城へ向ったのである。

毛利軍は、かつての尼子家の本城・富田に兵力をあつめつつある。

その兵力は、およそ、二万余にふくれあがるだろうと、於鶴は見た。

このような大兵力が富田城へ集結しつつあることは、毛利家が全力をつくして上月城の奪回を目ざしていることにまちがいはない。

父の日本之助など、日本海沿岸にあった海軍も、

「急ぎ、瀬戸内の海へ……」

との命令をうけ、うごきはじめつつある。

こうした毛利軍のうごきに対して、上月城へ来て見ると、

（このようなありさまで、よいのかどうか……?）

於鶴は、むしろ、あきれはててしまった。

上月城は、背後にある織田軍と羽柴部隊をたのみにしきっていて、城の防備についても、籠城（ろうじょう）のための食糧の確保にも、あまり神経をつかっていないように見えた。

鹿之介の冷たい仕うちに激怒しつつ、上月城を去った於鶴の足は、まっすぐに富田城へ向っていた。

裏切られた彼女の怒りと悲嘆は、

（よし、上月城のありさまを、毛利方へ知らせてやろう）

その決意に変っていたのである。

5

三月に入ると……。

織田軍の陣営に、おもいがけぬことが起りつつあった。

羽柴秀吉は、上月城その他を攻め落し、ここに播磨一国を制圧したので、近江・安土城の織田信長のもとへ帰り、

「これにて、毛利攻めの仕度が、ととのいましてござります」

と、報告をし、信長もまんぞくそうに、

「尼子党は、よう、はたらいたそうな」

「ははっ。上月攻めの折の、山中鹿之介をごらんにいれとうござりました」

秀吉は、いささか興奮ぎみになり、戦場における鹿之介の勇猛きわまる戦闘ぶりを語るや、

「ふむ……」

かすかに笑った信長が、

「小さな山城ひとつ、攻めとるにはうゝってつゝけの男よな」

事もなげに、いいはなったものである。

秀吉は、不満であった。

こうしたときの信長の冷たい批判にはなれきっていた秀吉であるけれども、

（いますこし、何とか、いいようもあろうに……）

と、おもった。

だからといって、信長が自分のために、いのちをかけて奉公をするものに対しては、

これにむくいることを惜しまぬことも、よくわきまえている。

（口では、あのようにおおせられていても、御胸の内では、かならず尼子党の将来を考えておわす）

そう信じて、うたがわなかった。

羽柴秀吉が、播州へもどり、加古川へ本営をもうけたのは、二月の末ごろであったろう。

加古川は、伏見・兵庫（神戸）を経て、約二十八里の地点にある。

このあたりは、別所長治の勢力下にあったところで、別所氏の本城・三木は、加古川の東北約五里のところにかまえられていた。

別所氏は、播州の守護大名・赤松家の庶流であって、このあたりでは非常に大きな勢力をもつ豪族なのである。

秀吉は、姫路の小寺官兵衛を通じ、かねてから別所氏を味方につけてしまっていた。

別所氏を傘下におさめることによって、このあたりの豪族のほとんどが、織田信長に従うことになった。その意義は大きい。

ために……。

秀吉も別所氏に対しては、ずいぶんと気をつかい、そのあつかいにも遺漏のないようにつとめてきたのである。

別所家の当主は、小三郎長治といい、当年二十五歳であった。

長治が若年だというので、別所山城守・別所重棟の二人の叔父が後見をし、老臣の三宅治忠がこれを補佐し、秀吉との連絡にあたった。

ここに、意外の齟齬が起きた。

史書によると……。

別所山城守が、毛利軍への作戦について秀吉へ進言したのを、

「それはならぬ」

と、秀吉がしりぞけてしまったので、別所山城守が憤然と怒り出し、

「このようなありさまでは、とうてい織田の味方はできぬ。やはり毛利家にしたがうがよい」

と、甥の長治にすすめ、織田信長・羽柴秀吉にそむき、毛利家へ款を通じた、といわれている。

だが、もちろんそれだけのことではあるまい。

長治の、もう一人の叔父である別所重棟は、これに反対であって、どこまでも、

「織田方へ与すべきである」

と、主張していたようだ。

このように、後見人ふたりの意見がちがっていた上、秀吉の知らぬところで、種々のおもいちがい、喰いちがいがあったのであろう。

ともあれ別所氏は、播州の東部八郡を領有していたほどの豪族だし、それだけに誇

りも大きい。

あたまを下げて使ってもらおうというのではない。

「味方をしてやるのじゃ」

　というのが別所山城守の、身のかまえ方であった。

　山城守は三木の城へもどり、当主の小三郎長治を説き伏せ、はげまし、たちまちに籠城の準備にかかりはじめた。

　こうなると、これまで別所氏の傘下にあった豪族たちも、いっせいに叛旗をかかげ、志方・神吉・淡河・高砂・野口などの諸城が、いっせいに戦備をかためる。

「これは困った……」

　羽柴秀吉はあたまを抱え、別所重棟をもって彼らを説得したけれども、硬化した別所方は、これにまったく応じようとはせぬ。秀吉も、こうなって尚、加古川にとどまってはいられない。

　加古川にいては、別所勢に包みこまれてしまうおそれがある。そこで秀吉は、姫路の西方二里のところにある書写山へ本陣をうつした。

　別所氏が織田にそむいたことをきいて、毛利軍は、すぐさまこれと連絡をとり、

「この機会を逃がしてはならぬ」

　大軍を発して、播磨の国から織田の勢力を追いはらってしまおうというので、それには先ず、

「上月城をうばい返さねばならぬ!!」

と、毛利方の吉川元春は一万五千の兵をひきいて富田城を発し、美作(みまさか)の国へ入るや、小早川隆景の軍勢と合流し、総勢三万余の編成をもって、上月城へ攻めかけることになった。

さすがに、羽柴秀吉もあわてた。

こうなったのは、あくまでも自分の責任である。

主・信長に対しても、この責任をとらぬかぎり、信長は決して自分をゆるすまい。

それだけに、秀吉は必死となり、先ず、加古郡の野口城を攻め落して、三木城攻略の最前線基地とすることを得た。

毛利の大軍が、上月城へ向けて殺到したのは、このときである。

一説には……。

吉川元春が、

「このさい、自分はおもいきって、丹波の諸豪族と通じ、山陰道から山城の国へ入り、一気に京都を攻めとってしまおう」

と、いい出したそうである。

この元春の作戦が実現したら、さぞ、おもしろかったろう。

けれども、元春の弟・小早川隆景は、

「兵力を分けては、とても上月の城は攻めとれませせぬ」

といい、兄を説きふせ、その果敢な作戦をおもいとどまらせた、といわれる。

この兄弟は、亡兄・毛利隆元の子の輝元を毛利家の主とし、これをたすけてはたらくことに寸分の隙もなかった。

領国を、

「まもりぬく!!」

という毛利の家訓をおもうとき、京都へ突撃する冒険を避け、上月城を着実に攻め落すことが、もっとも肝心のことである。

「もっともである」

と、吉川元春は弟・隆景の進言をいれ、当初の作戦によって上月攻めをおこなうことにした。

毛利の大軍が、上月城にせまりつつあるときいて、

「これは、三木城の別所を攻め討つ前に、上月をたすけねばならぬ。上月を見捨てては、尼子党にもわしの面目が立たぬし……それに、わしもうしろをおびやかされることになる」

三木城攻略から反転し、上月城の救援に向うことにした。

後年、秀吉が信長のあとをつぎ、天下統一を成しとげ、豊臣秀吉となってからのことだが、

「あのときほど、わしが困ったことはなかった。いろいろな苦しい戦さもしてのけて

きたわしだが、あのときは、一時、手も足も出なんだわい」

と、語りのこしている。

四月十八日。

毛利の大軍、三万余は完全に上月城を包囲しつくした。

備中・甲部川

1

羽柴秀吉は、この毛利軍の大攻勢と、三木城にたてこもった別所軍の抵抗とに、

「こりゃもう、わし一人のちからにてはおよばぬわ」

兜(かぶと)をぬがざるを得なかったようである。

すなわち、

「ぜひにも、援軍をさし向けられたし」

と、主君の織田信長へ請うよりほかに道はなかったのだ。

そもそも……。

事態が、このように悪化したのは、秀吉自身の責任でもある。

秀吉が、別所氏をうまく手なずけることができていたなら、いまごろは別所軍と合同して、

(上月城の尼子党を、救いに出向けたものを……)

であった。

(わしの信長公は、この不手際を、さぞかし御立腹なられよう)

と秀吉は、もうげっそりとしてしまった。

いっぽう、毛利軍は……。

三木城の別所軍が織田信長にそむき、反抗の戦旗をかかげてくれたものだから、

（いまこそ、信長におもい知らせておかねばならぬ!!）

というので、瀬戸内海へ軍船をくり出し、兵庫の海上から羽柴秀吉を牽制（けんせい）しはじめた。

秀吉にしても、

（たまりかねた……）

のであろう。

秀吉からの急使を、安土城に迎えた織田信長は、

「禿げねずみが音をあげたぞよ」

怒るどころか破顔して、

「よし。とりあえず……」

とりあえず、部将の滝川一益（かずます）、明智光秀などに、

「すぐさま、播磨へおもむき筑前守（ちくぜんのかみ）（秀吉）をたすけつかわせ」

と命じ、進発せしめた。

信長も、

（よし。かくなれば、われも出陣して、一気に毛利を討とうか……？）

と、おもいもしたが、そこまでは踏み切れぬものがある。

それというのも……。

この年の春ごろから、越後の上杉謙信が大軍をひきい、北陸路から近江へあらわれ、信長と決戦をいどむという情報が入っていたし、事実、上杉軍は着々として、その軍備をととのえていることがわかった。

だが……。

いつまでたっても、上杉軍は越後・春日山の本城を出発しない。

「上杉謙信は、上洛（じょうらく）の軍を発する直前に、急病で死んだ」

という情報も、信長の耳へ入っている。

しかし、どこまでが本当なのか……。

もしそれが上杉方の謀略であって、信長が安心してしまい、うしろからせまる強敵に備えず、うかうかと播磨へ出陣してしまったなら、恐るべき事態をまねくことになる。

亡き武田信玄同様、あれほどに信長が恐れていた上杉謙信なのである。

けれども……。

播磨の攻略を、おろそかにすることはできない。

（いまは、一戦（ひといくさ）をも失のうてはならぬ!!）

と、信長は決意している。

天下統一を目前にひかえたいま、たとえ一戦でも敗北することは、信長の威信が地に落ちることになるからだ。

（なに、信長だとて鬼神ではない。今度は負けてしもうたではないか）

と、いうことになる。

そこで信長は、さらに、長男の織田信忠を総司令官とする軍団を編成し、これを播磨へ進発せしめた。

織田信忠は、父・信長の英名をはずかしめぬ勇将である。

このときより四年後、信忠は信長と共に、明智光秀の叛乱軍に包囲されて死ぬことになるのだが、その折、父の信長は死んでも、信忠が生き残っていたなら、

「日本の歴史は変っていたろう」

と、いわれるほどの人物であった。

信忠は、すぐさま兵をひきいて安土を発し、播磨の国へ入るや、神吉・志方・高砂など、別所氏の属城を攻め、加古川に本陣をかまえて、三木城を威圧した。

「かたじけのうござる」

と、羽柴秀吉が信忠の本陣へあらわれ、

「これにて、それがし、上月城にたてこもる尼子党をたすけにまいることができまする」

「おお。早うしてやれ。尼子のものたちも、おことのたすけを待ちわびていよう」

織田信忠は、かねてから尼子党に同情をよせている。

この点、秀吉にとっては非常に事がはこびやすいのである。

信忠は、自軍を割いて秀吉へあたえてくれもした。

かくて、総勢七千余（一万ともいわれている）をひきいた羽柴秀吉は、上月城救援のため、急行した。

秀吉は先ず、上月城の北東一里ほどのところにある高倉山へ陣をかまえた。

（さて、これからどのようにして尼子党を救い出そうか？）

高倉山へのぼって形勢を見わたした秀吉であったが、

（これは……どうも、むずかしい）

おもわず息をのんだ。

上月城の周囲は、毛利軍によってびっしりとかためられている。

この三万の敵軍に対して、上月城にたてこもる尼子党は千余。応援に駈けつけた秀吉軍が一万に足らぬというのでは、

（どうにも、ならぬ……）

のである。

上月城内では……。

「やはり、筑前守殿は、われらを見捨てなんだぞ」

山中鹿之介は、城を包囲している敵軍の陣形の彼方の高倉山に羽柴秀吉の戦旗がつ

らなり、夜ともなれば松明、篝火を燃やし、その存在をしめしてくれたのを見て、

「こなたも、筑前守殿に応じ、いつにても打って出られよう」

と勇躍して戦闘準備を命じた。

そのとき、立原久綱が、こういっている。

「なれどこの包囲は容易に突きくずせまいぞ」

毛利軍は、上月城を中心にして何段にも陣形を重ねているが、その一段ごとに堅固な柵をもうけているし、土塁をめぐらし、上月城を救援しようとするものは蟻一匹も通さぬほどであった。

包囲の陣形を一種の〔要塞〕化してしまっているのである。

羽柴秀吉は、加古川の本陣にいる織田信忠へ救援をもとめたけれども、信忠としては、全軍をひきいて上月へ向うわけには行かぬ。

そのようなことをすれば、三木城を中心とする別所勢が諸方で蜂起するにちがいない。

いま、せっかく別所勢を圧えたところなのに、これではまた、以前よりひどい混乱状態となるであろう。

それでも信忠は、いろいろと考えてくれ、五千余の兵を秀吉にあたえてくれた。

さらに二千余。

だが、どうにもならなかった。

毛利軍の備えは、兵力が充実しているだけに、

〔鉄壁〕

といってよかった。

それに、毛利の水軍が播磨灘に船首をつらねて牽制をしているのが織田軍には実に不気味であった。

織田信忠が、羽柴秀吉に、

「わしからも添書いたそう。父上のもとへ、おぬしが駈けつけて見てはどうじゃ」

と、いった。

2

すでに真夏である。

羽柴秀吉は、小さな痩せた躰を馬に乗せ、汗みずくになって京都まで出て来ている織田信長のもとへ駈けつけた。

夏の暑さばかりではない。

織田信長の、鷹のようにするどい視線をあび、冷汗にぬれつつ、秀吉は懸命に、戦況を説明した。

信長は一言も発せず、秀吉が語りつくすのを待ち、しばらくは宿舎の庭に鳴きこめる蟬の声に聞き入っていたが、やがて、

「詮(せん)ないことよ」

はっきりと、いいはなった。

「なれば……上月を、見捨てよ、と、おおせられまするか？」

「あのような山間(やまあい)に、大軍を押し出したところで、それだけの効目はない」

秀吉は、沈黙した。

信長のいうとおりなのである。

「毛利の備えをむりに破らんとすれば、いたずらに、こなたの血がながれよう」

返すことばもない。

「そもそも……」

と、信長がきびしい口調に変って、

「原因(もと)は、三木の城の別所を、おのれがあつかいかねたからではないか」

びしりと、秀吉を叱りつけた。

「はっ……」

おさまりかけた冷汗が、また、ふき出してきた。

これ以上、この主君にさからうことはできない。

「いまは、上月よりも三木の別所じゃ。別所を討ちほろぼさねば、先へすすめぬぞよ」

「は……」

「行け!!」

「はあ……」

「上月城は見捨てよ!!」

絶対の命令であった。

秀吉は、すごすごと信長の前を引き下るよりほかはなかった。

加古川へもどって来た羽柴秀吉は、それでも織田信忠へ、

「いまここで、尼子党をむざむざと見捨てまいては、天下の物笑いになりまする」

こぼしぬいている。

信忠は苦笑をうかべ、

「父上は、損な戦さを決してなさらぬ」

こう、こたえたのみであった。

秀吉が、急いで高倉山の陣営へ引き返した翌日に、毛利軍が攻めかけて来た。

猛攻である。

これまでにも数度、毛利方が夜襲を仕かけて来て損害をこうむっている羽柴軍は、士気が旺盛(おうせい)でない。

攻めこまれて、高倉山のふもとまで押しつめられてしまった。

すると憎いではないか。

毛利軍は、さっと兵を引きあげ、むりに押し攻めをかけようとはせぬ。

「さっさと去れ!!」

と、いわんばかりなのである。

「おのれ」

くやしがった秀吉も、いまは、どうにもならなかった。

秀吉は、高倉山の頂きから、はるかにのぞむ上月城へ向い、

「すまぬのう。筑前をゆるして下され」

声にのぼせていった。

そして、悄然と兵をまとめ、高倉山の陣を引きはらい、書写山へもどって行ったのである。

これよりのち、羽柴秀吉は織田信忠の麾下へ入り、三木城を攻略することに専念することになるのだが……。

その三木城が落ち、別所氏がほろびるまでには二年を要している。

織田信長の決断は、あくまでも冷静をきわめてい、的中していたことになる。

それほどに三木城の別所長治は手強かったのだ。

さて……。

羽柴軍が四十日もの間、高倉山に滞陣して手も足も出なかった間に、上月城内は水と食糧を毛利軍に絶たれ、戦意はおとろえるばかりだし、はじめは千余ほどいた将兵が、つぎつぎに城を脱走しはじめ、三百ほどに減ってしまっていた。

これでは、籠城もできぬ。

そのころの、毛利軍の総司令官・吉川元春の書翰に、

「……城内には勝久、源太（立原久綱）、鹿（山中鹿之介）以下の由候。水、食糧一円これ無きよし、落人たしかに申し候」

というのがある。

これは……。

上月城から逃げ出し、毛利軍に降伏して来た尼子党の者たちが、

「もはや、城内には水も食糧もありませぬ」

と、告白したことをさしているのだ。

城内の様子が、ここまで敵に知れてしまったら、もはや〈籠城〉の価値はうしなわれたことになる。

3

「これまでじゃ」

と、上月城内で、尼子勝久がいった。

立原久綱と山中鹿之介にである。

これ以上、籠城をしていても仕方がない、というのである。

「城内のものが、すべて飢えて死ぬよりも……」

降伏をしたほうがよい、と、尼子勝久がいい出したのである。

そのかわりに……。

勝久自身が腹を切らねばならぬこと、いうまでもない。

尼子党の総大将である勝久が自決することによって、家来たちのいのちが助かる。

これは、戦国のころの定法といってもよい。

立原久綱は、押しだまったままである。

このころになると久綱は、籠城中に病気となっていたためもあり、五十にみたぬ年齢ながら、体力にも気力にも、おとろえが烈しかった。

のちに、久綱は毛利軍に降伏し、その世話をうけたのち、ふたたび脱出して秀吉の庇護により、出家して珠栄と名乗り、後年には阿波の蜂須賀家へ寄食をして、慶長十八年に八十三歳の長寿をたもって亡くなったそうな。

これを見ても、当時の立原久綱はすでに、戦将の資格をうしなっていたものと見てよいだろう。

このとき……。

山中鹿之介も、叔父の立原久綱と同様に沈黙している。

東福寺の僧となっていた尼子勝久を引き出し、尼子家再興の大将にしたのは、ほかならぬ鹿之介であった。

（おれも、殿と共に、いさぎよく、この城内で腹を掻っ切ってしまおう）

と、おもっては見るのだが、声にはならぬのであった。

またしても、

(おのれ、毛利め!!)

であった。

何故に、尼子党は毛利軍に勝てぬのか……。

いつもいつも、苦杯をなめさせられるばかりだ。

くやしくてならない。

(とても死ねぬ!!)

のである。

またひとつには……。

これまでに鹿之介は、何度も毛利軍によって窮地に陥れられたが、そのたびに切りぬけ、生命をうしなうことなく、これまで戦いぬいて来ている。

ことに……。

伯耆の尾高城に捕われの身となって、

(今度こそは、もういかぬ)

と、おもいきわめたときにさえ、下痢を病んだのをさいわいに便所の切口から脱出し、精進川のほとりで毛利の将・大沢七郎兵衛を討って逃げることを得た。

そのときなど、

（おれはまことに運が強いのだな）

つくづくと、おもわずにはいられなかったものである。

いまも……。

鹿之介は、絶体絶命の窮地に追いこまれている。

それでいて尚、

（おれは、運のつよい男なのだ）

という信念を捨てきれない。

（毛利を討つ機会が、まだまだ、おれには残されているにちがいない）

このことであった。

過去の経験のつみかさねによって、人間は将来の磁針を得る。

これは、人間の習性であった。

過去において、何度も危機を切りぬけて来た経験が、このときにも、鹿之介に、

（まだ、やれる!!）

とのおもいをさそったのであろう。

したがって、このときの山中鹿之介の脳裡には、尼子勝久へのおもいが稀薄になってしまっている。

尼子家の再興ということよりも、むしろ、勇猛な戦将として天下に名を知られた自分が、このまま、このように小さな山城の中で、みじめに腹を切ってしまってよいも

のだろうか、というおもいが先に立つ。

(このおれが……山中鹿之介ともあろう男が、このままむざむざと毛利方に屈服し、一命を絶ってよいものか!!)

なのである。

暗い、重苦しい沈黙をやぶって、尼子勝久の若わかしい声が、あかるいひびきをともなってきこえた。

「久綱も鹿之介も、よういてもらいたい」

「は……?」

「わしは、学問のすじもあまりよくなかった。東福寺にいたとて、立派な僧侶(そうりょ)になれず、名もなき坊主として一生を終るところであった。しかるに……しかるに、おことたちと出会い、尼子党の大将として、毛利勢を相手にこころゆくまで戦いぬくことを得た。わしはな、いささかも悔んではおらぬ。人はいずれ死ぬるのじゃ。勝久は夢にまで見た一軍の大将として、ここまで戦いつづけて来た。もはや、おもいのこすことはない。一同にかわって腹を切ることは、むしろ本懐である」

すがすがしくも、いったものである。

立原久綱が、たまりかねて、

「殿。いずれは、それがしも、おん後から……」

と、こころにもないことをいいかけるや、勝久は右手をあげてこれを制し、

「むりをいたすな。生きのびておれ」

と、いった。

「は……」

久綱が、ひれ伏し、泣声をあげはじめた。

十余年前に、甥の山中鹿之介をたすけ、共に槍をふるって毛利勢へ突撃したおもかげは、いまの久綱のどこにも見られない。

鹿之介は、ややあって顔をあげ、

「それがし、かならずや毛利輝元の首を打ち、殿の……」

いいかけると、尼子勝久がにっこりと笑い、

「鹿之介が胸のうちは、ようわかっておる」

皮肉ではなしに、そういったが、なぜか鹿之介の胸を鋭く突き刺した。

尼子勝久の申し出をうけた吉川元春は、

「勝久殿が腹をめさるるなれば……」

尼子の将兵のいのちは助けよう、と約定をした。

しかし、出雲の住人・神西元通、美作の住人・加藤政貞など十余名に対しては、

「ゆるすべからず!!」

といい、自決をもとめたようである。

これらの十余名は、いずれも、もとは毛利方に与していた武士たちで、つまり、毛

利方にとっては、
〔裏切者〕
であったからだ、といわれている。
尼子勝久は、城中の広間において立原久綱、山中鹿之介などと別れの盃をくみかわしてのち、見事に腹を切った。
享年二十六歳である。
ときに、天正六年七月三日であった。

4

毛利軍の本陣は、上月城の西方一里ほどのところにある太平山にあり、総司令官の吉川元春は、

「鹿めを、ここへつれてまいれ」

と命じた。

上月城を出て、毛利の陣営へ投降した尼子の将兵は、それぞれに分断されてしまっている。

他の陣所へ引き立てられて行く立原久綱へ、鹿之介が、

「叔父上……」

よびかけると、久綱はちらりと横眼に鹿之介を見やったが、こたえる気力もなかっ

た。

七か月にわたる籠城の痛苦が、痩せおとろえ憔悴しきった久綱を、七十の老翁にも見せていた。

哀しげに、久綱はかぶりを振り、がっくりとうなだれ、数人の家来と共に毛利の軍兵にかこまれ、彼方へ去って行った。

名もない兵たちは、

「どこへなと落ちて行け」

といわれ、すぐに解きはなたれ、諸方へ散って行ったようであるが、将官たちは一人一人に分けられ、別々に収容された。

山中鹿之介は、吉川元春の息・元長の陣所へ収容されたが、監禁同様のあつかいであった。

もちろん、大小の刀は取りあげられているし、押しこめられた板敷の小屋のまわりには三重に柵をめぐらし、武装の兵が昼夜の別なく、きびしい警備をおこなっている。

（おれを、取り調べるつもりなのか……？）

三日、四日とすぎても、押しこめられたまま、なんの沙汰もない。

尾高城を脱出したときのことを想いうかべて、鹿之介は苦笑をもらした。便所へ通うときなどの警固のものものしさは、また格別なのである。

鹿之介は、不敵に笑って見せた。

いま、彼は何を考えているのであろうか……。

ただ、何とかなるような気がしている。

(今度もまた、きっと、おれは……)

自由の身になれるとおもいこんでいる。

(おれは、運が強いのだ)

なのであった。

いまひとつ、ひそかにおもいめぐらしていることがある。

いずれ、吉川元春が鹿之介を引見するにちがいない。

そのとき、機会をねらい、

(元春を討ちとってくれよう)

と、鹿之介は考えているのだ。

武器はないが、敵の手からうばい取るつもりだ。

上月城は落ちたが、もしも鹿之介が単身、毛利家の支柱である吉川元春を討ちとった、となれば、天下は騒然となるにちがいない。

しかし、一瞬の隙をねらわねばならない。

どのようなかたちで引見されるか、それもわかっていない。

だから、計画はたてられない。

(その場にのぞんでからのことだ)

鹿之介は、

（きっとやってのけられる!!）

と、信じている。いや、みずから信じこむことによって、落城の恥を忘れようとつとめている。

いっぽう吉川元春は、

（鹿めだけは、生かしておけまい）

と考えている。

けれども、それでは尼子勝久に切腹をさせ、城を明けわたさせたときの約束をやぶることになる。もしも、このことが世上に知れたなら、毛利軍ともあろうものが天下の物笑いになってしまう。

勝久は、毛利を裏切った十余名は別としても、尼子譜代の家臣である立原久綱や山中鹿之介などについては、いちいち人名をあげ、吉川元春から、

（助命を約定）

させているのである。

元春も、当初はそのつもりでいたのだが、いざ鹿之介を陣所へ収容して見ると、考えが変った。

（鹿めのいのちを助けてしもうては……この後、どのようなことをたくらむや知れたものではない）

ことであった。

だが、表向きに死をあたえることはならぬ。

吉川元春は、おもいまよった。

とにかく、このまま鹿之介を自由の身にさせることはならない。

そこで元春は、ひとまず、毛利輝元がいる備中・松山城へ、鹿之介を護送することにした。

鹿之介の処置は、あとで、ゆっくりと考えればよい。

元春から、

「鹿之介をそちらへ送りとどける」

との急報を得た松山城では、粟屋彦右衛門以下三百名をえらび、護送隊として上月へさし向けて来た。

この間、上月落城より七日がすぎている。

七月十日の朝。

山中鹿之介が、太平山の本陣へ引き出され、吉川元春から、

「これより備中・松山へ送る」

との申しわたしをうけた。

鹿之介は、絶望した。

(いかぬ。とても、これでは……)

元春は、鹿之介から見て十余間の彼方にあり、その周囲は数十名の旗本が槍をつらねて護衛している。

敵の武器をうばって元春を討つなどとは、夢にもおよばぬことであった。

元春の声がきこえた。

「鹿之介よ。いかがじゃ、織田信長は、おぬしがおもうていたほど信ずるに足る大名であったかな。どうじゃ……」

語尾が笑いをふくんでいる。

毛利の旗本たちからも、笑声がもれた。

鹿之介は恥辱にたえようとし、うつ向いたまま、血がにじむほどにくちびるを嚙みしめていた。

両眼をとじ、元春の顔を見まいとした。

すると……。

かたく閉ざした両眼の闇の底から、旅絵師の姿をした清松弥十郎の顔がうかびあがってきた。

何年も前のことだが、清松弥十郎と語り合ったとき、

「自分は、いまこそ自分を信ずることができる。私は、いくたび人に裏切られ騙されたとて、最後のものが残っている。その最後のものは決して私を裏切らぬ。それは私の筆であり、私の絵なのだから……」

そういった弥十郎の声が、ことばが、それを忘れきってしまっていた山中鹿之介の脳裡（のうり）へ、突然にきこえてきたのであった。

5

備中・松山城から派遣されて来た、山中鹿之介の護送隊の編成を見て、その中に、河村新左衛門（かわむらしんざえもん）という武士の顔を見出すや、吉川元春は、甥（おい）であり毛利家の当主でもある毛利輝元の意中にひそむものが、何やらわかったようにおもった。

輝元も、おそらく、自分と同様に、

(鹿めを、生かしておけぬ、と、考えておられるにちがいない)

と、直感したのである。

とすれば……。

輝元は鹿之介を、人知れずに、ほうむって、しまうつもりであろう。自分の後見人でもあり、叔父でもある吉川元春にも内密に、である。

つまり、備中・松山へ護送する途中の何処（どこ）かで、鹿之介を殺害するつもりなのではないか……。

元春はそう感じた。

そこで、松山から来た粟屋彦右衛門に問いただすと、

「いかにも、おおせのとおりでござる」

と、いった。

彦右衛門の亡父・粟屋助宗は元春の侍臣としてつかえ、したがって彦右衛門も吉川元春には恩顧もあるし義理もある。元春の問いにこたえぬわけにはいかない。

「さようか……」

それで、元春のこころもきまった。

（輝元どのも、わしと同じこころなれば……）

鹿之介を暗殺してしまうことに否やはない。

弟の小早川隆景へも相談したかったが、折しも隆景は一軍をひきいて、織田信忠を牽制するため、上月を去っていた。

「よし。わかった」

と、元春はいった。

「では……？」

「輝元殿のおおせのままに……」

「承知つかまつる」

「鹿めに、ゆだんすな」

「心得てござる」

こうして山中鹿之介は、七月十日の朝に、護送隊にまもられ、上月を発して松山へ向った。

三百の護送隊の中央に、鹿之介は十名から成る屈強の一隊に前後をかためられている。

この十名の指揮をする武士が、河村新左衛門であった。

河村新左衛門を隊長とする、この十名こそが鹿之介を討つ〔秘命〕をおびてい、ことに、その指揮を輝元が新左衛門にまかせたのは、一つの理由があったからだ。

ところで……。

鹿之介を護送する部隊が上月を去って、一日、二日とたつうちに、吉川元春に反省がよみがえった。

（これで、よかったのであろうか……死をかけた尼子勝久との約定をやぶり、人知れずに鹿之介を殺害してしまおうなどという……そのような、さもしいふるまいを毛利家がしてのけてよいものであろうか？）

であった。

このあたりが、織田信長とちがうところだ。

どちらがよい、というのではない。

信長なら、約束をやぶったところで、平然と鹿之介を諸人の眼前において、処刑してしまったろう。

しかし毛利家には〔仁慈〕の家風がある。

戦乱の世を切りぬけるためには、敗者をいつくしみ、これを手なずけ、害意を去る……ことが、もっともたいせつなことだと、亡き毛利元就はいいのこしている。

あれほどに、すさまじい謀略を駆使して中国一帯を制圧したのち、毛利元就が得たものは実に、この〔仁慈〕のこころであった。

（おもうてみれば、鹿めを恐るるのも大人げないことではないか……このようなまねをしてまで、鹿一匹を殺害することを亡き父上がきかれたら、なんとおもわれよう。もはや鹿之介一人にては、何事もはこばぬはずではないか……）

いま、毛利家としては潰滅（かいめつ）に近い状態となった尼子の残党など、問題ではなくなっている。織田信長という大敵との対決の前には、山中鹿之介など泡沫（ほうまつ）にすぎない。

四日目の夕暮れになって、吉川元春は、ついに決意した。

「……山中鹿之介を途中に害してはならぬ。ともあれ、ぶじに松山へ送りとどけるよう」

毛利輝元へは、追って自分から、くわしく説得をするゆえ、それまでは鹿之介のいのちをうばってはならぬ。

その意をつたえた書状を持たせ、侍臣の進藤善四郎へ、護送隊に追いつき、

「この書状を粟屋彦右衛門へわたすように。急げ!!」

と命じた。

進藤善四郎は、すぐさま馬に飛び乗り、護送隊の後を追った。

6

進藤善四郎が、護送隊に追いついたのは、七月十七日の午後であった。

護送隊は、間もなく松山城へ到着しようとしている。

（よかった、間に合うたぞ!!）

進藤は、

「治部少輔様（元春）よりの急使でござる」

と、粟屋彦右衛門の傍へ馬を寄せ、

「ごらん下され」

元春よりの書状をわたした。

書状を読み終えるや、粟屋彦右衛門が、護送隊に小休止を命じ、すぐさま、河村新左衛門をまねき、

「新左衛門。この治部少輔様からの書面を見よ」

「はっ」

読み終えたとき、新左衛門の顔は無表情であった。

頬骨が張って、陽焼けの色もたくましい新左衛門は、毛利方でもそれと知られた武勇の士で、筋骨すぐれた体軀にまとっている武装が、彼の皮膚の一部でもあるかのように見えた。

「おぬしには、気の毒なことになった」

と、粟屋が新左衛門に、

「なれど、治部少輔様の御ことばゆえ、我慢いたしてくれい」

「は……」

河村新左衛門は粟屋に一揖(いちゆう)し、自分の隊列へ馬を返して行った。

その姿を見送り、粟屋彦右衛門は、むしろ気ぬけをした。これほどまで簡単に、新左衛門が承知をしてくれるとはおもっていなかったのであろう。

このとき三十七歳になる河村新左衛門は……。

尾高城脱出のさいに、山中鹿之介が殺した大沢七郎兵衛のむすめを妻に迎えている。

あの折、七郎兵衛が捕虜となった鹿之介へかけた温情を、新左衛門は耳につたえきいていた。

わが義父にあたる大沢七郎兵衛の人柄を、新左衛門はまことの父親ともおもい、慕ってきた。

(あたたかい世話をうけた義父上(ちちうえ)を、血も泪(なみだ)もなく殺害した山中鹿之介の首は、屹度(きっと)、おれが手に討ちとってくれる!!)

この数年、尼子党との戦闘がおこなわれたたびに、新左衛門は鹿之介との対決を目ざし、大奮闘した。しかし、その機会が、ついに得られぬまま、今日に至っている。

毛利輝元が新左衛門を隊長とする十名の刺客によって、鹿之介を討たせようと考えたのも、新左衛門の胸の内をおもいやってのことだし、吉川元春もまた、護送隊の中に新左衛門を見て、すぐにそれとさとったのであった。

粟屋彦右衛門も、新左衛門の胸中がわかりすぎるほどわかっていた。

それだけに、元春が、

「鹿之介を殺さずに松山へ送りとどけよ」

と、いってよこした命令をうけたときの、河村新左衛門の残念さ口惜しさをおもいやって、粟屋は、

（よくもこらえてくれた）

反撥（はんぱつ）のことばを一語も洩（も）らさずに承知してくれた、新左衛門に同情をしたのである。

だが……。

河村新左衛門の胸底にひそむものは、すこしも変っていなかった。

元春の手紙を読み終えたとき、新左衛門の決意が、とっさにきまった。

うわべは淡々と承知しておき、

（かまわぬ。おれ一人にて、鹿之介を討とう!!）

と、決意をしたのだ。

これは、主命にそむくことになる。

ゆえに、鹿之介を討ったのち、新左衛門は腹を切って吉川元春へ申しわけをするつもりなのだ。

晩夏の山峡（やまかい）をすすむ護送隊は、甲部川（こうべ）〔現・高梁川（たかはし）〕に沿った道を松山城へ近づきつつある。

夕暮れには、まだ間がある。

木立に鳴きこめる法師蟬の声が、軍馬のひづめの響きや甲冑（かっちゅう）のすれ合う音よりも高かった。

甲部川の〔阿井（あい）の渡し〕へ着いたのは、それから間もなくのことであった。

実は、このあたりで山中鹿之介を討つ手筈（てはず）になっていたのだが、中止命令が出たので、隊列はここに集結をし、先ず、百余名が、小舟に分け乗り、または徒歩で、川をわたり、対岸に着いた。

この間に……。

山中鹿之介は、夏草の上に腰をおろし、待機させられている。

越後帷子（かたびら）をまとい、脇差ひとつ腰にゆるされた軽装の鹿之介には、彼を慕って同行をゆるされた八名の従者がつきそっていた。

その従者たちを、

「先へわたせ」

と、河村新左衛門が命じた。

小舟に乗せられた八名の従者を、二十名ほどの兵が槍（やり）をつらねてかこみ、これは徒歩（かち）わたりで川の中へ入って行くのを見まもりながら、鹿之介が、

「水を所望」

と、いった。

大兵の鹿之介は、汗にまみれていた。しきりに喉がかわくのを、これまで耐えてきたのだが、たまりかねて申し出たものである。

「心得た」

鹿之介の周囲をかためていた十名のうちから、福間某という武士が立ちあがった。

この十名のまわりには、二百におよぶ護送隊が待機している。

もはや鹿之介に、逃走の機会はないと見てよい。

（おれを、この松山へ送りとどけるというのは……毛利家で、おれを召し抱えるつもりなのであろう。よし、それならばそれでよい）

と鹿之介は、落ちつきはらっていた。

これから、織田信長という大敵を相手に戦わねばならぬ毛利家が、自分のような勇士を味方につけることは、

（まさに、こころ強いことにちがいない）

と鹿之介は、自分で考えている。

これこそ、自信過剰の〔おもいちがい〕であることに、鹿之介はまったく気づいていない。

鹿之介に水を所望され、立ちあがった福間某へ、

「よし。わしが……」

いいつつ、河村新左衛門がすすみ出た。

新左衛門は、腰につるした竹製の水筒をぬき取り、山中鹿之介の右肩のうしろへゆっくりと近づき、

「水でござる」

声をかけた。

「や、これは、おそれいる」

肩ごしにさし出された水筒をうけとり、鹿之介が、これへ口をつけた。

その転瞬……。

河村新左衛門が、鹿之介の眼の前へ飛びまわり、

「鋭!!」

ぬき打ちに斬りつけたものである。

「うわ……」

鹿之介は頭から右肩へかけて新左衛門の太刀をうけつつも屈せずに、

「謀(はか)ったな!!」

猛然として、新左衛門へ組みついた。

脇差をぬき合せる間もなかったからだ。

川をわたっている鹿之介の従者が、このさまを見て叫び声をあげた。

対岸へわたった百名と、まだ川をわたりきらずにいる二百の毛利勢は、一瞬、何が起ったのかわからなかったほどに、新左衛門の奇襲は速かった。

組み合った鹿之介と新左衛門は、夏草の中をころげて行き、そのまま、水しぶきをあげて甲部川へ落ちこんでいる。

「新左衛門がやった!!」

「なんじゃと……」

「どこに？」

「か、川の中へ……」

毛利勢が総立ちとなる中を、粟屋彦右衛門が、

「待て、新左……」

わめいて、駈けつけて来る。

鹿之介に組みつかれたとき、河村新左衛門は太刀を手ばなし、その手に短刀を引きぬき、川へ落ちこむと同時に、鹿之介の腹へ突き入れた。

二人の躰をのんだ川水の底から、血が浮きのぼり、川波に散りひろがってゆく。

腹へ深々と短刀が突きこまれたとき、たちまちに鹿之介の意識は混濁した。

その死への混濁のうちに、鹿之介の脳裡にひらめいたのは、亡父母や妻子の顔でもなく、尼子勝久の顔でもない。

それは、鹿之介へ笑いかけている清松弥十郎の顔であった。

全身のちからがぬけ落ちた山中鹿之介を左手に抱き、河村新左衛門が川面へ浮きあがり、立ち泳ぎつつ右手の短刀をふるって鹿之介の首を掻き切り、

「義父上。これにて成仏されよ!!」

と、叫んだ。

解説

山中鹿之介といえば、尼子家再興のためにつくした戦国の武将として知られる。鹿之介は出雲月山(いずもがっさん)の富田(とだ)城主尼子経久・義久に仕え、主家が毛利氏に敗れた後も、京へ逃れて再興に奔走、新宮党の遺児勝久を擁して播磨上月(はりまこうげつ)城に拠(よ)り、さらに落城後は毛利輝元と刺し違えて死ぬ覚悟で生きながらえ、護送される途中、備中甲部川の合(あ)（阿井(い)）の渡しで殺されたという。

戦前の「小学国語読本」尋常科用巻九の第十六に、「三日月の影」という一章があり、山中鹿之介について書かれていた。たしか昭和十二年から数年間用いられたはずで、大正十二年生まれの池波正太郎は習わなかったかもしれない。しかし私たちはその章の内容をはっきりと記憶している。そのためか山中鹿之介といえば、この教科書から受けたイメージを越えることがなかなかできにくい。

兄から祖先伝来の兜(かぶと)をゆずられた甚次郎は感激し、山の端にかかる三日月を仰いで、「願わくば我に七難八苦を与えたまえ」と祈る。その兜は鹿の角に三日月の前立(まえだて)のついた山中家重代の逸品であり、何となくできすぎている感じがしないでもなかったが、甲部川の合の渡しで護送中に殺されるくだりは印象的だった。

池波正太郎の「英雄にっぽん」にも、小学校の教科書に載った鹿之介の話が、タクシーの運転手との会話の中に出てくる。教科書に採用されるほど、鹿之介の挿話自体も一般に普及していたわけだ。人々の心の中にふかく根を下した鹿之介像をどうやってこえるか、虚構と史実の間を縫って新しいイメージをつくりだしてゆくのが作家の仕事である。そこにまた創作のよろこびも見出されるといえる。池波正太郎もこの作品の中で「私が書こうとする彼の人生は、むかしの教科書のようにはまいらぬことだろう」と述べている。「英雄にっぽん」のねらいもまたそこにあったのだろう。

鹿之介が仕えた尼子氏は、宇多源氏、佐々木氏の一族で、出雲隠岐（おき）の守護京極高秀の三男高久が、近江国（おうみのくに）尼子荘を領したことから尼子氏を名乗り、その子持久の代に出雲守護代となり、以後富田城に拠って山陰を支配した。大永二年には大内義興と安芸（あき）で戦い、翌々年の金山周辺の戦闘で勝利をおさめるが、やがて毛利元就と決裂し、宿敵の間柄となる。

すでにふれたように鹿之介は、尼子義久が毛利の軍門に下った後も、主家再興に奔走し、秀吉の中国征伐に際して勝久をかつぎ、上月城にこもったが、落城後は毛利に臣従を誓っている。輝元と刺し違えて死ぬ覚悟だったというが、それ以前に吉川元春に捕えられたおりも脱走したことがあり、生きながらえて尼子家再興につくそうとした態度は、忠誠心の典型として称讃されたものだ。

うき事のなおこの上に積もれかし

　この艱難をもとめる歌の中に、鹿之介の意識は象徴的にしめされているようだ。たしかに鹿之介は尼子家の再興のために、あらゆる機会を利用して積極的に動いた。大友と毛利の山陽道の覇権争いにも乗じたし、織田対毛利の対決にも便乗している。鹿之介は武勇もあり、智略にも富んでいたが、ただひとつ政治的眼力に欠けていた。鹿之介はつねに尼子対毛利といった、ローカルな発想でしか状況を掌握できず、全体的構図に弱かったため、結局は織田対毛利の激動の中に捨てられる結果となったのだ。そのような彼にとって、輝元と刺し違えて死ぬために生き残るといった発想は、主観的意図はともかく時代錯誤にすぎない。

　海音寺潮五郎は『武将列伝』の中で鹿之介にふれ、つぎのように評価している。

「鹿之介は名将というべき人ではあるまい。武者としては、その見事な心術といい、働きといい、無双といってもよいものがあるが、将器にはとぼしかったと思われる。

……

　ただその百折不撓の精神の強靭さは、驚嘆すべきものがある。日本歴史上おそらくは類がないであろう。考えねばならないのは、こうした極端なねばり強さは、人生においてはしばしばもっとも恐ろしい不運のもととなるということだ。

　尼子家の再興ということが、それほど意義のあるものであったろうか、ぼくには疑問に思われるのである。一種偏執狂的なところがあるように感じられる」

もちろん将器にとぼしいといっても比較の問題であって、信長や秀吉などの天下人にくらべてそういえるのであり、並いる諸将の中では群を抜いた傑物だったことは、海音寺も認めている。いや山中鹿之介にたいする一種の判官びいきは、彼の限界があればこそ培われたのかもしれない。もし現代的な視点から鹿之介の生涯を再評価するとすれば、尼子家再興というひとつの使命感に燃えて、ねばりづよい生きかたをつらぬいた点であろう。

「英雄にっぽん」は昭和四十五年一月から十二月まで「小説セブン」に連載された長篇である。これは天文二十三年に尼子経久の孫にあたる城主の晴久が、叔父(おじ)の国久を暗殺し、新宮党の一族を討つあたりから筆をおこし、鹿之介の死までを追ったもので、作者なりの鹿之介像をうち出している。

冒頭に山陰地方へ取材旅行に出かけた作者が、米子空港に降り立った際に、敗戦後この空港の海軍航空隊から復員したことを思い浮べ、感慨にふけるくだりがあるが、そのあたりに戦中派としての山中鹿之介によせる思いが推測される。さらにタクシーの運転手と会話をするうちに、運転手が「山中鹿之介も日本海の鯖(さば)、食ったただろうかね」といい、作者がむろん食べただろうと答えるとおどろく場面があるが、このあたりの庶民的な感覚はいかにも池波正太郎の持味を感じさせる。

尼子晴久が後見役であり、尼子家の柱石とまで言われていた国久を討つ決意をしたのは、山中で発見された巡礼の死体から、国久の謀叛(むほん)を意味すると思われる密書が見出されたためだった。これは毛利方の謀略によるものだったが、晴久はそれにのせられ、十一月一日、尼子家の重臣たちが富田城中に集ったおりに国久と長男誠久を暗殺し、つづいて新宮党の居館（やかた）である新宮谷の館を襲ってその一族をことごとく討ち果した。その中でただ一人落ちのびた誠久の五男孫四郎が、後に勝久となるのだが、この内乱は尼子家が滅亡の第一歩をふみ出したものともいえる事件だった。

山中鹿之介はこのときまだ十歳、父の三河守満幸は中老の家柄だったが、鹿之介が生まれた翌年に亡くなり、兄の幸高は幼少の頃から病弱で、周囲の期待は鹿之介にかけられていた。彼は十三歳で初陣をし、十六歳で家督を継ぎ、三日月の前立に鹿角の脇立をつけた兜をゆずられた。幼年時代から人にすぐれた容姿を持ち、戦争のたびに勇猛果敢な活躍ぶりをみせたが、とくに十六歳のとき、行松家の部将菊地音八との一騎討で武名をあげた。そして下り坂になった尼子家の武運を挽回（ばんかい）するために、若手のホープとなって努力するが、ついに毛利の攻勢の前に富田城は落ちてしまう。

その後京都に潜居中に新宮党の遺子勝久の健在を知り、信長の援助をたのんで旗をあげ、一時はある程度の勢力の回復に成功したものの、最後には信長に見捨てられ、拠点とした上月城を毛利の大軍に囲まれて勝久は自刃し、尼子家は滅び、鹿之介も松山へ護送される途中で殺される。

池波正太郎は統一へむかって大きく機運が動いていた時期に、一見いなか侍ふうな行動をしめした鹿之介の人間的な側面に光をあて、それなりにせいいっぱいに生きた男の真実をみようとしている。それはおそらく戦争の中で青春を燃焼させた世代の肉声かもしれない。

尾崎秀樹

本書中には、今日の人権擁護の見地に照らして、不適切と思われる語句や表現がありますが、著者自身に差別的意図はなく、また著者が故人であること、作品自体の文学性・芸術性を考え合わせ、原文のままとしました。

英雄にっぽん

池波正太郎

昭和50年 2月28日 初版発行
平成19年 5月25日 改版初版発行
令和7年 7月10日 改版12版発行

発行者●山下直久

発行●株式会社KADOKAWA
〒102-8177 東京都千代田区富士見2-13-3
電話 0570-002-301（ナビダイヤル）

角川文庫 14679

印刷所●株式会社KADOKAWA
製本所●株式会社KADOKAWA

表紙画●和田三造

●お問い合わせ
https://www.kadokawa.co.jp/（「お問い合わせ」へお進みください）
※内容によっては、お答えできない場合があります。
※サポートは日本国内のみとさせていただきます。
※Japanese text only

ISBN978-4-04-132336-6 C0193

◆◆◆

角川文庫発刊に際して

角川源義

第二次世界大戦の敗北は、軍事力の敗北であった以上に、私たちの若い文化力の敗退であった。私たちの文化が戦争に対して如何に無力であり、単なるあだ花に過ぎなかったかを、私たちは身を以て体験し痛感した。西洋近代文化の摂取にとって、明治以後八十年の歳月は決して短かすぎたとは言えない。にもかかわらず、近代文化の伝統を確立し、自由な批判と柔軟な良識に富む文化層として自らを形成することに私たちは失敗して来た。そしてこれは、各層への文化の普及滲透を任務とする出版人の責任でもあった。

一九四五年以来、私たちは再び振出しに戻り、第一歩から踏み出すことを余儀なくされた。これは大きな不幸ではあるが、反面、これまでの混沌・未熟・歪曲の中にあった我が国の文化に秩序と確たる基礎を齎らすためには絶好の機会でもある。角川書店は、このような祖国の文化的危機にあたり、微力をも顧みず再建の礎石たるべき抱負と決意とをもって出発したが、ここに創立以来の念願を果すべく角川文庫を発刊する。これまで刊行されたあらゆる全集叢書文庫類の長所と短所とを検討し、古今東西の不朽の典籍を、良心的編集のもとに、廉価に、そして書架にふさわしい美本として、多くのひとびとに提供しようとする。しかし私たちは徒らに百科全書的な知識のジレッタントを作ることを目的とせず、あくまで祖国の文化に秩序と再建への道を示し、この文庫を角川書店の栄ある事業として、今後永久に継続発展せしめ、学芸と教養との殿堂として大成せんことを期したい。多くの読書子の愛情ある忠言と支持とによって、この希望と抱負とを完遂せしめられんことを願う。

一九四九年五月三日

角川文庫ベストセラー

人斬り半次郎（幕末編） 池波正太郎

人斬り半次郎（賊将編） 池波正太郎

にっぽん怪盗伝 新装版 池波正太郎

近藤勇白書 池波正太郎

戦国幻想曲 池波正太郎

姓は中村、鹿児島城下の藩士に〈唐芋〉とさげすまれる貧乏郷士の出ながら剣は示現流の名手、精気溢れる美丈夫で、性剛直。西郷隆盛に見込まれ、国事に奔走するが……。

中村半次郎、改名して桐野利秋。日本初代の陸軍大将として得意の日々を送るが、征韓論をめぐって新政府は二つに分かれ、西郷は鹿児島に下った。その後を追う桐野。刻々と迫る西南戦争の危機……。

火付盗賊改方の頭に就任した長谷川平蔵は、迷うことなく捕らえた強盗団に断罪を下した！ その深い理由とは？ 「鬼平」外伝ともいうべきロングセラー捕物帳全12編が、文字が大きく読みやすい新装改版で登場。

池田屋事件をはじめ、油小路の死闘、鳥羽伏見の戦いなど、「誠」の旗の下に結集した幕末新選組の活躍の跡を克明にたどりながら、局長近藤勇の熱血と豊かな人間味を描く痛快小説。

〝汝は天下にきこえた大名に仕えよ〟との父の遺言を胸に、渡辺勘兵衛は槍術の腕を磨いた。戦国の世に「槍の勘兵衛」として知られながら、変転の生涯を送った一武将の夢と挫折を描く。

角川文庫ベストセラー

夜の戦士(上)(下)　池波正太郎

塚原卜伝の指南を受けた青年忍者丸子笹之助は、武田信玄に仕官した。信玄暗殺の密命を受けていた。だが信玄の器量と人格に心服した笹之助は、信玄のために身命を賭そうと心に誓う。

仇討ち　池波正太郎

夏目半介は四十八歳になっていた。父の仇笠原孫七郎を追って三十年。今は娼家のお君に溺れる日々……仇討ちの非人間性とそれに翻弄される人間の運命を鮮やかに浮き彫りにする。

江戸の暗黒街　池波正太郎

小平次は恐ろしい力で首をしめあげ、すばやく短刀で心の臓を一突きに刺し通した。男は江戸の暗黒街でならす闇の殺し屋だったが……江戸の闇に生きる男女の哀しい運命のあやを描いた傑作集。

西郷隆盛　池波正太郎

近代日本の夜明けを告げる激動の時代、明治維新に偉大な役割を果たした西郷隆盛。その半世紀の足取りを克明に追った伝記小説であるとともに、西郷を通して描かれた幕末維新史としても読みごたえ十分の力作。

炎の武士　池波正太郎

戦国の世、各地に群雄が割拠し天下をとろうと争っていた。三河の国長篠城は武田勝頼の軍勢一万七千に包囲され、ありの這い出るすきもなかった……悲劇の武士の劇的な生きざまを描く。

角川文庫ベストセラー

ト伝最後の旅

池波正太郎

諸国の剣客との数々の真剣試合に勝利をおさめた剣豪塚原ト伝。武田信玄の招きを受けて甲斐の国を訪れたのは七十一歳の老境に達した春だった。多種多彩な人間を取りあげた時代小説。

戦国と幕末

池波正太郎

戦国時代の最後を飾る数々の英雄、忠臣蔵で末代まで名を残した赤穂義士、男伊達を誇る幡随院長兵衛、そして幕末のアンチ・ヒーロー土方歳三、永倉新八など、ユニークな史観で転換期の男たちの生き方を描く。

賊将

池波正太郎

西南戦争に散った快男児〈人斬り半次郎〉こと桐野利秋を描く表題作ほか、応仁の乱に何ら力を発揮できない足利義政の苦悩を描く「応仁の乱」など、直木賞受賞直前の力作を収録した珠玉短編集。

闇の狩人（上）（下）

池波正太郎

盗賊の小頭・弥平次は、記憶喪失の浪人・谷川弥太郎を刺客から救う。時は過ぎ、江戸で弥太郎と再会した弥平次は、彼の身を案じ、失った過去を探ろうとする。しかし、二人にはさらなる刺客の魔の手が……。

忍者丹波大介

池波正太郎

関ヶ原の合戦で徳川方が勝利をおさめると、激変する時代の波のなかで、信義をモットーにしていた甲賀忍者のありかたも変質していく。丹波大介は甲賀を捨て一匹狼となり、黒い刃と闘うが……。

角川文庫ベストセラー

侠客 (上)(下)　池波正太郎

江戸の人望を一身に集める長兵衛は、「町奴」として、つねに「旗本奴」との熾烈な争いの矢面に立っていた。そして、親友の旗本・水野十郎左衛門とも互いは心で通じながらも、対決を迫られることに――。

武田家滅亡　伊東潤

戦国時代最強を誇った武田の軍団は、なぜ信長の侵攻からわずかひと月で跡形もなく潰えてしまったのか？ 戦国史上最大ともいえるその謎を、本格歴史小説界の俊英が解き明かす壮大な歴史長編。

山河果てるとも　天正伊賀悲雲録　伊東潤

「五百年不乱行の国」と謳われた伊賀国に暗雲が垂れ込めていた。急成長する織田信長が触手を伸ばし始めたのだ。国衆の子、左衛門、忠兵衛、小源太、勘六の4人も、非情の運命に飲み込まれていく。歴史長編。

北天蒼星　上杉三郎景虎血戦録　伊東潤

関東の覇者、小田原・北条氏に生まれ、上杉謙信の養子となってその後継と目された三郎景虎。越相同盟による関東の平和を願うも、苛酷な運命が待ち受ける。己の理想に生きた悲劇の武将を描く歴史長編。

切開　表御番医師診療禄1　上田秀人

表御番医師として江戸城下で診療を務める矢切良衛。ある日、大老堀田筑前守正俊が若年寄に殺傷される事件が起こり、不審を抱いた良衛は、大目付の松平対馬守と共に解決に乗り出すが……。

角川文庫ベストセラー

尻啖え孫市 (上)(下) 新装版　司馬遼太郎

織田信長の岐阜城下にふらりと現れた男。真っ赤な袖無羽織に二尺の大鉄扇、日本一と書いた旗を従者に持たせたその男こそ紀州雑賀党の若き頭目、雑賀孫市。無類の女好きの彼が信長の妹を見初めて……痛快長編。

乾山晩愁　葉室　麟

天才絵師の名をほしいままにした兄・尾形光琳が没して以来、尾形乾山は陶工としての限界に悩む。在りし日の兄を思い、晩年の「花籠図」に苦悩を昇華させるまでを描く歴史文学賞受賞の表題作など、珠玉5篇。

実朝の首　葉室　麟

将軍・源実朝が鶴岡八幡宮で殺され、討った公暁も三浦義村に斬られた。実朝の首級を託された公暁の従者が一人逃れるが、消えた「首」奪還をめぐり、朝廷も巻き込んだ駆け引きが始まる。尼将軍・政子の深謀とは。

秋月記　葉室　麟

筑前の小藩、秋月藩で、専横を極める家老への不満が高まっていた。間小四郎は仲間の藩士たちと共に糾弾に立ち上がり、その排除に成功する。が、その背後には本藩・福岡藩の策謀が。武士の矜持を描く時代長編。

春秋山伏記　藤沢周平

白装束に髭面で好色そうな大男の山伏が、羽黒山からやってきた。村の神社別当に任ぜられて来たのだが、神社には村人の信望を集める偽山伏が住み着いていた。山伏と村人の交流を、郷愁を込めて綴る時代長編。

岩波現代文庫［文芸］

B136
詩人・菅原道真
―うつしの美学―
大岡 信

「うつし」という概念により菅原道真の軌跡と作品を考察し、「モダニスト」としての道真像を浮き彫りにして、現代文化のあり方をも問う。

B137
歴史のなかの女たち
―名画に秘められたその生涯―
高階秀爾

マリー・アントワネット、クレオパトラ、ジャンヌ・ダルクなど、名画に描かれた24人の女性たちの悲しくも鮮烈な生涯を綴った名著。

B138
花は散れども
石内尋常高等小学校
新藤兼人

九六歳の巨匠が、大正期の学び舎を巣立った生徒と恩師の物語を通じて、時代を超える師弟の絆と学校という場をみずみずしく描く。

B139
遺産相続ゲーム
―地獄の喜劇―
ミヒャエル・エンデ
丘沢静也訳

謎めいた館に招集された十人の遺産相続人たち。彼らは遺産を手に入れることができるか。現代社会への批判がこめられた傑作寓意劇。

B140
『源氏物語』の男たち（上）
田辺聖子

『源氏物語』の男たちの魅力とは何か。王朝の男たちの個性的な素顔を、稀代のドラマ作家が現代に通じる人物としてよみがえらせる。

2008. 10

岩波現代文庫[文芸]

B141

『源氏物語』の男たち (下)

田辺聖子

『源氏物語』には主人公以外にも魅力的な男たちがたくさん登場する。下巻では、物語をいろどる名脇役たちの奥深い人物像にせまる。

2008. 10